D1721601

Sonderausgabe für

Der ANDERE
Literaturklub

GFLAAL   Erklärung von Bern
Postfach 10 01 16   Postfach
D 6000 Frankfurt / M 1   CH 8031 Zürich

Emil Habibi

Der Peptimist
oder
Von den seltsamen Vorfällen um das
Verschwinden Saids des Glücklosen
Roman aus Palästina

Aus dem Arabischen von Ibrahim Abu Hashhash,
Hartmut Fähndrich, Frank Griffel, Angelika Neuwirth,
Friederike Pannewick, Joachim Paul und Saleh Srouji

Mit einem Nachwort von Angelika Neuwirth

Lenos Verlag

Arabische Literatur im Lenos Verlag
Herausgegeben von Hartmut Fähndrich

Titel der arabischen Originalausgabe:
al-Waqāʾ iʿ al-ʿaǧība fī iḫtifāʾ Saʿīd Abī n-Nahs al-Mutašāʾil
Copyright © 1974 by Emil Habibi

Copyright © der deutschen Übersetzung
1992 by Lenos Verlag, Basel
Alle Rechte vorbehalten
Lektorat: Andreas Tunger-Zanetti
Satz und Gestaltung: Lenos Verlag, Basel
Umschlag: Konrad Bruckmann
Foto: S. Elbaz-Sygma
Printed in Germany
ISBN 3 85787 214 4

Moschussiegel

Ihr da, Männer!
Ihr da, Frauen!
Und ihr, Scheiche, Kardinäle und Rabbiner,
und ihr, Krankenschwestern und Textilarbeiterinnen!
Lange schon habt ihr gewartet
auf den Boten, der mit Post an eure Tür klopft,
euch zu bringen endlich die ersehnten Briefe
von der anderen Seite der verdorrten Hecken.
Ihr da, Männer!
Ihr da, Frauen!
Wartet jetzt nicht länger, wartet nicht mehr!
Werft ab eure Schlafgewänder,
Und schreibt an euch selbst die Briefe,
Die so sehnlich ihr erwartet!

Samich al-Kassim*

*Dichter aus Galiläa, geb. 1940, zur Gruppe der kommunistischen „Wider-
standsdichter" gehörig. – Der Gedichttitel „Moschussiegel" (aus der
Sammlung *Koran von Tod und Jasmin*) bezieht sich auf das nach Koran,
Sure 83.26f. den Gerechten im Paradies gerichte Getränk: „Ihnen wird edler versiegelter Wein gereicht / sein Siegel Moschus – danach strebe, wer
ein hohes Ziel hat!"

Erstes Buch

Juad

1

Said behauptet, er sei Wesen aus dem fernen All begegnet

Mir schrieb Said der Glücklose, der Peptimist*: Ich will Ihnen berichten vom Wundersamsten, das je einem Menschen widerfahren ist seit dem Vorfall mit dem Stab des Moses, der Geschichte von der Auferstehung Jesu und der Wahl des Gatten der Lady Byrd zum Präsidenten der Vereinigten Staaten von Amerika.

Zur Sache: Ich bin verschwunden, bin aber nicht gestorben. Weder bin ich an der Grenze umgekommen, wie einige von Euch mutmassen, noch habe ich mich den Fedajin angeschlossen, wie die befürchten, die meine Charakterstärke kennen, noch auch verrotte ich vergessen in einer Kerkerzelle, wie Ihre Parteifreunde** behaupten.

Geduld, Geduld! Fragen Sie nicht: Wer ist denn dieser Said, der Peptimist? Er hat zu seinen Lebzeiten nie Auf-

---

*Das Kunstwort „Peptimist" versucht, das von Habibi erfundene arabische „Mutašā'il" — ebenfalls eine Fusion von „Pessimist" und „Optimist" — wiederzugeben; es dient hier als Familienname. Vorname der Figur ist der geläufige Männername „Said" in der Bedeutung „glücklich"; das antithetisch hinzu gestellte, als Name ungewöhnliche Element Abu n-Naḥs, „der Glücklose", steht hier für den an zweiter Stelle einer Namensreihe geforderten Vatersnamen.

**Mit den „Freunden" des Adressaten sind stets die in der von Arabern und Juden gemeinsam getragenen Rakah-Partei organisierten Kommunisten gemeint, der einzigen politischen Gruppe in Israel, die die Interessen der arabischen Minderheit parlamentarisch vertritt.

merksamkeit auf sich gelenkt, warum sollten wir ihm jetzt Aufmerksamkeit schenken?

Gewiss, ich weiss wohl, wo mein Platz ist, ich bin keine politische Grösse, so dass mich politische Grössen beachten müssten. Meine Rolle ist vielmehr, mein Verehrter, die des Kantinenburschen!

Erinnern Sie sich nicht an den einstmals so verbreiteten israelischen Witz vom Löwen, der sich ins Exekutivkomitee* einschlich? Am ersten Tag verschlang er den Direktor der Gewerkschaftsorganisation, ohne dass seine Kollegen es bemerkten. Am zweiten Tag frass er den Direktor der Abteilung für arabische Fragen, wiederum ohne dass die anderen diesen vermissten. So fuhr der Löwe munter und gelassen fort, sich satt zu essen, bis er beim Kantinenburschen ankam — da fassten sie ihn.

Ich bin dieser Kantinenbursche, mein Verehrter! Wie kommt es also, dass Ihr von meinem Verschwinden nichts bemerkt habt?

Sei's drum! Wichtig ist, dass sich mein Verschwinden unter wundersamen Umständen abgespielt hat, so wie ich es zeit meines Lebens erwartet hatte. Das Wunder ist geschehen, Meister! Ich bin Wesen begegnet, die aus dem fernen All zu uns herabgekommen sind. In ihrer Gesellschaft befinde ich mich jetzt und schreibe Ihnen, über Euren Köpfen schwebend, von meinem wundersamen Geheimnis.

Doch hüten Sie sich vor Zweifeln! Behaupten Sie nicht, das Zeitalter der Wunder sei längst vergangen! Das hiesse die

*Exekutivkomitee der Histadrut (Anm.d.A.), das heisst der einzigen Gewerkschaftsorganisation Israels, die u.a. auch die öffentlichen kulturellen Aktivitäten der arabischen Minderheit steuert.

Dinge auf den Kopf stellen. Bei den Wesen, in deren Obhut ich mich befinde, gilt gerade unser Zeitalter als das wundersamste seit Ad und Thamud*. Nur dass wir uns an derlei Wunder gewöhnt haben. Würden diese unsere Vorfahren auferstehen, würden Radio hören, fernsehen und in stockfinsterer Flughafennacht die Landung eines dröhnend-donnernden Jumbo-Jets miterleben – würden sie uns nicht unter ihre Götter aufnehmen?

Wir haben uns nur daran gewöhnt. Wir finden nichts mehr unerhört, weder dass Könige abgesetzt werden noch dass sie bleiben. Brutus ist heute kein Thema mehr für ein Drama: „Auch du, mein Sohn Brutus!" Die Araber sagen bestimmt nicht: „Auch du, mein Sohn Baibars!" Weil sich nämlich Sultan Kutus' Mund wohl kaum mehr als ein türkisches Röcheln entrang, als Baibars** über ihn herfiel. Und so beugt sich Abu Said al-Hilali*** noch immer zum Kuss über königliche Hände, ohne dass der Herrscher darin ein

---

*Ad und Thamud: Zwei altarabische Völker der koranischen Heilsgeschichte, die – z.B. Sure 11.50–68 – trotz des Auftretens eines Gottesboten unter ihnen an ihrem Götzendienst festhielten.
**Baibars: bedeutender Heerführer der Mamluken, einer seit 1250 von Ägypten aus über Syrien/Palästina herrschenden Dynastie, die aus einer fremdländischen Militär-Kaste hervorgegangen war. Baibars schürte den Widerstand der Muslime gegen die Kreuzfahrer wie gegen die Mongolen und führte sie in der Schlacht von Ain Dschalut bei Nazareth 1260 zum Entscheidungssieg über die Mongolen. Erzürnt darüber, dass ihm der herrschende Sultan Kutus daraufhin das gewünschte Lehen Aleppo verweigerte, zettelte er zusammen mit einem Gefährten eine Verschwörung gegen ihn an: Während sich der Gefährte zum Kuss über die Hand des Sultans beugte, erschlug ihn Baibars mit dem Schwert und liess sich selbst zum Sultan (reg. 1260–77) ausrufen. (nach Anm.d.A.)
***Abu Said al-Hilali: Held eines arabischen Ritterroman-Zyklus aus dem frühen 12. Jh.

böses Omen sähe. „Ich bin nicht Kutus", sagt der König. „Und meine Zeit ist keine für Leute vom Schlage eines Baibars", sagt sein Sklave.

Der Mond ist uns inzwischen näher als die spät tragenden Mondfeigenbäume in unseren verlassenen, ihrer Kinder beraubten Dörfern. All diese Wunder habt Ihr hingenommen, wie könnt Ihr nun an meinem zweifeln?

Doch langsam! Nur nicht voreilig mit Erklärungen, Meister! Früchte werden nicht gepflückt, bevor sie reif sind. Verschonen Sie mich also mit Fragen über ihr Aussehen, ihre Bekleidung, ihre Gesellschaftsform und ihren wissenschaftlichen Entwicklungsstand! Ich lache Euch ins Gesicht! Da ich allein jetzt die wahren Zusammenhänge kenne – warum sollte ich nicht die Federn spreizen?

Warum sie von allen Geschöpfen Gottes ausgerechnet mich ausgewählt haben? Ich muss gestehen, ich bin nicht einmal sicher, ob ich der einzige bin, der mit ihnen in Verbindung steht. Als ich nämlich ihren Rat einholte, ob ich Sie darüber informieren sollte, was mir zugestossen ist, damit es die Welt erfahre, da lächelten sie bloss und sagten: „Warum nicht? Aber die Welt wird es doch nicht zur Kenntnis nehmen, und dein Freund wird dir nicht glauben. Denn nicht alles, was vom Himmel fällt, ist eine Offenbarung. Auch das ist eines Eurer Wunder."

Vielleicht bin ich wirklich nicht der einzige, den sie erwählt haben, aber immerhin bin ich einer der Erwählten, und auch Sie, Meister, sind nunmehr erwählt. Denn ich habe Sie erwählt, das wundersamste Wunder von mir weiterzuberichten , auf das Sie noch stolz sein werden wie ein Pfau auf seinen Schweif!

Wie sie mich ausgewählt haben? Nun, ich habe sie ausgewählt. Mein ganzes Leben lang habe ich nach ihnen gesucht, habe auf sie gewartet, habe sie um Hilfe angefleht, bis sie nicht mehr anders konnten.

Ein Wunder? Warum nicht? Zur Zeit der Barbarei pflegten unsere Vorfahren ihre Götter aus Datteln zu formen, um sie in Zeiten des Hungers zu verspeisen.* Wer ist hier nun der Barbar, Meister? Ich – oder jene Götterverspeiser? Sie werden sagen: Besser, die Menschen verspeisen ihre Götter als umgekehrt, worauf ich antworte: Aber ihre Götter waren aus Datteln!

*Der Tradition nach eine vom Stamm der Banu Hanifa in der vorislamischen „Zeit der Barbarei" praktizierte Sitte; Ausdruck eines kruden Pragmatismus: bei der Abwendung der Hungersnot versagende Götzen werden zur Stillung des Hungers kurzerhand verspeist.

2

Said erklärt, dass er sein Leben in Israel einem Esel verdankt

Lass uns mit dem Anfang beginnen! Mein ganzes Leben war etwas Wundersames. Und ein wundersames Leben kann nur ein wundersames Ende nehmen. Als ich meinen ausserirdischen Freund* fragte: „Wieso habt ihr mich aufgenommen?", fragte er zurück: „Hattest du eine andere Wahl?"

Wann also fing alles an?

Es fing an, als ich wiedergeboren wurde − dank eines Esels.

Während der Ereignisse** waren wir nämlich in einen Hinterhalt geraten. Sie eröffneten das Feuer auf uns und streckten meinen Vater − Gott erbarme sich seiner − nieder. Für mich kam die Rettung in Gestalt eines streunenden Esels, der sich zwischen mich und sie schob; den erwischte es an meiner Statt. Mein gesamtes weiteres Leben in Israel verdanke ich also diesem bedauernswerten Geschöpf. Welchen Wert, mein Lieber, sollten wir dann diesem Leben beimessen?

Und dennoch halte ich mich selbst für einen ausserge-

---

*Die arabische Bezeichnung des „ausserirdischen" Freundes, „fada'i", klingt deutlich an den kollektiv gefeierten Befreiertypus des Freischärlers, „fida'i", an.
**„Die Ereignisse" verweisen auf die Wirren vor der Errichtung des Staates Israel.

wöhnlichen Menschen. Wer hätte nicht schon von Hunden gelesen, die vergiftetes Wasser schlabberten, um durch ihren Tod ihren Herrn zu warnen und ihm das Leben zu retten? Oder von Pferden, die mit ihren verwundeten Reitern schnell wie der Wind dahinflogen und erschöpft verschieden, kaum dass sie sichere Gefilde erreicht hatten? Ich aber bin, soweit ich sehe, der erste Mensch, den ein störrischer Esel rettete, der weder schnell wie der Wind dahinzufliegen noch Laut zu geben imstande ist. Somit bin ich ein aussergewöhnlicher Mensch, und vielleicht haben mich die Ausserirdischen deshalb erwählt.

Verraten Sie mir doch, ich bitte Sie, was einen Menschen wirklich aussergewöhnlich macht! Etwa, dass er sich von allen anderen unterscheidet, oder dass er einer unter all diesen anderen ist?

Sie behaupten, Sie hätten mich nie wahrgenommen. Das muss an Ihrer Dickfelligkeit liegen, mein Verehrter. Wie oft sind Sie nicht schon in den wichtigsten Zeitungen auf meinen Namen gestossen? Haben Sie nicht von den mehreren Hundert gelesen, die die Polizei von Haifa festnahm, am Tag, als auf dem Droschken-Platz — jetzt Pariser Platz genannt — die Melone explodierte? Jeden Araber, der zufällig in der Gegend unterwegs war, gehend oder fahrend, haben sie festgenommen. Die Zeitungen nannten die Namen aller Prominenten, die man blindlings verhaftet hatte, „und andere".

Diese anderen — das bin ich. Die Zeitungen erwähnen mich sehr wohl. Wie können Sie da behaupten, nie von mir gehört zu haben? Ich bin ein aussergewöhnlicher Mensch. Kein altehrwürdiges Blatt von Renommé und Rang mit

Nachrichten-, Anzeigen- und Klatschseiten kann es sich leisten, mich zu ignorieren. Denn meinesgleichen füllen Tenne, Dorf und Kneipe. Ich bin die anderen! Ich bin aussergewöhnlich!

3

Said legt seine Ahnenreihe dar

Mein Name, Said der Glücklose, der Peptimist, passt auf mich wie angegossen. Die Peptimists gehören zu den alteingesessenen, vornehmen Familien in unserem Land. Sie gehen auf eine zypriotische Sklavin aus Aleppo zurück, für deren Köpfchen Tamerlan* keinen Platz in seiner Schädelpyramide finden konnte, obwohl diese einen Umfang von 20'000 und eine Höhe von 10 Ellen hatte. So sandte er diese Sklavin mit einem seiner Heerführer nach Bagdad, wo sie sich waschen und auf ihn warten sollte. Sie aber gab ihm das Nachsehen, und man munkelt − aber das ist ein Familiengeheimnis −, das sei die wahre Ursache für das berüchtigte Massaker gewesen. Sie brannte nämlich mit einem Beduinen vom Stamm der Tuwaisiten** durch, einem Mann namens Abdschar, von dem der Dichter sagt:

Wehe Abdschar, du mit deinem fetten Leib,
kaum dass Hunger droht, verstösst du schon dein Weib!

*Tamerlan: Mongolen-Herrscher, arabisch-persisch als Timur Leng bekannt, verwüstete auf seinen Feldzügen zu Ende des 14. Jh. weite Gebiete des Vorderen Orients.
**Tuwaisiten: „Leute vom Schlage des Tuwais", eines Sängers mit dem Beinamen „der Weibische", der in der Generation nach dem Propheten in Medina auftrat. Geboren in der Todesnacht des Propheten, mit einem Lebenslauf voller Ereignisse, die mit den Todesdaten verschiedener Kalifen zusammenfielen, erwarb er sich den legendären Ruf eines Unheilankündigers, der sich in dem Sprichwort: „Noch unheilvoller als Tuwais" niederschlug − ein ebenbürtiger Ahnherr der Peptimisten also.

Abdschar verstiess sie, als er sie mit einem gewissen Raghif Hungerleider* aus dem Dschiftlik-Tal ertappte, der sie seinerseits in Beerscheba verstiess. Und so fuhren unsere Ahnen fort, unsere Ahninnen zu verstossen, bis uns unsere Wanderschaften endlich auf eine weite, blumenduftende Ebene mit einer Landzunge führten, die, wie sich herausstellte, Akka hiess. Von dort ging es dann noch einmal weiter zum gegenüberliegenden Küstenstreifen, nach Haifa. Doch blieben wir auch dort unseren Scheidungsgewohnheiten treu, bis der Staat kam.

Nach der ersten Glücklosigkeit, damals, 1948, wurden unsere Familienmitglieder in alle Winde zerstreut und liessen sich in all den arabischen Gebieten nieder, die bis dahin noch nicht besetzt waren. So habe ich Verwandte, die am Hof der Rabi-Dynastie** in der Übersetzerkanzlei wirken („Übersetzungen vom und ins Persische"). Ein anderer hat sich auf das Anzünden von Zigarren bei einem weiteren Potentaten*** spezialisiert. Dann haben wir noch einen Hauptmann in Syrien, einen Leutnant im Irak und einen Major im Libanon, der allerdings just an dem Tag, an dem die Intra-Bank**** zusammenbrach, einem Herzinfarkt er-

*Phantastischer Name: wörtlich „Brotfladen, Sohn des Magenknurrens". (Anm.d.A.)
**al-Rabi, wörtlich „Vierter"-Familie: Anspielung auf den seinerzeit im Emirat Bahrain herrschenden Clan „al-Thani", wörtlich „Zweiter"-Familie. – Als Gegenstand der „persisch-arabischen" Kommunikation zwischen dem Emir und dem Schah hat man sich die zum privaten Vorteil der beiden Monarchen betriebene Ausbeutung der Ölquellen vorzustellen.
***Anspielung auf den zeitweiligen jordanischen Minister Salach Abu Said mit dem Spitznamen „Feuerzeug des Königs".
****Libanesische Bank, deren Zusammenbruch 1966 im Nahen Osten einen Finanzskandal auslöste.

lag. Auch der erste Araber, den die israelische Regierung jemals zum Vorsitzenden der Kommission für den Vertrieb von Löwenzahn und Brunnenkresse in Obergaliläa ernannte, ist ein Angehöriger unserer Familie, ungeachtet dessen, dass seine Mutter eine geschiedene Tscherkessin gewesen sein soll. Bis heute strebt er, freilich ohne Erfolg, auch den Vorsitz über Untergaliläa an. Mein seliger Vater schliesslich machte sich um den Staat noch vor dessen Entstehen verdient. Um seine Verdienste weiss in allen Details sein treuer Freund, der pensionierte Polizeioffizier Adon Safsarschek*.

Als nun mein Vater mitten auf der Strasse den Heldentod gestorben und ich durch den Esel gerettet worden war, schifften wir uns nach Akka ein. Dort sahen wir bald, dass für uns keine Gefahr bestand und dass alle voll damit beschäftigt waren, ihre Haut zu retten. So retteten wir denn die unsere in den Libanon, wo wir sie zu Markte trugen und damit unser Überleben sicherten.

Als wir schliesslich nichts mehr zu verkaufen hatten, erinnerte ich mich an das, was mir mein Vater bei seinem letzten Atemzug anvertraut hatte, dort, mitten auf der Strasse: „Geh zu Chawadscha** Safsarschek und sag ihm: ‚Mein Vater trug mir, noch kurz bevor er den Heldentod starb, Grüsse an Sie auf und liess Sie bitten, sich meiner anzunehmen.'"

Und er nahm sich meiner an.

---

*Adon Safsarschek: Der von der hebräischen Anredeform Adon = „Herr" gefolgte Name ist das durch slawische Diminutiv-Endung erweiterte hebräische Wort für „Makler": Safsar (vgl. Nachwort).
**Höfliche Anredeform für nicht-muslimische Würdenträger.

4

Said betritt Israel zum ersten Mal

Ich überquerte die Grenze im Wagen eines Arztes des Rettungs-Corps*, der in seiner Praxis im Wadi al-Salib in Haifa meiner Schwester den Hof gemacht hatte. Als wir nun auf unserer Flucht Tyros erreichten, stand er dort schon bereit, uns zu empfangen. Aber als mir die Sache verdächtig zu werden begann, war ich unversehens schon zu seinem besten Freund geworden, und ausserdem hatte nun auch seine Frau Geschmack an mir gefunden.

Einmal fragte er mich: „Kannst du ein Geheimnis bewahren?"

„Wie ein Stern über zwei Liebenden", antwortete ich.

Da sagte er: „Dann hüte deine Zunge; sie ist zu redselig!" Und ich hütete sie.

Als ich ihm nun meinen Wunsch verriet, heimlich über die Grenze zu gehen, erbot er sich, mich in seinem Wagen mitzunehmen.

„Es ist besser so für dich", sagte er.

„Und für dich", fügte ich hinzu.

Darauf er: „Also dann, mit Gottes Segen!"

Und meine Mutter gab uns beiden ihren Segen.

Wir kamen nach Tarschiha, gerade in dem Augenblick, als

---

*Von der Arabischen Liga 1948 aufgestellte Truppe, die die Entstehung eines jüdischen Staates in Palästina verhindern sollte.

Sonne und Bewohner das Dorf hinter sich liessen. Die Wachposten hielten uns an. Doch als der Arzt seinen Ausweis vorzeigte, wurde sofort salutiert. Ich war starr vor Angst. Aber der Arzt lachte und tauschte Beschimpfungen mit den Wachen aus, die auch lachten.

Wir übernachteten in Maalija. Kurz vor Tagesanbruch wurde ich von Geflüster geweckt, das vom Bett des Arztes, unweit meines eigenen, kam. Ich hielt den Atem an und hörte eine Stimme flüstern, ihr Mann werde um diese Zeit bestimmt nicht aufwachen. Da sagte ich mir, das könne nicht meine Schwester sein, denn diese hat bis heute keinen Mann. Und getrost schlief ich wieder ein.

Das Mittagessen nahmen wir im Hause ihres Vaters in Abu Sinan ein, einem Dorf, das damals Niemandsland war und in das höchstens Spione, Viehhändler und streunende Esel kamen.

Sie mieteten mir ein Reittier, auf dessen Rücken ich nach Kafr Jassif hinabritt. Das war im Sommer 1948. Auf dem Rücken dieses Viehs – zwischen Abu Sinan und Kafr Jassif – beging ich meinen vierundzwanzigsten Geburtstag.

Man wies mir den Weg zum Sitz des Militärgouverneurs, wo ich auf meinem Vollblutesel Einzug hielt. Die drei Stufen zum Eingangstor erklomm das Tier würdevoll.

Sogleich stürzte sich ein Trupp Soldaten, völlig entgeistert, auf mich, worauf ich laut schrie: „Safsarschek, Safsarschek!"

Ein feister Soldat rannte auf mich zu und brüllte: „Ich bin der Militärgouverneur! Runter von dem Esel!"

„Ich bin Herr Soundso", erwiderte ich, „und steige erst am Tor des Chawadscha Safsarschek ab."

Da ergoss er eine Fluchsalve über mich, worauf ich rief: „Ich stehe unter dem Schutz von Chawadscha Safsarschek!"

Da ergoss er eine Fluchsalve über Chawadscha Safsarschek, worauf ich vom Esel abstieg.

5

Nachforschungen über den Ursprung der Peptimists

Als ich nun vom Esel abgestiegen war, bemerkte ich, dass ich den Militärgouverneur überragte. Ich fühlte mich erleichtert bei der Feststellung, dass ich, auch nach Abzug der Eselsbeine, grösser war als er. Daraufhin machte ich es mir auf einer der Bänke jener Schule bequem, die sie zum Gouverneurssitz umgewandelt hatten und deren Tafeln nun als Pingpong-Tisch dienten.

Ich fühlte mich wirklich erleichtert und dankte Gott dafür, dass ich, auch nach Abzug der Eselsbeine, grösser war als der Militärgouverneur.

Dies ist ein typisches Merkmal unserer Familie, die deshalb Peptimist heisst. Dieser Name ist nämlich eine Verschmelzung zweier Wörter, Pessimist und Optimist, Eigenschaften, die sich in sämtlichen Mitgliedern unserer Familie seit unserer verstossenen zypriotischen Urahnin untrennbar verbunden finden. Also nannte man uns Peptimist, und es heisst, derjenige, der uns diesen Namen gab, sei Tamerlan gewesen, und zwar nach dem zweiten Massaker von Bagdad. Das war damals, als sie meinen Urahn, den dicken Abdschar, vor ihm schlecht machen wollten und ihm hinterbrachten, dieser habe, hoch zu Ross ausserhalb der Mauern, auf die in Flammen stehende Stadt zurückblickend, ausgerufen: „Nach mir die Zerstörung Bosras!"

Oder nehmen Sie zum Beispiel mich: Ich kann einen Pessimisten nicht von einem Optimisten unterscheiden und frage mich oft, was ich eigentlich bin, ein Pessimist oder ein Optimist. Wenn ich morgens aufwache, danke ich Gott dafür, dass er mich nicht im Schlaf hinweggerafft hat. Und wenn mich am Tag ein Missgeschick ereilt, danke ich Gott dafür, dass mir nichts Schlimmeres zugestossen ist. Was also bin ich, ein Pessimist oder ein Optimist?

Meine Mutter stammt ebenfalls aus der Familie Peptimist. Mein ältester Bruder arbeitete im Hafen von Haifa, als ein Sturm aufkam, den Kran, den er lenkte, umwarf und ihn mitsamt meinem Bruder auf die Felsen im Meer schleuderte. Man las ihn zusammen und brachte ihn in Stücken nach Hause, ohne Kopf und ohne Eingeweide. Er war gerade einen Monat verheiratet gewesen, und nun sass seine junge Frau jammernd und ihr Unglück beklagend zu Hause. Meine Mutter sass bei ihr und weinte lautlos. Plötzlich sprang meine Mutter auf, schlug die Handflächen aufeinander und rief mit belegter Stimme: „Gut, dass es so und nicht anders gekommen ist!"

Niemand war besonders überrascht, ausser der jungen Frau, die ja nicht aus unserer Familie stammte und der diese Art Weisheit nicht einleuchtete. Sie verlor die Fassung und schrie meiner Mutter ins Gesicht: „Was soll das heissen: nicht anders, alte Glücklose?" (Das bezog sich auf den Namen meines seligen Vaters: der Glücklose.) „Was könnte denn noch schlimmer sein?"

Meine Mutter liess sich von diesem jugendlichen Ausbruch nicht beeindrucken. Sie antwortete mit ruhiger Orakelstimme: „Zum Beispiel hättest du dich zu seinen Lebzeiten entführen lassen können, meine Tochter, wärst also mit einem anderen Mann davongelaufen." Dazu muss man wissen, dass meine Mutter den Familienstammbaum in- und auswendig kennt.

Wirklich lief sie zwei Jahre später mit einem anderen Mann davon. Der erwies sich als unfruchtbar. Als meine Mutter davon erfuhr, sagte sie wie immer: „Wie sollte man da nicht Gott dankbar sein?"

Was sind wir also, Pessimisten oder Optimisten?

6

Said nimmt erstmals am Unabhängigkeitskrieg teil

Kehren wir nun, mein Verehrter, zurück zum Hauptquartier des Militärgouverneurs, der mich mit seiner über Adon Safsarschek ausgegossenen Fluchsalve veranlasst hatte, unverzüglich vom Esel herabzusteigen. Rasch wurde mir klar, dass Beschimpfungen nicht unbedingt Ausdruck der Verachtung des Beschimpfenden für den Beschimpften sein müssen, sondern mitunter einfach Ausdruck des Neides sind. Denn kaum hatte ich auf einem Stuhl Platz genommen, befriedigt darüber, dass ich den Gouverneur noch immer, auch nach Abzug der Eselsbeine, um einiges überragte, als dieser, ich meine den Gouverneur, zum Telefon stürzte und einige Worte in den Hörer kauderwelschte. Ich verstand nur zwei davon, die Namen Glückloser und Safsarschek, Namen, die mich von nun an für lange Zeit begleiten sollten. Dann warf er den Hörer auf die Gabel und herrschte mich an: „Aufstehen!" Und ich stand auf.

„Ich bin Abu Ishak*", schnauzte er. „Folg mir!"

Ich folgte ihm zu seinem Jeep, der vor dem Portal geparkt war, dicht neben meinem Esel, der ruhig vor sich hin schnaufte.

---

*Abu Ishak: Vater von Isaak, das heisst im biblischen Kontext: Abraham.

„Los!" befahl er und schwang sich in seinen Jeep, während ich mich auf mein Lasttier schwang. Da stiess er einen solchen Schrei aus, dass wir beide heftig zusammenschraken. Ich flog vom Esel herab und fand mich schliesslich neben ihm, ich meine den Gouverneur, im Auto wieder, das bereits auf dem rechts und links von Sesamsträuchern gesäumten Feldweg in Richtung Westen dahinratterte.

„Wohin geht's?" fragte ich.

„Nach Akka — Mund halten!" Und ich hielt den Mund.

Wir waren erst wenige Minuten gefahren, da stoppte er plötzlich und stürzte sich mit gezogenem Revolver wie ein Pfeil hinaus. Er brach, sich mit dem Bauch einen Weg bahnend, in das Sesamdickicht ein. Dort hockte in der Tat eine Frau, eine Frau in ländlicher Tracht, zusammengekauert am Boden und beugte sich mit angstvoll aufgerissenen Augen schützend über ihr Kind.

„Aus welchem Dorf?" herrschte er sie an. Doch die Frau blieb regungslos hocken und starrte weiter unverwandt auf ihn, der sich wie ein gewaltiger Felsblock über ihr erhob.

„Aus Birwa, oder?" brüllte er ihr ins Gesicht.

Immer noch keine Antwort, nur der gleiche starre Blick.

Da hielt er dem Kind den Revolver an die Schläfe und schrie: „Antworte, oder ich puste ihm das Hirn raus!"

Ich musste mich zusammennehmen, um mich nicht, ohne Rücksicht auf die Folgen, auf ihn zu stürzen. Denn in meinen Adern brauste das jugendlich heisse Blut meiner vierundzwanzig Jahre. Nicht einmal ein Fels wäre bei solch einem Anblick ruhig geblieben! Doch im rechten Augenblick kamen mir die Ermahnungen meines Vaters und die Segenswünsche meiner Mutter in den Sinn, und ich sagte mir: Du greifst ihn erst an, wenn er wirklich feuert. Bis jetzt bedroht er sie ja nur. Ich nahm mich also zusammen. Und diesmal antwortete die Frau: „Ja, aus Birwa."

Er schnaubte: „Und jetzt willst du wohl zurück?"

„Ja, zurück."

„Habe ich euch nicht gewarnt", brüllte er, „dass jeder, der dorthin zurückkehrt, sofort erschossen wird? Habt ihr denn immer noch nicht begriffen, was Ordnung ist? Glaubt ihr, das wäre dasselbe wie Schlamperei? Du stehst jetzt auf und gehst, immer geradeaus, irgendwohin zurück in Richtung Osten! Wenn du dich hier nochmal blicken lässt, gibt's kein Pardon mehr!"

Die Frau stand auf, nahm ihr Kind bei der Hand und machte sich auf in Richtung Osten, ohne sich ein einziges Mal umzusehen. Ihr Kind lief, auch es ohne sich umzusehen, neben ihr her.

Hier wurde ich des ersten jener wundersamen Phänomene gewahr, die mich von da an verfolgen sollten, bis ich schliesslich meine ausserirdischen Freunde kennenlernte. Je weiter sich nämlich die Frau und das Kind von uns entfernten, vom Militärgouverneur, der auf der Erde stand, und von mir im Jeep, desto länger wurden ihre Gestalten, die im Licht der untergehenden Sonne mit ihren Schatten verschmolzen und sich weit über die Ebene von Akka hinaus erstreckten. Der Gouverneur rührte sich nicht; er wartete darauf, dass sie verschwänden, während ich zusammengekauert im Jeep ausharrte.

„Wann sind sie endlich verschwunden?" murmelte er irritiert. Die Frage war wohl nicht an mich gerichtet.

Dieses Birwa ist das Heimatdorf jenes Dichters*, der fünfzehn Jahre später folgende Verse schreiben sollte:

Ein Hoch auf den Henker, den Bezwinger einer schwarzäugigen Schönen!
Ein Hoch auf den Eroberer eines Dorfes, den Schlächter von Kindheitsträumen!

War er vielleicht das Kind? Ging weiter nach Osten, nachdem er seine Hand aus der seiner Mutter gelöst und sie dem Schatten überlassen hatte?

Warum ich Ihnen, Meister, diese trivialen Begebenheiten berichte? Nun, aus mehreren Gründen: Einmal wegen jenes Phänomens, dass Körper anwachsen, sobald sie sich aus unserem Blickfeld entfernen. Dann, weil diese Geschichte einen weiteren Beleg dafür liefert, dass der Name unserer altehrwürdigen Familie den Mächtigen im Staat immer wieder Respekt abnötigt. Ohne diesen Respekt hätte der Gouverneur ja wohl das gesamte Magazin seines Revolvers in meinen Kopf entleert; denn es konnte ihm kaum entgangen sein, wie schwer es mir fiel, meine Regung zu unterdrücken. Und schliesslich, weil ich damals zum ersten Mal das Gefühl hatte, die Mission meines seligen Vaters vollenden und dem Staat dienen zu müssen, und sei es auch erst nach seiner Entstehung.

Warum sollte ich mich also nicht mit dem Gouverneur gutstellen? „Ihr Wagen hier", fragte ich ihn verbindlich,

---

*Gemeint ist Machmud Darwisch (Anm.d.A.), der bedeutendste unter den „Widerstandsdichtern", geb. 1942 in dem Dorf Birwa und bis zu seiner Emigration 1970 in Haifa zusammen mit Habibi an der Redaktion mehrerer arabischer Kulturzeitschriften beteiligt.

„welches Modell ist das eigentlich?" Darauf er: „Halt den Mund!" Und ich hielt ihn.

Von dem schon erwähnten Dichter aus Birwa stammen übrigens auch die folgenden Verse:

Wir kennen sie wohl, jene Dämonen,
die Kinder zu Propheten machen!

Was er nicht wusste, oder allenfalls erst seit kurzem weiss, ist, dass dieselben Dämonen Kinder auch gänzlich der Vergessenheit ausliefern können.

7

Erste Erwähnung Juads

Als wir die Stadt Akka erreichten, empfing sie uns, gehüllt in einen Überwurf von abbassidischer* Nachtschwärze. Da kam mir meine Freundin Juad in den Sinn, die, damals im Zug, niemandem ausser mir ein Lächeln schenkte, was meinen Herzschlag beschleunigte. Denn Akka — das ist der Ort meiner Sekundarschulzeit, und Juad — das ist meine erste Liebe.

Akka, die Stadt, die den Kreuzfahrern länger als irgendeine andere standgehalten, die Napoleon getrotzt und den Tataren den Eintritt verwehrt hatte, sie hatte auch noch ihre Würde bewahrt, nachdem sie alt und hinfällig geworden war, ihre Mauernischen längst Haschischkneipen beherbergten und ihr Leuchtturm nur noch schwach glomm wie Dschuhas Leuchte**. Sie blieb die eigentliche Hauptstadt, auch nachdem Haifa sich mit seiner Industrie ein neues, jugendliches Äusseres verpasst hatte. Und Akkas Sekundar-

---

*Schwarz ist die Symbolfarbe der Abbassiden (750–1258), der zweiten Kalifendynastie, die von Bagdad aus während der „klassischen" Periode der arabisch-islamischen Kultur, wenigstens nominell, die Herrschaft über den Nahen Osten ausübte.
**Dschuha, ein vor allem unter seinem türkischen Namen „Hodscha Nasreddin" bekannter „Weiser Narr", benutzt eine schwach brennende Leuchte als Feuerstelle für das ihm durch eine betrügerische Wette zur Zubereitung aufgegebene Festmahl und revanchiert sich so für das ihm zugefügte Unrecht.

schule mit ihren Klassenzimmern auf dem Kranz der Ost-
mauer genoss weiterhin höheres Ansehen als die Sekundar-
schule in Haifa. Daher wechselten wir zur „Garnison-Schu-
le"* in Akka über und pendelten täglich mit dem Zug.

In diesem Zug nun traf ich meine Freundin Juad aus Haifa, die wie wir, die Schultasche unter dem Arm, täglich nach
Akka zur Mädchen-Oberschule reiste und mit uns im gleichen Zug zurückfuhr. Dabei zog sie sich allerdings in das
einzige geschlossene Abteil des Zuges zurück, dessen Vorhänge heruntergelassen waren, wenn sie es betrat, und es
blieben, bis sie es wieder verliess. Doch warf sie mir durch
den Schlitz der Abteiltür aus ihren grünen Augen verstohle-
ne Blicke zu, und ich verliebte mich heftig in sie. Eines Morgens rief sie mich zu sich – eine englische Vokabel sollte ich
ihr erklären. Als ich passen musste, erklärte sie sie mir selbst
und forderte mich auf, mich zu setzen. Von nun an sass ich
immer, auf der Hinfahrt und auf der Rückfahrt, neben ihr.
Ich liebte sie wahnsinnig, und auch sie sagte mir, sie liebe
mich, weil ich ein netter Junge sei und so schön laut lache.

Die Eifersucht eines meiner Klassenkameraden sollte
mich aber bald zum Weinen bringen, wenn auch lautlos. Er
verpetzte mich nämlich beim Direktor der Schule, der den
Brief an den Leiter unserer Schule weitersandte. Dieser rief
daraufhin alle Fahrschüler aus Haifa zusammen, tobte
fürchterlich und liess uns wissen, dass zwischen Haifa und
Akka ein Meer liegt. Und: „Was in Haifa erlaubt ist, ist in

---

*Das Gymnasium von Akka befand sich vor der Staatsgründung in den Ge-
bäuden der früheren türkischen Garnison; daher sein Name. (Anm.d.A.)

Akka noch lange nicht erlaubt. Diese Stadt ist konservativ seit Saladins Zeiten!"

Da fiel mir dann ein, was der ehrenwerte Weltreisende Abu al-Hassan Muhammad Ibn Achmad Ibn Dschubair al-Kinani al-Andalusi al-Schatibi al-Balanisi* geschrieben hatte, der zu Saladins Zeiten nur zwei Nächte in einem Akkaer Hospiz zuzubringen brauchte, um feststellen zu können: Diese Stadt „strotzt von Beweisen des Unglaubens und der Aufsässigkeit" und: „Sie ist voll von Schmutz und Unrat." Und noch mein seliger Grossvater väterlicherseits, der Nämliche, dessen erste Frau sich hatte „entführen" lassen, pflegte uns Kindern von klein auf einzuhämmern: „Sie tat das nur, weil sie aus Akkaaa stammte", wobei er das Schluss-A stark in die Länge zog — zur besonderen Betonung.

Ich sah dem Direktor fest ins Gesicht und schrie heiser: „Aber sie ist doch gar nicht aus Akkaaa!"

Daraufhin jagte er uns aus seinem Büro und schrieb einen Brief an ihre Familie. Diese schickte jemanden, der mich am Bahnhof versohlte, was mich aber nur noch heftiger in Liebe für sie entbrennen liess. Als Rache verprügelte ich den Schulkameraden, der mich verpetzt hatte, wobei wir beide aus dem Zug auf den Sand des Meeresstrandes fielen, ohne uns irgendwie weh zu tun. Wir gingen zu Fuss nach Haifa zurück, nahmen noch ein Bad im Meer und liessen uns von den Beduinen Fladenbrot mit Öl und Salz vorsetzen, wobei sie die Gelegenheit nutzten, uns die Schultaschen zu stibitzen.

---

*Muhammad Ibn Dschubair (1145—1217): spanisch-arabischer Reiseschriftsteller, besuchte Akka im Jahre 1158. (Anm.d.A.)

Auf diesem Rückweg wurden wir zwei die besten Freunde und sind es bis heute geblieben.

Von Juad aber, die nach dem Schreiben des Direktors an ihre Eltern nicht wieder im Zug erschien, sah ich nie mehr eine Spur. Doch blieb mein Herz von der Liebe zu ihr tief verwundet.

Als wir nun das Polizeihauptquartier am Westufer betraten, befahl mir der Gouverneur, der mich der Obhut eines der dortigen Offiziere übergab: „Sie erscheinen morgen früh wieder hier, damit ich Sie nach Haifa bringen kann!" Dann fiel ihm noch ein: „Aber wo werden Sie hier die Nacht verbringen?"

Irgendwie entfuhr mir: „Juad* – bitte noch einmal!"

„Sind Sie denn taub?" mischte sich da der Offizier ein und wiederholte mir die Anweisungen ins Ohr.

Darauf ich: „Ich kenne niemanden hier ausser dem Direktor der Schule, Herrn Soundso."

Sie berieten sich kurz, dann sagte der Gouverneur zu dem Offizier: „Bringen Sie ihn zur Dschasar-Moschee!" Er lud mich sogleich in seinen Jeep und fuhr los. Am Trinkbrunnen hielt er an. Wir stiegen aus, und er schlug mit dem uralten Türklopfer ans Moscheetor.

Darauf hörten wir Lärm, der aber erstickte, dann das Weinen eines Kindes, das aber verstummte. Dann schlurfende Schritte, die sich nahten. Darauf öffnete sich das Tor vor einem alten Mann, ganz hager, gehüllt in ein schäbiges Ge-

---

*Juad: ein im Roman emblematisch gebrauchter Vorname, wörtlich „soll zurückgebracht werden", wird phraseologisch auch als Nachfrage im Sinne von „bitte noch einmal!" benutzt.

wand, ganz zerschlissen, der hiess uns willkommen.* Darauf der Offizier in Befehlston: „Da, noch einer, der morgen im Hauptquartier zu erscheinen hat!"

Der Alte sagte: „So tritt denn ein, mein Sohn." Und ich trat ein. Als ich mir sein Gesicht genauer besah, erkannte ich in ihm den Direktor der Schule wieder. Da rief ich aus: „Ach, mein Lehrer von einst! Mein seliger Vater hat mich in seinem Vermächtnis Ihrer Güte anvertraut!" Darauf er: „Mein Sohn, meine Güte reicht weit! Tritt ein und sieh selbst!"

*Die kurzgliedrigen Sätze, im arabischen Original in Prosa-Reim endend, sind charakteristisch für die „Makamen" von al-Kassim Ibn Ali al-Hariri (1054−1122), Verstellungsgeschichten, die stets auf eine Wiedererkennungsszene ausgehen.

8

Eine wundersame nächtliche Sitzung im Hofe der Dschasar-Moschee

Mein Lehrer klatschte dreimal in die Hände, dann rief er, ans Dunkel des Moscheehofes gewandt: „Kein Grund zur Beunruhigung! Er hier ist einer von uns!"

Sofort brach wieder der eben unterdrückte Lärm los, wurden Handflächen, die sich gerade noch auf die Münder kleiner Kinder gepresst hatten, zurückgezogen, und näherten sich uns Geisterwesen aus den verschiedenen Kammern der Achmadija-Medrese, die den weiten Hof an drei Seiten, im Osten, Norden und Westen, umgeben. Sie bildeten einen Kreis um uns, und nach ausführlichem „Friede sei mit dir und die Barmherzigkeit und der Segen Gottes!" setzten sie sich auf den Boden und begannen ihre Befragung.

Ich sagte, ich käme aus dem Libanon zurück.

Aufregung und Durcheinander.

„Das ist einer von den Unsrigen", rief mein Lehrer. „Wenn der zurückkommt, kommen auch die anderen zurück!"

„Bist du illegal zurückgekommen?" fragte irgend jemand.

Nun wollte ich auf keinen Fall etwas von dem Doktor, dem Liebhaber meiner Schwester, noch von meinem Eselsritt oder von Adon Safsarschek erzählen und sagte deshalb rasch: „Natürlich."

„Dann werden sie dich noch in dieser Nacht zurückschik-
ken.“

Ich widersprach: „Mein Vater, der sein Leben für euch gelassen hat, hatte einen Freund, jemanden von ihnen, einen
mit viel Einfluss. Er heisst Adon Safsarschek ...“

Wieder brach ein Tumult los, und wieder bemühte sich
mein Lehrer, sie zu beruhigen: „Er hier ist noch jung, ein
Knabe, noch lange nicht erwachsen.“ Und das, obwohl ich
in eben jener Nacht mein vierundzwanzigstes Lebensjahr
vollendet hatte; ich war benommen wie im Traum.

Insgeheim dankte ich meinem Lehrer dafür, dass er, um
mich vor ihrem Zorn zu retten, für den ich überhaupt keinen
Grund erkennen konnte, zumindest nicht behauptet hatte,
ich sei ein Mädchen.

Schliesslich liessen sie aber von meiner Person ab und
überschütteten mich statt dessen mit Fragen nach den ver-
sprengten Splittern ihrer Familien, die in den Libanon geflüchtet waren.

„Wir sind aus Kuwaikat. Sie haben es zerstört und alle
Einwohner vertrieben. Hast du jemand aus Kuwaikat getroffen?“

Mir kam die Wiederholung des „K“ in Kuwaikat derart
komisch vor, dass ich laut herausgelacht hätte, wäre da nicht
die Stimme einer Frau hinter der Sonnenuhr an der Westseite
zu hören gewesen: „Aber das Mädchen schläft ja gar nicht,
Schukrija, das Mädchen ist tot, Schukrija!“ Ein erstickter
Schrei drang zu uns. Alle hielten den Atem an, bis der Schrei
verklungen war. Dann nahmen sie die Befragung wieder auf.

„Nein“, sagte ich.

„Ich bin aus Manschija. Nicht ein Stein ist dort auf dem anderen geblieben, ausser auf dem Friedhof. Kennst du vielleicht jemand aus Manschija?"

„Nein."

„Wir sind aus Amka. Sie haben es umgepflügt und das Öl auf den Boden gegossen. Kennst du irgendwen aus Amka?"

„Nein."

„Wir hier sind aus Birwa. Sie haben uns vertrieben und das Dorf zerstört. Kennst du jemand aus Birwa?"

„Ich habe eine Frau gesehen, die versucht hat, sich mit ihrem Kind zwischen den Sesamstauden zu verstecken."

Viele Stimmen schwirrten nun durcheinander und versuchten zu erraten, wer diese Frau sein könnte. Sie zählten mehr als zwanzig Umm Soundsos* auf. „Das ist genug!" unterbrach schliesslich ein alter Mann. „Es ist Umm Birwa, Mutter Birwa. Das soll uns genügen. Gott allein ist ihre Zuflucht und die unsre." Da gaben sie auf.

Nun brachen andere Stimmen hervor. Sie bestanden darauf, ihre Dörfer zu nennen, die — wie ich erfuhr — von der Armee niedergewalzt worden waren.

„Wir sind aus Ruwais."

„Wir sind aus Hadatha."

„Wir sind aus Damun."

„Wir sind aus Masraa."

„Wir sind aus Schaab."

„Wir sind aus Miar."

---

*Umm Soundso: Im arabischen Sprachraum erhält eine Frau bei der Geburt des ersten Kindes die als Ehrenname verstandene Benennung „Umm (Mutter von) Soundso", die im familiären Verkehr vielfach noch heute an die Stelle des Rufnamens tritt. „Umm Birwa" ist dann die Mutter aller jungen Leute dort, „Mutter Heimat".

„Wir sind aus Saib."

„Wir sind aus Bassa."

„Wir sind aus Kabiri."

„Wir sind aus Ikrit."

Erwarten Sie nicht von mir, verehrter Herr, dass ich mich nach so langer Zeit noch an die Namen all jener verwüsteten Dörfer erinnere, die die Geisterwesen in jener Nacht in der Dschasar-Moschee als Orte ihrer Herkunft nannten. Schliesslich pflegten wir, die wir aus Haifa stammen, uns in den Dörfern Schottlands besser auszukennen als in denen Galiläas, und so hatte ich von den meisten dieser Dörfer bis zu jener Nacht noch nie etwas gehört.

Machen Sie deswegen nicht mir Vorwürfe, verehrter Herr, tadeln Sie lieber Ihre Freunde. War es nicht gerade Ihr Dichter* aus Galiläa, der schrieb:

Einritzen will ich die Nummer jeder Parzelle
unseres Bodens, der enteignet wurde,
die Lage meines Dorfes und seiner Gemarkungen,
die Häuser seiner Bewohner, die gesprengt,
meine Bäume, die entwurzelt,
jede kleine Feldblume, die zertreten wurde,
um nicht zu vergessen.
Und weiter ritzen will ich
jede Phase meines Verhängnisses,
alles Kleine,
alles Grosse,
in den Stamm eines Ölbaums
im Hof des Hauses.

*Gemeint ist Taufik Sajjad (Anm.d.A.), ein älterer kommunistischer „Widerstandsdichter", längere Zeit auch Bürgermeister von Nazareth.

Wie lange wird er wohl ritzen müssen? Während die Jahre des Vergessens darüber hingehen und es verwischen? Wann wird uns das in den Stamm des Ölbaums Geritzte verlesen werden? Ist überhaupt ein Ölbaum im Hof des Hauses stehengeblieben?

Da nun jene Gestalten von mir keine befriedigenden Antworten erhielten und feststellen mussten, dass ich auf der Welt niemanden als meine eigene Familie und Adon Safsarschek kannte, liessen sie von mir ab und zogen sich in ihre Winkel zurück. Und ich blieb mit meinem Lehrer allein.

9

Das erste Zeichen aus dem fernen All

Als sich die Versammlung zerstreut hatte und ich mit meinem Lehrer, der mich vor dem Zorn der Geisterwesen gerettet hatte, allein war, verspürte ich ein Gefühl der Dankbarkeit, das ich gern zum Ausdruck gebracht hätte. Gewiss, mein Lehrer war, wie Sie, verehrter Herr, sich erinnern werden, der Grund für das Zerbrechen meiner Beziehung zu Juad gewesen, dem Mädchen mit den grünen Augen. Aber mein Herz ist weit. Und so schilderte ich ihm, wie froh ich sei, die Nacht unter seiner Obhut verbringen zu können, meine erste Nacht in diesem neuen Staat, zumal er ja auch − nach Adon Safsarschek − im Vermächtnis meines Vaters genannt sei.

„Was also machen Sie hier, mein guter Lehrer?" fragte ich ihn.

„Familienzusammenführung." Dann fügte er hinzu: „Wirklich, mein Sohn, sie sind nicht schlimmer als andere im Lauf der Geschichte." Ich nickte zustimmend. Und er fuhr fort: „Gewiss, sie haben jene Dörfer zerstört, von denen die Leute sprachen, und die Einwohner vertrieben. Aber dennoch, mein Sohn, haben sie eine weiche Seite, in deren Genuss unsere Vorfahren, als sie erobert wurden, nicht gekommen sind. Nimm dieses Akka zum Beispiel: Als die Kreuzfahrer es im Jahre 1104 nach dreiwöchiger Belagerung eroberten, schlachteten sie die Einwohner ab und schleppten ihre Habe als Beute fort. Dreiundachtzig Jahre blieb die Stadt in ihren Händen, bis Saladin sie nach der Schlacht von Hittin, die ich mit euch im Unterricht durchgenommen habe, endlich befreite.

Später kehrten die Kreuzfahrer zurück und belagerten Akka zwei volle Jahre, vom August 1189 bis zum Juli 1191. Schliesslich zwang der Hunger die Einwohner, sich zu harten Bedingungen zu ergeben. Als sie diese dann nicht erfüllen konnten, befahl ihr König Richard Lion Heart, das heisst Löwenherz, zweitausendsechshundert Köpfe jener Menschen, die sie als Geiseln weggeführt hatten, abzuschlagen. Akka blieb danach ein volles Jahrhundert in ihren Händen, ganze hundert Jahre, mein Sohn, bis der mamlukische Heerführer Kalawun* es 1291 befreite. Er hatte den militärischen Rang eines ,Alfi', eines ,Tausenders', in Anerkennung des enormen Preises, der für ihn als Sklaven gezahlt worden war, nämlich tausend Dinar."

An diesem Punkt wollte ich gern zeigen, dass ich noch immer zu seinen Musterschülern gehörte. „Ist eigentlich der Rang eines ,Aluf' bei ihren Generälen, mein guter Lehrer, auch so zu erklären?" fragte ich ihn.

„Gott behüte, auf keinen Fall, mein Sohn! Diese Bezeichnung stammt aus dem Alten Testament und steht für einen

---

*Kalawun: fünfter Sultan der Mamlukendynastie (reg. 1279–90). Die Mamlukenherrscher waren nicht selten ehemalige Sklaven, die in ihrer Jugend aus ihrer kaukasischen Heimat nach Ägypten gebracht worden waren. „Alfi", „Tausender" ist der Spitzname Kalawuns, dessen militärischer Rang zugleich der eines „Amir alf", eines „Befehlhabers über Tausend" war.

Anführer von tausend Mann. Sie sind keine Mamluken und auch keine Kreuzfahrer, sondern Rückkehrer in ihre Heimat nach zweitausendjähriger Abwesenheit."

„Welch ein erstaunliches Erinnerungsvermögen sie haben!"

„Nun, mein Sohn, jedenfalls spricht man seit zweitausend Jahren in Tausendern: Es gab Heerführer über Tausend oder mehrere Tausend; es gab auch Gefallene zu Tausenden. Es gibt auf Erden nichts Heiligeres als das Blut des Menschen, mein Sohn. Deshalb wird ja unser Land auch das Heilige genannt."

„Meine Stadt, Haifa, ist sie auch heilig?"

„Jeder Ort in unserem Land ist geheiligt durch das Blut der Dahingeschlachteten und wird weiterhin geheiligt, mein Sohn. Deine Stadt Haifa unterscheidet sich in nichts von unseren übrigen heiligen Städten. Denn nachdem die Kreuzfahrer die Heilige Stadt Jerusalem − Friede sei mit ihr − im Jahre 1099 an sich gebracht hatten und ihr König, Gottfried, sich dem Papst gegenüber in einem Brief rühmen konnte, dass abgeschlagene Köpfe, Hände und Füsse sich in den Strassen und auf den Plätzen Jerusalems türmten und dass in der Moschee Omars* − Gott habe Wohlgefallen an ihm −, der letzten Zufluchtsstätte der Muslime, die Pferde knietief im Blut standen, zogen sie weiter und eroberten, nach einmonatiger Belagerung durch die venezianische Flotte, auch Haifa, wo sie die Bewohner, Männer, Frauen und Kinder, allesamt abschlachteten. Haifa ist nämlich keineswegs eine

---

* Gemeint ist hier der Felsendom in Jerusalem.

neue Stadt, mein Sohn, nur gab es nach den Massakern jeweils niemanden mehr, der den Späteren über ihre Abstammung hätte Mitteilung machen können."

„Warum haben Sie uns im Unterricht nie von dieser Heiligkeit berichtet, mein Lehrer?"

„Nun, auch die Engländer hatten ein Recht, stolz auf ihre Geschichte zu sein, mein Sohn, und besonders auf ihren grossen König Richard Löwenherz. Schliesslich hatten auch sie – ohne dass wir euch das alles lehrten – durch das Vergiessen unseres Blutes Anteil an der Heiligung unseres Landes. Denn Geschichte, mein Sohn, ist in den Augen der Eroberer nur dann korrekt, wenn sie sie selbst bearbeitet haben."

„Wird man uns erlauben, mein Lehrer, diese Geschichte zu studieren – wenn die Eroberer einmal abgezogen sind und das Land seine Unabhängigkeit erhalten hat?"

„Warte ab."

„Werden sie in die Dschasar-Moschee eindringen wie die Kreuzfahrer in die Omar-Moschee?"

„Gott behüte, auf keinen Fall, mein Sohn! Sie werden natürlich am Portal klopfen, und wir werden zu ihnen hinausgehen. Sie verletzen doch die Würde von Kultorten nicht. Für dergleichen haben sie doch draussen Platz genug!"

Kaum hatte mein Lehrer seine so beruhigenden Äusserungen beendet, da hörten wir heftiges Pochen an der Tür. „Da sind sie", sagte er.

„Sollte Adon Safsarschek aus Haifa gekommen sein", fragte ich, „um sich nach mir zu erkundigen?"

Doch mein Lehrer war bereits am Tor. Und die Geister-

wesen waren bereits erwacht und begannen, im Hof herum-
zuhasten.

Mit angehaltenem Atem lauschten wir der Mitteilung, die
Armee habe beschlossen, alle Personen, die in der Moschee
Zuflucht gesucht hatten, sofort in ihre Heimatdörfer zu-
rückzubringen.

Eines der Geisterwesen flüsterte mir zu: „Warum können
sie eigentlich nicht bis zum Morgen warten?"

Mich erstaunte die Frage, und ich antwortete: „Was du
heute kannst besorgen, das verschiebe nicht auf morgen."

Dann rief jemand laut: „Said der Glücklose bleibt allein
mit dem Lehrer hier, alle anderen raus!"

So bestätigte sich, was mein Lehrer gesagt hatte, dass sie
nämlich keineswegs schlimmer seien als Richard Löwenherz.

Schukrija, die Frau, deren Tochter gestorben war, stahl
sich, das Kind in den Armen, rasch zum Osttor hinaus.
„Wohin?" fragte ich sie noch, bevor sie in die stockfinsteren
Marktgässchen entschwand. „Sobald es hell wird, werde ich
sie in Akka begraben und mich meinem Geschick überlassen", antwortete sie.

Andere stahlen sich zum Südtor hinaus, um in den alten
Gassen Akkas zu verschwinden. Auf meine Frage: „Warum?" entgegneten sie: „Wir haben keinen Adon Safsarschek, und die, die unsere Dörfer zerstört haben, werden
uns nicht dorthin zurückbringen."

Alle übrigen aber nahmen ihre zerschlissenen Habseligkeiten und ihre Kinder und verliessen den Hof durch das
grosse Nordtor. Dort wurden sie auf Lastwagen verfrachtet,

die sie, wie mir mein Lehrer später mitteilte, an die Grenze brachten, wo man sie Richtung Norden ablud und ihrem Schicksal überliess.

Endlich kam mein Lehrer zurück, lehnte sich gegen die Sonnenuhr, an die gelehnt ich schon da sass; die Beklemmung war von mir gewichen. „Steh jetzt auf und geh schlafen", sagte er, „du hast mich diese Nacht mit deinen Fragen völlig ausgehöhlt."

Aber ich konnte nicht schlafen. Denn an jenem Morgen, im trügerischen Dämmerlicht, sah ich das erste Zeichen aus dem fernen All.

10

Said gibt ein wundersames Familiengeheimnis preis

Ich konnte nicht einschlafen, nicht weil ich aufgewühlt, sondern weil ich überwältigt war vom Glück, das mir lachte. Da komme ich, ein heimlicher Heimkehrer, in die Heimat zurück, und es passiert mir nichts, während mein ganzes Volk heimatlos im Land herumirrt oder, sofern es das noch nicht tut, dazu gezwungen wird.

Nur ich nicht. Ich kehre heimlich zurück im Auto des Doktors, des Liebhabers meiner Schwester. Der gute Ruf meiner Schwester bleibt dank unserer Gastgeberin in Maalija bewahrt. Ich steige vom Auto auf einen Esel um, vom Esel in einen Jeep. Auf dem Weg nach Akka werde ich dadurch, dass ich mich im rechten Moment zurückhalte, vor dem sicheren Tod gerettet. Ich nehme schliesslich Zuflucht in der Dschasar-Moschee, begebe mich in die Obhut meines Lehrers, dem ich vergeben habe. Da kommt die Armee und wirft die Geisterwesen und deren Kinder hinaus in das Gebiet jenseits der Linien, alle ausser Said dem Glücklosen, dem Peptimisten. Wie sollte ich also nicht diese Nacht als meine Glücksnacht empfinden?

Keineswegs kann Adon Safsarschek Ursache all dieses Glücks sein! Ist es ein Zauberring? Oder Aladins Wunderlampe? Das Ganze birgt ein Geheimnis in sich, das jenseits menschlicher Fähigkeiten liegt.

Ich beschloss hinauszugehen, es zu ergründen.

Doch zuvor, mit Verlaub, Meister, bevor ich Ihnen berichte, was mir draussen widerfahren ist, muss ich Sie noch in Kenntnis setzen über eine weitere ererbte Charaktereigenschaft unserer altehrwürdigen Familie, neben dem schon erwähnten Peptimismus und neben unserer Scheidungsfreudigkeit.

Als meinen Vater der Märtyrertod ereilte, war er gerade dabei, den Boden vor sich abzusuchen, weshalb er den Hinterhalt, den man uns gelegt hatte, nicht bemerkte und dafür mit seinem Leben bezahlte. Schon sein Vater schlug sich den Kopf an einem Mühlstein ein, da er auf den Boden vor seinen Füssen geschaut hatte; danach erhob er sich nicht mehr.

Dies nämlich ist ein Merkmal unserer edlen Familie: Wir suchen ständig unter unseren Füssen nach Geld, das einem Vorübergehenden unbemerkt aus dem Beutel gefallen sein könnte, in der Hoffnung, auf einen Schatz zu stossen, der Abwechslung in unser eintöniges Leben brächte.

Glauben Sie mir, verehrter Herr, dass man weit und breit in der arabischen Welt keine alte Frau antrifft, so gebeugt, dass ihr Kopf dem Grab näher ist als ihr übriger Körper, keine so spitzgieblig wie eine arabische Acht*, die nicht mit uns verwandt wäre. Ebenso wird man keinen jungen Mann finden, der jeden nur möglichen Trick anwendet, um am Radio Nachrichtensendungen aufzufangen, der nie eine Station übergeht oder auslässt — wie ein Fischer, der seine Angeln auswirft, um wenigstens mit einer einen goldenen Fisch zu fangen —, der nicht ein Cousin väterlicher- oder mütterlicherseits wäre.

*Das arabische Zeichen für „acht" hat die Form eines umgekehrten V.

Allerdings sollten Sie daraus nicht schliessen, dass alle unsere Ahnen mit eingeschlagenem Kopf geendet hätten. Wir fanden wirklich im Laufe der Generationen einiges an verlorenem Geld, nur brachte das keine Abwechslung in unser eintöniges Leben.

Eines unserer Familiengeheimnisse gehört in die Zeit, in der die Türken hier ab- und die Engländer eingezogen sind. Mein Grossonkel trat, den Blick entsprechend unserer Sitte nach unten gerichtet, aus seinem Haus im Dorf Soundso (ganz wie die Freimaurer pflegen wir unsere Familiengeheimnisse nicht in allen Details preiszugeben). Auf einmal stiess er mit dem Kopf an einen Stein in einem verfallenen Haus. Nun war sein Schädel äusserst hart, weshalb sich der Stein aus der Mauer löste und den Blick auf einen Schacht freigab, von dessen oberem Rand Stufen nach unten führten. Er stieg die Stufen hinab und fand sich schliesslich in fledermausfinsterer Dunkelheit. Einem Funken seines Verstandes folgend, zündete er sein Feuerzeug an, sah sich um ... und erblickte einige Marmorsarkophage. Sofort machte er sich daran, sie zu öffnen. Da waren Schädel und Knochenreste, aber auch Goldschmuck, den er hastig in seine Hosentaschen stopfte. Schliesslich öffnete er einen Sarkophag, der grösser war als die übrigen. Darin fand er, zusammen mit dem Schädel, der, wie es heisst, kleiner war als die übrigen Schädel, eine rein goldene Statue des Chan Möngke. Dieser Möngke* war Hülägüs ältester Bruder; ihn hatte, auf einem Feldzug nach China, eine Dysenterie niedergestreckt. Seine

---

*Möngke, Enkel von Dschingis Chan und Herrscher der Mongolen, starb 1259.

riesige sterbliche Hülle transportierte man auf zwei Eseln in die Hauptstadt seines Reiches. Zu jener Zeit war man in dergleichen Dingen noch nicht so kundig wie heute, so dass man sich einer Pfadfindertruppe hätte bedienen können. Auch gab es damals noch keine Schulen, deren Schüler man beidseits des Weges hätte aufstellen können, wie man es mit uns in Haifa in den dreissiger Jahren machte, als man uns entlang der Nazareth-Strasse, wo jetzt die Faisal-Gedenksäule* steht, Aufstellung nehmen liess, um König Faisal dem Ersten die letzte Ehre zu erweisen, nachdem er in der Schweiz, aber nicht an Dysenterie, gestorben war.

Deshalb beschloss man, jeden totzuschlagen, dem der Leichenzug unterwegs begegnete, als Geste der Ehrerbietung gegenüber dem ersten Chan — so wie wir in den dreissiger Jahren drei Schultage totschlugen, als Geste der Ehrerbietung gegenüber dem ersten König. Den Chronisten zufolge brachten sie auf diesem Leichenzug zwanzigtausend Menschen zu Tode; dazu kommt noch ein weiterer, nämlich mein Grossonkel, der seinen letzten Atemzug tat, während er — siebenhundert Jahre später — Möngke Chans Statue umklammert hielt.

Meinem Grossonkel wurde in der Tiefe jenes Schachtes klar, dass er nun endlich auf den Schatz gestossen war, den seine Familie über Generationen gesucht hatte. Da überwäl-

---

*Die Säule wurde vor kurzem versetzt und befindet sich jetzt wenige Meter entfernt von den Gräbern der Al Murad links des Bahnhofs von Ost-Haifa. (Anm.d.A.) — Faisal I. (1883–1933), zunächst (1920) König von Syrien, dann, unter britischem Protektorat, König des Irak (1921–33). Starb 1933 im Schweizer Exil.

tigte ihn die Freude derart, dass er seinen brennenden Docht fallen liess und so den Ausgang nicht mehr fand. Er rief nach seiner Frau, da er davon ausging, dass sein eigenes, an die Ruine angrenzendes Haus direkt über ihm sein müsse. Er informierte sie über all das, was ich soeben berichtet habe. Und in der Tat hörte sie seine Stimme aus den Tiefen zu ihr dringen. Doch liess er sie beim Grabe ihrer Eltern schwören, dass sie keiner Menschenseele, nicht einmal ihrem Bruder, etwas davon erzählen werde. Vielmehr solle sie durch den Schacht in der Mauer der verlassenen Ruine zu ihm hinabsteigen. Sie ging auch hinaus, als sie aber im ganzen Dorf kein verlassenes Haus fand, kehrte sie nach Hause zurück, presste die Stirn auf den Boden und rief nach ihm. Er schalt sie ob ihrer mangelnden Gewissenhaftigkeit und wies sie an, bis zum nächsten Morgen Schweigen zu bewahren, dann — Morgenstund hat Gold im Mund — könne er den Weg allein finden.

Als er dann aber doch nicht zurückkehrte, setzte sie seine Angehörigen in Kenntnis, und alle suchten, ohne jedoch eine Ruine zu finden. Die Regierung wollten sie nicht benachrichtigen, damit diese nicht Hand an den Schatz lege und er ihnen entgehe. So fuhren sie fort, nach ihm und nach Möngkes Statue zu suchen, bis der Staat kam. Seine Frau übrigens ergatterte sich, bevor sie starb, noch einen anderen, einen, der nicht unfruchtbar war.

Ich indessen beschloss, nicht wie meine Vorfahren gebeugten Rückens zu sterben. Schon im zarten Kindesalter versagte ich es mir, vor meinen Füssen nach einem Erlösungsschatz zu suchen. Ich suchte vielmehr in der Höhe da-

nach, im unendlichen All, in diesem „küstenlosen Meer",
wie es Muchjiddin Ibn Arabi* bezeichnet hatte.

Uns wurde nämlich, bereits in der Primarstufe, ein ketzerischer Lehrer zuteil, der sich mit Leib und Seele der Astronomie verschrieben hatte. Dieser erzählte uns Geschichten
von Abbas Ibn Firnas** und Jules Verne. Er war fana-
tisch stolz auf die alten arabischen Astronomen, von Ibn
Ruschd***, der als erster die Sonnenflecken erforscht hatte,
bis hin zu al-Battani al-Harrani****, der als erster herausgefunden hatte, dass die Zeitgleiche sich im Lauf der Generationen langsam verändert, und der auch als erster zu einer
genaueren Angabe über die Länge des Sonnenjahres gelangt
war. Während nämlich dessen wirkliche Länge – so verkün-
dete der gottverfluchte Ketzer – dreihundertfünfundsechzig Tage, fünf Stunden, achtundvierzig Minuten und
sechsundvierzig Sekunden betrage, habe al-Battani es auf
dreihundertfünfundsechzig Tage, fünf Stunden, sechsundvierzig Minuten und zweiunddreissig Sekunden berechnet,
also bis auf eine Abweichung von nur zwei Minuten und
vierzehn Sekunden genau. Damals hätten die Araber – so

*Muchjiddin Ibn Arabi (Anm.d.A.) (1165–1240): Religionsphilosoph und
Mystiker spanisch-arabischer Herkunft, einer der bedeutendsten mysti-
schen Dichter in arabischer Sprache.
**Abbas Ibn Firnas (gest. 888): Gelehrter, Dichter und Erfinder spanisch-
arabischer Herkunft; soll Flugversuche mit künstlichen Flügeln unternom-
men haben.
***Ibn Ruschd (1126–1198): in westlicher Tradition Averroes; Philosoph
und Rechtsgelehrter spanisch-arabischer Herkunft, bedeutendster arabischer Interpret der aristotelischen Philosophie einschliesslich der Astronomie.
****al-Battani (858–929): in westlicher Tradition Albategni; arabischer
Astronom, der neue Entdeckungen im Mond- und Sonnensystem machte.

lehrte uns dieser Ketzer – mit ihrem Denken eine Bewegung erzeugt, schneller als die Drehung der Erde um die Sonne, doch in unserer Zeit hätten sie den Anspruch auf das Reich des Denkens völlig an andere abgetreten.

Dieser Ketzer behielt uns nach dem Unterricht oft in der Klasse zurück. Er schloss dann die Fenster und erzählte uns stolz von dem Wissenschaftler al-Biruni*, der herausgefunden hatte, dass die Erde eine Kugel ist und dass alle Körper von ihr angezogen werden – und das achthundert Jahre vor Newton! Ganz besonders schätzte er al-Hassan Ibn al-Hassan Ibn al-Haitham**, der als erster – und an diesem Punkt pflegte die Stimme des Ketzers in konspiratives Flüstern überzugehen – eine materialistisch-wissenschaftliche Methode im modernen Sinne befolgt habe, gestützt einzig auf die Wahrnehmung der konkreten Wirklichkeit, auf Deduktion und Analogieschluss.

Damals, als sie noch dem Denken verpflichtet waren – so unser ketzerischer Lehrer –, pflegten die Araber zuerst zu handeln und dann zu träumen, nicht wie jetzt, da sie erst träumen und dann ... weiterträumen.

Seit jener Zeit träumte ich davon, dass mich die Geschichte ebensowenig vergessen werde, wie sie unsere alten Astro-

---

*al-Biruni (973–1048): aus dem mittelasiatischen Kath am Unterlauf des Amu Darja; bedeutender Universalgelehrter mit oft innovativen Leistungen auf den Gebieten der Mathematik, Physik, Astronomie, Pharmakologie und Ethnographie.
**Ibn al-Haitham (965–1039): in westlicher Tradition Alhazen; Physiker, Mathematiker, Astronom und Optiker aus Basra im Südirak. Wirkte in der neugegründeten Fatimidenmetropole Kairo. Als Verfechter des Experiments in den Naturwissenschaften machte er bahnbrechende Entdeckungen, vor allem in der Optik.

nomen vergisst. Und diesen Traum bewahrte ich bis zu dem Augenblick, als sie meinen Vater niederstreckten und der Staat Israel entstand.

Jener ketzerische Lehrer versicherte uns auch, dass die Araber die ersten gewesen seien, die von der Null, wie wir sie heute noch kennen, Gebrauch gemacht hätten. Zum Beweis teilte er die Eins durch null und zeigte uns so, dass das All endlos ist und das Sein darin

schwimmt in küstenlosem Meer
in tiefer, finstrer, unbekannter Nacht.

Darin muss es Welten wie die unsre geben, auch fortschrittlichere als die unsere, und zweifellos werden deren Bewohner zu uns kommen, noch bevor wir zu ihnen gehen.

Nun, die Türken sind abgezogen und die Engländer zu uns gekommen, und doch ist unser ketzerischer Lehrer keinen Fingerbreit von dieser seiner Theorie abgewichen. Warum also sollte ich von ihr abweichen, ich, ein junger Mann, dessen ganzes Leben noch vor ihm lag, nun nachdem die Engländer sich zurückgezogen hatten und Israel zu uns gekommen war?

Seit jener Zeit jedenfalls schaue ich in die Höhe und erwarte ihre Ankunft, und entweder werden sie Abwechslung in mein eintöniges Alltagsleben bringen oder sie werden mich mit sich nehmen.

Gibt es denn eine andere Wahl?

Deshalb verliess ich den Hof der Dschasar-Moschee zur Zeit des trügerischen Dämmerlichts und ging, meinen Blick in die Höhe gerichtet, die finsteren Gassen Akkas zu durchstreifen.

11

Wie es kam, dass Said nicht in einem Tal entlang der Grenze zum Libanon den Märtyrertod starb

Voller Zuversicht in mein Geschick und ganz sicher, dass mich das Schlimmste nimmermehr treffen werde, lief ich beschwingt die Stufen zum Nordtor hinab, füllte beim Brunnen einen Becher mit Wasser, stillte meinen Durst, sprach einen Segenswunsch für die Seele des Achmad al-Dschasar* und ging meines Weges.

Vor mir lag die breite Strasse, der Weg nach Norden, nach Ras al-Nakura, dann in den Libanon. Beschämt senkte ich meinen Kopf, als mir Ghasala in den Sinn kam; rasch wandte ich mich um.

Drei junge Burschen waren wir damals gewesen, Klassenkameraden, die beschlossen hatten, gegen Ende des Grossen Streiks im Jahre 1939 über die Grenze in den Libanon zu gehen, um dort das Hauptquartier der arabischen Widerstandsbewegung aufzusuchen und um Waffen zu bitten.

Wir fuhren zunächst in einem Taxi bis kurz vor Ras al-Nakura; von dort aus wanderten wir weiter durch die Weinberge. Während es schon dunkel wurde, stiegen wir in ein

---

*Achmad al-Dschasar, „der Schlächter", geb. 1722, bosnischer Herkunft. Führte 1775–1804 ein Schreckensregiment als Gouverneur der Provinz Sidon mit Akka als Regierungssitz. In seine Amtszeit fällt die erfolgreiche Abwehr der napoleonischen Truppen von Akka.

tiefes Tal hinab. Als wir auf der gegenüberliegenden Seite wieder hinaufkletterten, waren wir völlig erschöpft, unsere Kehlen brannten vor Durst. Die beiden anderen taten alles, meinen Schritt zu beschleunigen, doch ich begann nur zu heulen. Daraufhin, nachdem sie mich vor die Wahl gestellt hatten, mit ihnen weiter hinaufzusteigen oder allein als Märtyrer zu sterben, liessen sie mich zurück. Ich wählte ersteres. Doch als ich sie einholte, hatten sie ihren Durst schon mit den schwer herabhängenden Trauben gelöscht. Da machte ich mich daran, ebenfalls meinen Durst zu löschen, was sie aber nicht abwarteten.

Plötzlich steht da ein Mädchen vor mir, etwa in meinem Alter. Sie ruft ihrem Vater zu: „Hier ist ein junger Mann, ein Freiheitskämpfer aus Palästina!", worauf ihr der Bauer von weitem antwortet: „Dann gib ihm zu essen und zu trinken!" Daraufhin entspann sich zwischen uns ein Gespräch, und ich verliebte mich in sie. Sie sagte, sie heisse Ghasala, Gazelle, und ich sei ihr Gazellerich — Mädchen fanden mich damals unwiderstehlich.

Ich versprach ihr, in einer Woche wiederzukommen, wenn ich Waffen und Ausrüstung besorgt hätte; unter demselben Weinstock sollten wir uns treffen.

Sie antwortete, sie wolle es ihrem Vater sagen, er habe gewiss nichts dagegen, dass ein hübscher junger Mann aus Palästina um sie werbe.

Ich beugte mich über sie, um sie zu küssen. Doch Ghasala wehrte sich lachend und sagte: „Komm erst mal aus Beirut zurück!" Ich konnte mir den Grund für diese Reaktion nicht erklären; jedenfalls beeilte ich mich, meine Kameraden einzuholen.

Von weitem schon sah ich die beiden auf der Asphaltstrasse, umringt von einer Gruppe libanesischer Grenzpolizisten. Ich sagte mir: Gut, dass ich von ihnen abgehängt wurde und mich an Ghasala gehalten habe. Dann sah ich, wie die Polizisten mit ihnen von der Asphaltstrasse nach rechts abbogen und sie in ein Lager an der Küste abführten, wo sie meinem Blick entschwanden.

Ich folgte ihnen auf ebendieser Strasse, hielt mich allerdings in einer gewissen Entfernung, wodurch sie mich nicht bemerkten. Gut, sagte ich mir, gerettet bin ich, aber wohin gehe ich? Ich hatte weder Geld noch Adressen bei mir. Wie sollte ich also in Beirut zurechtkommen? Und so gelangte ich zu dem Schluss: Das alles ist schlimmer als das Gefängnis, ich muss wieder zu ihnen. Das Gefängnis ist das geringere Übel.

Also kehrte ich zu ihnen zurück.

„Und wer bist du?" fragte mich der Offizier.

„Der dritte im Bunde."

„Und warum ergibst du dich?" wollte er wissen.

„Kein Geld, keine Adressen."

„Und wo ist euer Geld?"

„Beim Ältesten von uns."

Wir hatten insgesamt zwanzig Pfund dabei, mühselig zusammengekratztes Geld. Die Soldaten nahmen uns die Hälfte davon ab und beschimpften uns. Die andere Hälfte liessen sie uns, in der Hand des Ältesten. Das gaben wir an einem Ort hinter der Bank von Beirut aus.

Wir kamen auf demselben Weg zurück, aber diesmal bogen wir nicht in die Weinberge ab. Der Offizier hatte sich mit den zehn Pfund für hin und zurück zufriedengegeben, und als er uns auf unserem Rückweg wieder sah, grüsste er uns und fragte: „Wo sind eure Waffen, Freiheitskämpfer?"

„Unsere Waffen sind das Wissen", gab ihm der Älteste von uns zu verstehen. „Wir haben rein gar nichts mehr dabei!"

Das wollte der Offizier nicht mit uns teilen, er versetzte ihm einen Schlag in den Nacken und kommandierte: „Rüber mit euch!"

Wir rannten fluchtartig in Richtung Grenze, während der Älteste von uns noch rief: „Wissen ist besser als Nichtwissen!"

„Gut, dass es so gekommen ist und nicht anders", sagte ich. Dafür ohrfeigten sie mich, und ich fing an zu weinen, was ich aber eigentlich wegen Ghasala tat, die in Beirut ihren Gazellerich verloren hatte; und jetzt wurde mir auch der Grund für ihre Reaktion klar.

Noch später, als ich bereits als Flüchtling in Tyrus weilte, trug ich mich mit dem Gedanken, den Weinstock an der Grenze wieder zu besuchen. Doch dann erfuhr ich von dem Doktor, dem Liebhaber meiner Schwester, seit die Palästinenser Flüchtlinge seien, wollten die Mädchen nichts mehr mit ihnen zu tun haben. Und so wechselte ich zu den Flüchtlingsmädchen. Flüchtlingsmädchen für Flüchtlingsbuben, dachte ich. Doch ich fand sie, ganz im Gegensatz zu uns jungen Männern, äusserst begehrt und umschwärmt. Sie waren anderweitig beschäftigt, und so musste ich durstig in den Staat Israel zurückkehren.

12

Said berichtet, wie ihn das wahrhafte Dämmerlicht davor bewahrte, sich in den Gewölben Akkas zu verlieren

Daher also, verehrter Herr, bog ich von der Beiruter Strasse nach links ab und drang in das Gassengewirr von Akka ein. Ich ging um die Moschee herum und erreichte das Charraba-Viertel, da war das trügerische Dämmerlicht verschwunden, und es war wieder stockfinstere Nacht. Mir blieb nichts übrig, als mich auf meinem Weg weiterzutasten, und ich kam nur stolpernd voran. Plötzlich wurde ich eines Lichtes gewahr, das mir von der Meeresküste, also von Westen her, rhythmisch blinkend zuzuzwinkern schien, als wollte es mich zu sich rufen. Ich fühlte mich ans linke Auge meines einstigen Arabischlehrers erinnert, dem eine Augenkrankheit ein nervöses Zwinkern hinterlassen hatte. Als ich es das erste Mal bemerkte, glaubte ich, der Lehrer wolle mich an die Tafel rufen, stand sofort auf und ging nach vorn. Doch er schrie mich an: „Zurück an deinen Platz, Idiot!" Ich setzte mich wieder, aber sein linkes Auge zwinkerte weiter. Endlich glaubte ich, seine Absicht zu verstehen. Als er uns nämlich die Hymne „Palästina ist meine Heimat, auf auf, meine Kinder!" vortrug und auch dabei mit dem linken Auge zwinkerte, brach ich, noch bevor er mit dem ersten Vers fertig war, in schallendes Gelächter aus. Fassungslos hielt er inne; es war so still, dass ich das tiefe Atmen meiner entsetzten

Klassenkameraden hören konnte. Dann prasselten die Schläge so lange auf mich herab, bis schliesslich der Stock in die Brüche ging. Ausserdem wurde ich zum Nachsitzen verurteilt und musste ein Gedicht von Imrulkais* abschreiben, und zwar vom Anfangsvers

Sehnsucht steigt auf in dir, nachdem sie schon erloschen war

und längst Sulaima weilt im Sabi-Tal und in Araar.

bis zu den beiden Versen

Mein Gefährte weinte, der den Weg vor sich liegen sah

und gewahrte, dass unser Ziel der Kaisar war.

Da sprach ich zu ihm: Sei ruhig, vielleicht gewinnen wir

zurück unser Reich, sonst die Ehre im Tode wahren wir.

Zwanzigmal sollte ich das abschreiben!

Seit jener Zeit ist mir bewusst, welche Folgen es haben kann, wenn man sich über andere lustig macht. Ja, ich musste meinem Lehrer dankbar sein für das nervöse Zwinkern, an dem sein linkes Auge litt, und ich sagte mir: Gut, dass sein Stock auf meinem Rücken in die Brüche ging.

Jetzt aber war ich mir, angesichts des zwinkernden Lichtes aus westlicher Richtung, völlig sicher, dass es sich dabei nicht um das linke Auge meines Lehrers handelte. Hatten mir doch die Geisterwesen in der Moschee die Nachricht gebracht, jener Lehrer sei beim Versuch, Sprengstoff von Haifa nach Akka zu transportieren, den Märtyrertod gestorben –

---

*Imrulkais, berühmter vorislamischer Dichter, der den Beinamen „der umherirrende König" trägt, da er zeit seines Lebens für die Wiedereinsetzung seines Clans, der Assad, in die einst behauptete Königswürde kämpfte. – Die Verse beziehen sich auf eine Reise an den Hof Justinians („Caesar/Kaisar"), von dem sich Imrulkais Hilfe gegen die Perser versprach.

und zwar genau in der Woche, in der die britische Armee die Urheber der Anschläge von Misrara in Jerusalem und von Kastal vor Jerusalem fertigmachte. Das war kurz bevor die arabische Legion unter Führung von Abu Hunaik Glubb Pascha* in jene Gegenden Palästinas einmarschierte, deren Räumung von arabischer Bevölkerung schon beschlossen war. Gott erbarme sich seiner!

Daher ging ich dem zwinkernden Licht in der Gewissheit entgegen, dass es sich um eine himmlische Einladung handeln müsse. Plötzlich stand ich am Meer und stellte fest, dass niemand anderes als der Leuchtturm von Akka zu meiner Linken es gewesen war, dessen Auge mir zugezwinkert und mich herbeigerufen hatte.

Dieses Licht bezauberte mich — war es doch das einzige, das noch leuchtete, nachdem alle anderen Lichter in Akka, dieser sich schamhaft in Geduld hüllenden Stadt, längst erloschen waren.

Durch eine menschenleere Gasse marschierte ich also in Richtung Leuchtturm. Das Meer war ruhig, die Wellen hatten sich gelegt und strichen nur noch leise zärtlich um die Beine der Felsen, die unbeweglich vor der Achmad-Mauer lagerten, stets bereit, einen weiteren Napoleon-Dreispitz aufzufangen.

Ja, verehrter Herr, wenn schon Menschenwesen in so gänzlich unbeweglicher Haltung verharren, warum nicht

*Glubb Pascha: General Sir John Bagot Glubb, mit dem Spitznamen Abu Hunaik („der mit dem — durch eine Verwundung — entstellten Kinn"), geb. 1897, war 1939–56 Oberbefehlshaber der Arabischen Legion; sein als ineffektiv beurteilter Einsatz von Truppen der Legion in Palästina wird von arabischen Kritikern für den Verlust weiter Gebiete an die Gegner verantwortlich gemacht.

auch die Felsen von Akka? Arrogant hatten die Bewohner von Akka so lange immer wieder gerufen: „Warum sollte sich Akka vor dem Tosen des Meeres fürchten?", bis ihre Nachbarn, die Haifaianer, in wilder Flucht über das wogenbewegte Meer zu ihnen nach Akka kamen und damit bewiesen, dass sie dem Meer noch mehr Arroganz entgegenbrachten als die Akkaianer.

Plötzlich, aber doch nicht eigentlich unerwartet, drang eine Stimme an mein Ohr, die rief: „Said, Said!" Mich überkam ein Gefühl, als wäre ich dabei ertappt worden, wie ich heimlich durchs Schlüsselloch in ein Jungfrauengemach spicke. Beschämt wollte ich den Rückzug antreten, da kam die Stimme noch einmal und rief: „Her zu mir!"

„Da bin ich!" antwortete ich.

„Komm näher!"

Da sehe ich eine hochgewachsene Männergestalt aus jenem Felsen, auf dem der Leuchtturm steht, mit dem Licht heraustreten, sich mit dem Leuchten des Lichts weit ausdehnen und sich mit seinem Erlöschen in die Dunkelheit zurückziehen. Es ist, als ob der Mann selbst das Zwinkern des Leuchtturmauges wäre. Er ist gehüllt in einen blauen Überwurf, verziert mit weissem Schaum, so strahlend wie das Licht des Leuchtturms. So nähert er sich mir, und ich nähere mich ihm, bis wir uns in der Mitte treffen, zwischen den Mauerresten rechts und denen links, im Bereich des Fachura-Viertels.

Von seinem Gesicht konnte ich nichts als Falten sehen; es glich der Oberfläche des Meeres, wenn eine Ostwindbrise darüber hinstreicht. Ich empfand mit Erstaunen, dass in diesen Falten ebensoviel Schönheit lag wie in der Jugendfrische anderer, und ohne meine Furcht vor der erschreckenden

Schwärze hätte ich mich vor ihm verbeugt und ihn auf die Wange geküsst.

Dann waren da zwei grosse, tiefliegende Augen, deren Pupillen sich vom strahlenden Weiss abhoben, Augen, die desto tiefer zu liegen schienen, je mehr die Dunkelheit sie umgab, und die immer dann wieder aufleuchteten, wenn das Licht auf sie traf. Es war, als folgten die Zwillinge, der helle Tag und die dunkle Nacht, in diesen Augen in kurzen Abständen aufeinander.

Und schliesslich war da eine breite Stirn, von der ich alsbald bemerkte, dass ihr vor mir verborgener Teil viel breiter sein müsse als das, was mein Blick von ihr auf einmal zu erfassen vermochte. Viel später, als ich zum ersten Mal eines Wolkenkratzers ansichtig wurde und tief beeindruckt feststellte, dass mein Blick, der an dem riesigen Gebäude hinaufstrich, dieses nie und nimmer in seiner ganzen Höhe auf einmal wahrnehmen könnte, sollte ich mich wieder an die Stirn des Alten vom Leuchtturm erinnern.

Er streckte mir die Hand entgegen. Ich schlug ein und verspürte dabei eine so tiefe innere Ruhe, dass ich meine Hand gar nicht mehr zurückziehen mochte. In seinem ruhespendenden Händedruck liegt ein Geheimnis, sagte ich mir.

„Hast du nicht schon immer nach mir gesucht?" fragte er.

„Mein Leben lang, Verehrenswürdiger! Seid ihr nun gekommen?"

„Wir sind hier, wir sind immer hier, warten darauf, dass ihr zu uns kommt!"

Und während meine Hand noch immer in der ruhespendenden seinen lag, sagte ich noch: „Und ich habe immer gemeint, der Handschlag sei eine barbarische Sitte!"

Da lächelte er, und seine Wangen glätteten sich gänzlich

von den Meereswellenfalten, und er entgegnete: „Und wir haben immer geglaubt, dass ihr, als ihr diese Gewohnheit annahmt, bereits die Hälfte des Weges zu uns zurückgelegt hättet. Wir haben den Namen des ersten Menschen, der einem anderen freundschaftlich die Hand reichte, auf einer Tafel verewigt, noch vor Salama*, Beethoven und Sajjid Darwisch*. Wir betrachten ihn als euren ersten Propheten, und wir sind beschämt, dass die meisten von euch noch immer geizen, wenn es gilt, einem Künstler oder einem Karawanenführer dieses Zeichen der Achtung zukommen zu lassen. Zwei Erdenbewohner haben wir auf unserer Tafel ganz oben festgehalten: Den, der zum ersten Mal das Feuer entzündete, und den, der zum ersten Mal seinem Bruder die Hand reichte. Sie beide haben die erste Handreichung vollbracht. Lass also deine Hand in meiner ruhen und sei ruhig!"

Das tat ich.

„Was willst du also, Said?" fragte er.

„Dass Ihr mich erlöst!" rief ich.

„Von wem?"

Erschreckt riss ich meine Hand aus der seinen und zügelte meine Zunge, bevor sie einen folgenschweren Ausrutscher machen konnte. Hatte uns doch mein seliger Vater gelehrt, dass die Menschen einander fressen. Gott behüte also, dass wir jemandem in unserer Nähe trauten! Vielmehr sollten wir allen Menschen gegenüber misstrauisch sein, „jedem, und wäre er dein Bruder, Sohn deines Vaters und deiner Mutter! Denn selbst wenn sie dich nicht fressen, so hätten sie es doch

---

*Salama, Sajjid Darwisch: zwei ägyptische Komponisten und Musiker, die zu Anfang des 20. Jh. prägenden Einfluss auf die moderne arabische Musik ausübten.

tun können!" Und mein seliger Vater frass die Menschen so lange, bis sie ihn frassen.

Ich hielt also achtsam meine Zunge im Zaum und dachte mir, der Militärgouverneur könnte ihn geschickt haben, mich zu prüfen. „Habt Dank, Verehrenswürdiger!" sagte ich. „Ich kenne Euch ja kaum", und beglückwünschte mich zu meiner Geistesgegenwart.

„Folge mir!" forderte er mich auf.

Er will mich noch weiter prüfen, dachte ich und folgte ihm.

Er führte mich, rechts am Gefängnis vorbei, unter einem Brückenbogen hindurch, in den Hof der Ramal-Moschee, dann um die Dschasar-Moschee herum, bis zu einem Tunnel, in den wir hinabstiegen. So gelangten wir, geleitet vom Licht seiner Augen, das uns voranleuchtete, in Akkas unterirdische Gewölbe.

Bald erreichten wir eine weiträumige, modrige Halle, deren Seitenbänke, auf deren einer wir uns niederliessen, sich längst von den Wänden gelöst hatten.

„Eure Vorfahren pflegten hier über ihren Vorfahren zu bauen", bemerkte er, „bis die Generation der Archäologen kam, die damit anfing, alles Untere auszugraben und alles Obere abzutragen. Wenn ihr es so weitertreibt, werdet ihr noch auf Dinosaurier stossen."

„Was ist das für ein Ort hier, Verehrenswürdiger?" wollte ich wissen.

„Das ist die Halle der Genueser Kaufleute. Hier pflegten sie zu schlafen und zu handeln, Geld zu gewinnen und zu verspielen, zu gebären und sich gebären zu lassen, zu begraben und sich begraben zu lassen."

„Aber wozu mussten sie mit diesen Gewölben dermassen die Erde durchwühlen, Verehrenswürdiger?" fragte ich.

„Um in Ruhe Bosheiten aushecken zu können und den Bosheiten ihrer Zeitgenossen zu entgehen."

„Auch diese Gewölbe haben sie nicht retten können!"

„Aber damit hatten sie nicht gerechnet."

„Wie heisst Ihr eigentlich, Verehrenswürdiger?"

Da schaute er mich mit Augen an, aus deren weiter Schwärze — wie ich erstaunt wahrnahm — mir nun zwei Saids entgegenblickten: ein beharrlich fragender und ein furchtsam zurückhaltender.

„Bei euch", erklärte er lächelnd, „tritt ein Mensch mit seinem Namen unter die Leute; wir halten es anders. Wir überlassen es euch, uns die Namen zu geben, die euch mit Hoffnung füllen. Nenne mich Mahdi*, was eure Vorfahren mit Hoffnung füllte, oder Imam*, oder einfach Retter."

Da antwortete einer der beiden Saids, während der andere sich zusammenkauerte und immer kleiner wurde: „So rette uns doch, Verehrenswürdiger!"

Da sah er mich scharf an, und die Wogen des Zorns zerbrachen über den beiden Saids in seinen Augen, worauf sie verschwanden.

---

*Mahdi: wörtl. „Der (göttlich) Geleitete", im schiitischen Islam innerhistorisch, im volkstümlichen sunnitischen Islam für das Ende der Zeiten erwartete Erlöserfigur. — Imam: wörtl. „Der vorn Stehende", auch im Sinne von „Vorbeter", „Vorbild", gebraucht. Im schiitischen Islam Bezeichnung für den rechtmässigen Leiter der Glaubensgemeinde, der — nachdem die Kette der vom Propheten abstammenden innerschiitisch anerkannten Imame im 9. Jh. abgebrochen war, ohne dass diese reale politische Macht erlangt hätten — in unbestimmter Zukunft in neuer Verkörperung als Mahdi erwartet wird.

„Genau das ist eure Art, so seid ihr", sagte er dann. „Wenn ihr eure elende Wirklichkeit nicht mehr ertragen und den geforderten Preis für ihre Veränderung nicht aufbringen könnt, weil ihr wisst, dass er enorm ist, dann sucht ihr Zuflucht bei uns. Wenn ich sehe, was andere Menschen tun, welchen Preis sie zahlen, wie sie nie zulassen würden, dass jemand sie hier in einem solchen Gewölbe zusammenpfercht, dann werde ich zornig auf euch. Was fehlt euch denn? Gibt es jemanden unter euch, dem ein Leben fehlt, so dass er es hier nicht einsetzen kann? Oder jemanden, dem ein Tod fehlt, so dass er um sein Leben fürchten müsste?"

Ich hatte ihm völlig verstört zugehört. Die Gewölbe wurden schwarz vor meinen Augen. Ich erinnerte mich an mein verheissungsvolles Morgenrot in meinem geliebten Haifa, und meine Unruhe wuchs.

„Morgen", sagte ich, „werde ich in mein Haifa zurückkehren, Verehrenswürdiger. Und darin leben. Gebt mir also einen Rat."

Da legte sich seine Erregung. „Mein Rat würde dir nichts nützen", sagte er. „Aber vielleicht jene Geschichte, die ich einmal im Lande der Perser gehört habe.* Es ist die Geschichte von einer Axt ohne Stiel, die, von irgend jemandem hingeworfen, zwischen einigen Bäumen lag. Da sprachen die Bäume zueinander: ‚Diese Axt wurde doch gewiss zu nichts Gutem hierhin geworfen?' Doch einer, ein ganz normaler Baum, meinte: ‚Wenn nicht ein Stück von euch ihr den Rük-

---

*Diese Fabel findet sich im Werk des arabischen Prosaisten der frühklassischen Zeit: al-Dschahis aus Basra. (Anm.d.A.) (755–868)

ken stärkt, braucht ihr sie nicht zu fürchten.' Geh jetzt, diese
Geschichte eignet sich nicht zur Wiederholung."

„Kann ich Euch wieder treffen, Verehrenswürdiger?"

„Wann immer du willst, komm in diese Gewölbe."

„Zu welcher Stunde denn, Verehrenswürdiger?"

„Wenn du dich schwach fühlst."

„Wann?"

Aber er war schon verschwunden. Ich blieb allein und irrte in den Gewölben umher, von einem zum anderen, bis das
wahrhafte Dämmerlicht den Leib der Erde spaltete. Da fand
ich mich auf dem Hof der Moschee wieder, wo ich gähnend
und mich räkelnd erwachte.

13

Wie Said zum Funktionär der Palästinensischen Arbeiterunion wurde

Jetzt, da ich reichlich über freie Zeit verfüge, rufe ich mir mein erstes Treffen mit dem wundersamen Mann aus dem All in Erinnerung und bin über mich selbst erstaunt. Wie brachte ich es fertig, ihn einfach gehen zu lassen, ohne mich an ihn zu klammern und ihn zu drängen, mich doch aus diesem schrecklichen Leben zu retten?

Damals aber war ich ganz damit beschäftigt, mich auf das Treffen mit Adon Safsarschek vorzubereiten. Der nämlich war mir ans Herz gelegt worden – wie das Amulett meiner Grossmutter.

Ich will Sie nicht mit einem allzu ausführlichen Bericht langweilen, verehrter Herr. Ich betrat das Polizeihauptquartier in Akka genau um sieben Uhr morgens, wie mir befohlen war. Dort fragte ich nach dem Herrn Militärgouverneur, der mich nach Haifa bringen sollte. Daraufhin liessen sie mich bis um vier Uhr nachmittags warten; zu essen und zu trinken gab es nichts, ausser einem Glas Tee, das mir ein junger Soldat zusammen mit ein paar englischen Brocken reichte, wofür ich mich mit besserem Englisch revanchierte.

Er liess mich wissen, er sei ein Freiwilliger, sei hier, um gegen den Feudalismus zu kämpfen, und er liebe die Araber. Bevor er das Hauptquartier verliess, kam er noch einmal zu mir zurück, um mir mit warmem Händedruck zu versichern, dass sie, wenn der Krieg einmal zu Ende sein werde, auch für uns ein paar Kibbuzim gründen wollten, in denen sie dann auf emanzipierte junge Männer wie mich bauen würden, Leute, die eine menschliche Sprache beherrschten. Schliesslich sagte er: „Schalom!", worauf ich, um meine Menschlichkeit unter Beweis zu stellen, antwortete: „Peace!" Da lachte er und rief „Salam, salam!", was meine Laune hob.

Endlich forderte mich einer von ihnen auf, vorn neben dem Fahrer in einen staubigen, lehmverschmierten Jeep einzusteigen. Er selbst setzte sich neben mich, wortlos, bis wir von der Saada-Anhöhe mein Haifa vor Augen hatten. Doch ich suchte gar nicht erst nach Anemonen, denn dessen war ich mir völlig bewusst, dass es auf diesem Sitzplatz, der nicht einmal für uns drei ausreichte, keinen Platz für Kindheitserinnerungen gab.

„Willkommen in Madinat Jisrael!" sagte der Soldat.

Ich musste annehmen, dass sie den Namen meiner geliebten Stadt geändert hatten, dass aus Haifa nun „Madinat Jisrael" geworden sei. Mir wurde die Brust so eng, wie nur noch einmal, später, als wir durch das Wadi al-Salib, das Kreuztal, kamen und dort nichts mehr war als ein verlassener Pfad, ohne eine Menschenseele und ohne die Schüsse, an die wir uns während der Monate zuvor gewöhnt hatten, bevor beide fielen: mein Vater und Haifa. Nun ist er also da, der lang ersehnte Friede, sagte ich mir. Warum fühle ich mich eigentlich so bedrückt?

Da antwortete mein Bewacher, als habe er auch meine Gedanken zu bewachen: „Ach, der Friede, wie weit sich doch der Friede ausgebreitet hat!"

Ich rückte ein wenig, um mich auf dem Sitz etwas auszubreiten, da aber fauchte er mich an, so dass ich ganz verschreckt zusammenfuhr. Er hielt an und hiess mich, auf die offene Ladefläche des Wagens umzusteigen: „Jedem der Sitzplatz, der ihm gebührt!"

Nun fand ich aber auf der Ladefläche keinen Sitzplatz, und so musste ich an dem mir gebührenden Platz stehen.

Schliesslich kamen wir über die Dschabal-Strasse ins Wadi al-Nisnas, vorbei an der Bäckerei des Armeniers. Die Hoffnung, den Sohn des Besitzers wiederzusehen, dem ich Lesen und Schreiben auf arabisch beigebracht hatte, musste ich schnell aufgeben – die Tür zur Bäckerei war verrammelt.

„Steig aus!" rief mein Begleiter. Und ich stieg aus. Dann übergab er mich den Leuten vom provisorischen arabischen Komitee. Diese übernahmen mich mit Dankesworten. Doch kaum war er draussen, schickten sie ihm Verwünschungen hinterher.

„Glauben die eigentlich", schrie einer von ihnen, „der Sitz des Komitees sei ein Hotel? Dagegen müssen wir beim Minister für Minderheiten protestieren!"

Um sie etwas für mich einzunehmen, bemühte ich mich, mein arabisches Nationalbewusstsein hervorzukehren, und beklagte vor ihnen laut den Namensverlust der Stadt Haifa, die ja jetzt Madinat Jisrael heisse. Da starrten sie einander verblüfft an, und einer meinte: „Und blöde noch dazu!"

Lange verstand ich überhaupt nicht, warum sie mich für blöd hielten. Erst bei der ersten Wahlkampagne ging mir auf, dass das hebräische Wort „Madina" gar nicht wie bei uns „Stadt" bedeutet, sondern unserem Wort für „Staat" entspricht und dass sie Haifa seinen Namen gelassen hatten, weil es ein biblischer Name ist.

Doch dann kam ich selbst zu der Überzeugung, dass ich tatsächlich blöd sein müsse, wofür der deutlichste Beweis war, dass ich von allen Komiteemitgliedern als letzter dahinter kam, dass uns der selige György in seinem Restaurant ständig Eselfleisch vorgesetzt hatte, das wir dankbar und mit Appetit zu verzehren pflegten.

Am Morgen des folgenden Tages ging ich in die Königsstrasse hinab, wo mich Adon Safsarschek, in Uniform, auf der Schwelle zu seinem Büro empfing, mir zehn Lira in die Hand drückte und dazu bemerkte: „Dein Vater hat uns gedient, nimm das und geh essen."

Damals begann ich, in Györgys Restaurant zu essen, bis mir ein Mitglied des Komitees ein Quartier in einem der von den Arabern in Haifa verlassenen Häuser fand. Später kamen entlassene Soldaten und vertrieben mich aus diesem Haus. So nahm ich meine Arbeit als Funktionär der Palästinensischen Arbeiterunion auf.

14

Said nimmt zum ersten Mal Zuflucht zu einem Exkurs

Exkurs: Nachdem die Erde wieder einmal eine vollständige Umdrehung vollzogen hatte, in diesen Tagen also, las ich in Ihren Blättern von einer Eingabe, die einige Notabeln aus Hebron beim Militärgouverneur gemacht hatten: Es möge ihnen die Einfuhr von Eseln aus dem Ostjordanland gestattet werden. Denn diese Tiere seien bei ihnen selten geworden. Der Journalist erkundigte sich daraufhin, wo ihre Esel hingekommen seien, worauf sie lachten und ihm erklärten, die Metzger von Tel Aviv hätten sie zur Herstellung von Würsten verwendet.

Da Sie uns einmal versichert haben, verehrter Herr, dass die Geschichte, auch wenn darin ein einzelnes Ereignis ein zweites Mal auftritt, sich darum doch keineswegs wiederholt, sondern dass das Ereignis beim ersten Mal eine Tragödie, bei seiner Wiederholung aber nur noch eine Farce ist, frage ich Sie jetzt: Welches der beiden Ereignisse ist hier die Tragödie, welches die Farce?

Haben wir es hier mit einer Tragödie zu tun, der Tragödie der mehr als ein Jahr lang herrenlos streunenden Esel, Esel aus dem Wadi al-Nisnas, Esel von al-Tira, Esel von al-Tantura, Esel von Ain Ghasal, Esel von Idschsim, Esel von Ain Hod und Esel von Umm al-Seinat*, all der Esel, die, glück-

---

*Arabische Dörfer, die dem Erdboden gleichgemacht wurden. (Anm.d.A.)

lich befreit von ihren Stricken und vom Antreibegeschrei der Weiber, nicht geflüchtet waren und die nun verbraucht wurden, ohne dass von ihrem fetten Fleisch irgend jemand ausser dem seligen György Nutzen gehabt hätte? Oder liegt mit den schmackhaften Würsten, hergestellt in Tel Aviv, eine Farce vor?

Ich weiss sehr wohl, verehrter Herr, wie hartnäckig Sie sich gegen gewisse Schlussfolgerungen wehren. Trotzdem, ist es etwa nicht wahr: Wann immer ein Volk flüchtet, bleiben die Esel, und wann immer ein Volk bleibt, findet der Metzger nichts mehr, was er verwursten kann, ausser dem Fleisch von Eseln. Nehmen Sie diese Weisheit von mir an! Wie viele Völker hat doch schon ein Stück Vieh vor dem Messer des Schlächters bewahrt?

In meinen ersten Tagen als Funktionär der Palästinensischen Arbeiterunion drang ich durch eingebrochene Türen in viele verlassene arabische Häuser in Haifa ein. Dort fand ich noch vollgeschenkte Kaffeetassen, die auszutrinken die Hausbewohner nicht mehr die Zeit gehabt hatten. Mit der Zeit brachte ich meinen Hausrat zusammen, ein Stück aus diesem Haus, ein anderes aus jenem, alles Dinge, die sich meine Vorgänger im Funktionärsamt nicht angeeignet hatten, nachdem vor ihnen bereits der Kustos über die Verlassenen Besitztümer seine Wahl getroffen hatte, vor welchem die neuen Notabeln Haifas, Kollegen der arabischen Notabeln Haifas, dort gewesen waren. Diese Letztgenannten hatten ihre Villen zurückgelassen, nicht ohne sie − bis sie selbst zurückkommen würden − den neuen Notabeln anzuvertrauen − „für höchstens einen Monat". Diese hüteten den Besitz der arabischen Bewohner in orientalischen Salons, eigens dazu eingerichtet, die alte Freundschaft unter Beweis zu stellen, die wie das Holz von Steineichen unvergänglich und unverwüstlich ist. Und stolz präsentierten sie ihre „abbassidischen Teppiche" – benannt nach der Abbas-Strasse in Haifa –, ganz wie Leute ihresgleichen in Jerusalem die „katamonischen Teppiche" präsentieren – benannt nach dem Stadtviertel Katamon in Jerusalem. Die Kommunisten gingen bald dazu über, den Kustos über die Verlassenen Besitztümer als „Kustos über die Erbeuteten Besitztümer" zu bezeichnen. Wir dagegen machten es uns zur Gewohnheit, sie in der Öffentlichkeit zu verfluchen, ihre Reden aber im geheimen zu wiederholen.

Als nun der Sechstagekrieg kam, nach der Operation Kadesch*, der „Heiligen", jenem dreifaltigen Überfall, dem schon der Unabhängigkeitskrieg vorausgegangen war, und als ich sah, wie die Kinder von Jerusalem und Hebron, von Ramallah und Nablus Hochzeitsplatten für nur eine Lira das Stück verkauften, sagte ich mir: Immerhin für eine Lira und nicht gratis! Ich versicherte mich damals selbst der Richtigkeit Ihrer Schlussfolgerung, verehrter Herr, dass die Geschichte, selbst wenn sie sich wiederholt, sich nur im Sinne eines Fortschritts, eines Schritts voran, wiederholt: von gratis zu einer Lira. Ja wirklich, die Dinge machen Fortschritte. Ende der Anmerkung.

*Operation Kadesch: Anspielung auf den Sues-Krieg 1956 (Anm.d.A.), als England und Frankreich, durch Nassers Nationalisierung des Sues-Kanals herausgefordert, Israel die Besetzung des Sinai erlaubten. Der biblische Ort Kadesch war eine wichtige Station der Wüstenwanderung der Israeliten.

15

Die erste Hebräisch-Lektion

Als ich meine Tätigkeit als Funktionär der Palästinensischen Arbeiterunion begann, stürzte mich einmal meine Kühnheit in eine heikle Situation, aus der ich mich nur mit noch mehr Kühnheit wieder retten konnte. Wären nicht Ihre Freunde gewesen, verehrter Herr, die in ihrer Zeitung über mich berichteten und mich attackierten, so dass ich mir meiner Bedeutung bewusst wurde — nie hätte sich ereignet, was sich ereignet hat. Aber gewiss, es hätte sich noch Schlimmeres ereignen können.

Als ich mir meiner Bedeutung bewusst geworden war, machte mich das kühn, und so fuhr ich eines Abends im Bus nach Wadi al-Dschimal, an das Gestade des Meeres unterhalb des Leuchtturms der Lateiner. Dort hatte mein seliger Vater uns ein stattliches Haus gebaut, im Schweiss des Angesichts meines Bruders, dessen, den der Kran dann in Stücke gerissen hat. Ich weihte niemanden in meine Absicht zu diesem Abenteuer ein.

Als ich das Eisenbahngleis überquerte und mit einem „Gott erbarme sich seiner" unseres Dichters Mutlak Abdalchalik* gedachte, den beim Überqueren der Gleise genau an dieser Stelle ein Zug zermalmt hatte, kam mir auch Nuch Ibrahims** Wort in den Sinn: „Die Religion gehört Gott,

*Mutlak Abdalchalik, 1910–1937, palästinensischer Dichter aus Nazareth.
**Nuch Ibrahim, geb. 1913, volkstümlicher Dichter aus Haifa; fiel 1937 in der Gegend um Nazareth im Kampf gegen die Briten.

die Heimat dagegen gehört allen." So beschleunigte ich die Schritte auf meinem Weg zu Tante Umm Asaad, die seit unserer Kindheit damit betraut ist, die Kirche der Katholiken zu fegen.

Ich traf sie tatsächlich dabei an, wie sie den Hof fegte, an eben der Stelle, wo wir sie damals zurückgelassen hatten. Gott sei Dank, dachte ich, dass sich nichts geändert hat, nicht einmal Umm Asaads Reisigbesen!

Als ich mich über ihre Hand beugte, um sie zu küssen, rief sie laut: „Aber ich bin doch schon registriert, mein Herr!" – wobei sie das Wort wie „rekastriert" aussprach, genauso wie die israelischen Soldaten. Dann hastete sie über den Hof zu ihrer Kammer; ich folgte ihr verständnislos.

Vor der Marien-Ikone, die über ihrem sauber gemachten Bett hing, blieb sie stehen und schob sie zur Seite. Dahinter war eine Nische in der Wand, aus der sie einen weissen Stoffbeutel hervorzog. Während sie ihn öffnete, wandte sie mir vorsorglich den Rücken zu und wiederholte unablässig: „Heilige Jungfrau, das ist das Silber für meine Aussteuer!"

Dann hielt sie mir die ordentlich gefaltete Zensusbescheinigung hin und krächzte mit ihrer schwachen Stimme: „Ich bin rekastriert, ich stehe unter dem Schutz des Herrn Bischof! Was also wollen Sie von mir, mein Herr?"

„Ich bin Said, Tante!" rief ich laut. „Kennst du mich nicht mehr?"

„Welcher Said?" wollte sie wissen.

„Der aus al-Tira!", antwortete ich, denn im Wadi al-Dschimal war man allgemein der Meinung, alle Dörfler müssten aus al-Tira kommen.

Da begann sie, vor Freude zu tanzen. Ich schloss sie in die Arme, und wir liessen uns auf dem Diwan nieder, wo sie sich bei mir eingehend nach Mutter und Schwester und dem Joghurt von al-Tira erkundigte, der sich wie kein anderer für gefüllte Zucchini eignet.

„Was ist mit unserem Haus?" wollte ich wissen.

„Sie wohnen darin."

„Kennst du sie?"

„Du siehst ja, Junge, wie matt meine Lampe geworden ist, und fremde Herren sehen alle wie fremde Herren aus. Niemand kommt mehr her, um Fische zu fangen."

„Werden sie mich wohl hineinlassen, wenn ich unser Haus besuchen will?"

„Ich weiss nicht mehr als du selbst, mein Junge", sagte sie und schlug das Kreuz, worauf ich mich verabschiedete; das Kreuzzeichen rief böse Ahnungen in mir hervor.

Als ich zu unserem Haus kam und davor Wäsche hängen sah, verliess mich meine Kühnheit. Ich tat, als sei ich nur gekommen, um am Strand spazierenzugehen, und begann, vor unserem Haus auf und ab zu wandern. Jedesmal hatte ich den festen Vorsatz, an die Tür zu klopfen, und immer verliess mich meine Kühnheit.

Schliesslich wurde es Abend. Da kam eine Frau heraus, um die Wäsche abzunehmen. Sie schaute zu mir hin und rief etwas, das wie eine Aufforderung klang. Da machte ich mich schnell davon, konnte aber noch einen Mann, etwa in ihrem Alter, sehen, der herauskam und ihr beim Abnehmen der Wäsche half. Dahinter steckt etwas, sagte ich mir. Denn wie kann ein Mann in seinem eigenen Haus die Wäsche abnehmen? Das ist etwas, das mein seliger Vater zeit seines Lebens nicht getan hat, obwohl meine Mutter, solange ich zurückdenken kann, immer kränklich und überarbeitet war.

Ich ging noch schneller, bis ich zur Hauptstrasse kam und nun vor den Villen der arabischen Beamten Haifas stand, die sie sich noch gebaut hatten, bevor sie in den Libanon umsiedelten, wo sie sich weitere Villen bauten, bevor sie wieder umsiedelten. Inzwischen war es stockfinster geworden. Ich war erschöpft und machte mir über den Ausgang dieses Abenteuers Sorgen; ausserdem hatte ich noch einen langen Weg vor mir.

Von Zeit zu Zeit kam ein einzelner jüdischer Arbeiter vorbei, kenntlich an seiner Arbeitskleidung. Alle waren sie mittleren Alters, denn die jungen Männer und die jungen Frauen waren beim Militär. Ich hatte keine Uhr dabei, musste aber erfahren, wie spät es war, um herauszufinden, ob noch ein Bus vorbeikommen würde oder ob in dieser abgelegenen Gegend der Betrieb bereits eingestellt war. Doch in welcher Sprache sollte ich jene Leute nach der Uhrzeit fragen?

Wenn ich sie auf arabisch fragte, würde ich mich selbst verraten, und auf englisch würde ich bei ihnen Verdacht erregen. Ich versuchte daher, mir meinen hebräischen Wortschatz zu vergegenwärtigen, und schliesslich fiel mir ein, dass man mit „Ma ha-schaah?" nach der Uhrzeit fragt. So hatte ich einmal in der Nähe des Armon-Kinos ein Mädchen angeredet, worauf diese mit einem Fluch auf die Ehre meiner Mutter reagierte, und zwar in bestem Arabisch.

Als nun wieder einmal ein Arbeiter auf mich zukam, versuchte ich es mit meinem „Ma ha-schaah?" Er zögerte zunächst, dann strahlte er, machte sein Handgelenk frei und rief: „Acht!" Ich war nicht auf den Kopf gefallen und erinnerte mich sogleich, dass dieses „acht" ein deutsches Zahlwort ist. Ich erinnerte mich dankbar an unseren verstorbenen Nachbarn, der die Schnellerschule absolviert hatte, und kehrte getrost ins Wadi al-Nisnas zurück, zu Fuss nun und mit dem festen Entschluss, die hebräische Sprache zu lernen.

Später besann ich mich darauf, was wir in der Schule über die Methode der Hieroglyphenentzifferung gelernt hatten, und begann, erst die englische Version auf den Ladenschildern zu lesen und dann jeden Buchstaben mit dem entsprechenden hebräischen zu vergleichen. Auf diese Weise knackte ich schliesslich das Geheimnis des Alphabets. Das setzte ich in der hebräischen Zeitung fort. Sprechen konnte ich übrigens rascher als lesen, aber ich brauchte zehn Jahre, bis ich zum ersten Mal eine Begrüssungsansprache in hebräischer Sprache halten konnte. Das war vor dem Bürgermeister von Haifa, der meine Worte als einen bemerkenswerten Präzedenzfall in seiner Zeitschrift abdruckte.

Was mir in diesem Zusammenhang heute als wundersam erscheint, ist, dass die Seifensieder von Nablus – ein Vierteljahrhundert nach diesen Ereignissen – die hebräische Sprache innerhalb von weniger als zwei Jahren meisterten. Als einer von ihnen zur Bearbeitung von Marmor überging, hängte er über die Einfahrt zum „Feuerberg"* ein Spruchband mit einer Werbung in gut lesbarer kufischer Schrift für die „neu eröffnete Schaisch-Manufaktur von Massud Ibn Haschim Ibn Abi Talib al-Abbassi". Schaisch ist nichts anderes als das Wort für Marmor im Hebräischen.

Es ist also nicht nur die Not die Mutter der Erfindung, sondern manchmal auch das Interesse der Grosskopfeten,

---

*Die Gegend um Nablus erhielt ihren Namen „Feuerberg" aufgrund ihrer Stellung als Hochburg des palästinensischen Widerstands während des Aufstands 1936–39.

das sogar den Wert ihrer eigenen Mütter drückt, wobei sie sich das Sprichwort zur Devise machen: „Wer meine Mutter heiratet, ist mein Onkel." Im Eigeninteresse dieser Grosskopfeten ist es auch, den einfachen Leuten die Möglichkeit einer allen gemeinsamen Sprache, und wäre es Esperanto, zu nehmen, damit diese nicht eines Tages kommen, um ihnen ihren Besitz zu nehmen.

16

Wie Said der Glücklose aufhörte, ein Schafs-
kopf zu sein

Die Sache war damit jedoch noch nicht erledigt. Mich hatte die Unkenntnis der hebräischen Sprache bei dem jüdischen Arbeiter derart frappiert, dass ich zu der festen Überzeugung gelangte, diesem Staat werde kein Überleben beschieden sein. Vielleicht sollte ich mir also einen Fluchtweg offenhalten!

Welche Hoffnung bleibt mir noch, fragte ich mich, ausser Issam al-Badandschani, einem Anwalt und Busenfreund meines Cousins, des jordanischen Ministers. Dieser Issam hatte sein grosses Haus in der Abbas-Strasse in eine Art Einsiedelei umgewandelt, wo er, sobald ihn ein ausländischer Journalist aufsuchte, Gift und Galle gegen den Staat des Adon Safsarschek spritzte. Sogar die Kommunisten, die in den Augen des Minderheitenministers eine äusserst gefährliche Fünfte Kolonne im Herzen des Staates darstellten, galten dem Freund meines Cousins, des jordanischen Ministers, als Verräter an der Nation und der Religion der Araber.

Beide wollte er nicht anerkennen, nicht den Staat und nicht dessen Presse. Vielmehr weigerte er sich, mit irgendeinem nicht ausländischen Journalisten zu sprechen. Seine Erklärungen erschienen nur in den beiden „Times", der in London und der in New York, sowie in den wichtigsten Zeitungen der arabischen Welt vom ägyptischen Nil bis zum syrischen Barada*. Wir, die Funktionäre der Palästinensischen Arbeiterunion, liessen durch unsere gespitzten Lippen nur einen Pfiff der Bewunderung für seine nationalistische Dreistigkeit hören, als wir erfuhren, er habe sich geweigert, seinen Sohn an der Hebräischen Universität in Jerusalem studieren zu lassen, und ihn stattdessen nach Cambridge geschickt. Nach Cambridge! Dabei spitzten wir noch einmal die Lippen zu einem Pfiff der Bewunderung.

Als nun die Nacht ihren Schleier senkte, verbarg ich mich darunter und ging, an seine Tür zu klopfen. Das Geklapper von Tricktrack-Steinen brach abrupt ab. Er selbst öffnete mir, die Würfel noch in der Hand schüttelnd. Ich wünschte ihm einen guten Abend, doch schien mein Erscheinen ihn in Verlegenheit zu bringen. Als ich dann allerdings einen meiner Kollegen von der Palästinensischen Arbeiterunion bei ihm sah, der gerade noch mit ihm gespielt hatte und nun, da ich eintrat, Anstalten machte aufzubrechen, war meine Verlegenheit nicht geringer. Er begrüsste mich und fügte erläuternd hinzu: „Mein Nachbar!" Ich räusperte mich zustimmend und fuhr fort, mich zu räuspern, bis der andere gegangen war.

Als ich meine Aufzählung der Qualitäten meines Cousins, des jordanischen Ministers, abgeschlossen hatte und als al-Badandschani seinerseits die Bekundungen seines Bedauerns über mein finsteres Geschick abgeschlossen und mir das

---

*Barada: kleiner Wasserlauf, der Damaskus durchfliesst. „Vom Nil bis zum Barada", eine scherzhaft dem Slogan der Befürworter eines Gross-Israel: „Vom Nil bis zum Euphrat" nachgebildete Formel, ist ironische Anspielung auf die panarabischen Ambitionen Nassers, der 1958 – 1962 Präsident der Vereinigten Arabischen Republik – das heisst von Ägypten und Syrien – war.

Versprechen gegeben hatte, alles zu meiner Entlastung zu tun, was in seiner Macht stehe, vertraute ich seinen Ohren an, was mir während meines Abenteuers zugestossen war und welche Schlussfolgerungen ich daraus gezogen hatte. Er beglückwünschte mich und sagte: „Es wird schon gut ausgehen."

Aber es ging nicht gut aus. Kaum hatte ich am nächsten Morgen meinen Fuss auf die Schwelle des Clubs gesetzt, als mich Jaakub in sein Zimmer rufen liess. Dort sass hinter seinem Schreibtisch ein Mann mässiger Grösse, der, obwohl die Vorhänge heruntergelassen waren, eine dunkle Brille trug. Er ist blind, sagte ich mir, ging also auf ihn zu und ergriff, um ihn in seiner Blindheit nicht in Verlegenheit zu bringen, seine Hand, noch bevor er sie mir entgegenstrecken konnte. Da schrie mich Jaakub an: „Benimm dich doch!" Und ich blieb stehen und benahm mich.

„Das ist ein grosser Mann", erklärte Jaakub. „Er ist gekommen, um sich ganz allein mit dir zu unterhalten. Du brauchst nichts von ihm zu befürchten." Dann liess er uns allein.

Kaum hatte er die Tür hinter sich geschlossen, als der Grosse Mann schon aufsprang, allerdings ohne dadurch merklich an Höhe zu gewinnen.

„Wir wissen", schrie er mich an, „wo du vorgestern warst!"

Wenn er auch nicht blind ist, so ist er doch taub, sagte ich mir und näherte mich deshalb seinem Ohr, um meinerseits zu schreien: „Ich wollte etwas Meeresluft atmen, ist das vielleicht verboten?"

Da versetzte er mir einen Schlag ins Gesicht — es war ein Volltreffer.

Er ist weder taub noch blind, sondern tatsächlich ein grosser Mann, dachte ich und machte mich für ihn etwas kleiner.

„Fragen Sie Adon Safsarschek nach mir!" riet ich ihm.

„Umm Asaad!" schrie er.

Auch du, Umm Asaad? durchfuhr es mich.

„Acht!" Seine deutsche Aussprache war sehr korrekt.

Jetzt fehlt nur noch, ging es mir durch den Sinn, dass er mich nach meiner schwarzen Nacht im Haus von al-Badandschani fragt!

„Tricktrack!" schrie er.

Ich liess mich auf einen Stuhl fallen, legte den Kopf zwischen meine Hände und wiegte den Oberkörper nach rechts und links, wie es uns unsere Mutter beigebracht hatte. Dann hörte ich mich selbst halb heulend sagen: „Bei Gott dem Allmächtigen, ich weiss nichts über meinen Cousin, den jordanischen Minister, ausser seinem Namen."

„Ist er wirklich dein Cousin?"

„Bei Gott, dem Allmächtigen, nein!"

„Warum nicht?"

Die Frage verwirrte mich, ich wusste nicht, was ich antworten sollte. Aber er hatte sich schon beruhigt. Er trat zu mir, klopfte mir väterlich auf die Schulter und sagte: „Lass dir das eine Lehre sein! Vergiss nicht, dass wir über modernste Mittel verfügen, mit denen wir jede deiner Bewegungen, dein gesamtes Tun und Lassen, selbst dein Flüstern im Traum, kontrollieren können. Mit unserem modernen Apparat können wir alles herausfinden, was sich innerhalb und ausserhalb dieses Staates abspielt. Hüte dich also, so etwas noch einmal zu tun!"

Ich aber wiegte nur weiter den Oberkörper und brachte

kein Wort heraus ausser: „Ein Schafskopf bin ich, ein Schafskopf!"

Schliesslich ging er, nachdem er seine schwarze Brille abgenommen hatte, hinaus, und ich sprach mit lauter Stimme mehrmals „Gott erbarme sich seiner" für meinen Vater, der als erster diese Eigenschaft bei mir erkannt hatte.

Gott schütze deine Ehre, Umm Asaad, und auch die deine, „Acht"! Denn bei Gott, dem Allmächtigen, ich kann zwar gehen, wohin ich will, und ich kann denken, was ich will, aber ich war ein Schafskopf, als ich an al-Badandschanis Tür klopfte. Mein seliger Vater hatte recht. Er pflegte mich bei jeder Tricktrack-Partie zu besiegen. Doch wenn ich ihn lobte: „Du bist ein hervorragender Spieler, du gewinnst immer, Vater!" entgegnete er: „Keineswegs, mein Sohn, alle meine Freunde besiegen mich, nur du bist eben ein Schafskopf!"

Und da ich nun beschloss, kein Schafskopf mehr zu sein, teilte ich dem Grossen Mann nicht mit, was ich von seinem modernen Apparat hielt.

17

War Said der mit dem Sack Vermummte?

Meine Meinung über seinen Apparat stand fest. Denn könnte er wirklich mein gesamtes Tun und Lassen kontrollieren, dann hätte er auch mein wundersames Treffen mit dem Mann aus dem All registrieren müssen. Das hatte er aber nicht getan. So beschloss ich, in dieser Hinsicht ganz unbesorgt zu sein und meinen Freund aus dem All in den Gewölben Akkas wieder aufzusuchen. Vielleicht dass er ein warnendes Wort brauchen könnte, jedenfalls brauchte ich ihn.

Ich befleissigte mich also die ganze folgende Woche einer übertriebenen Unterwürfigkeit gegenüber meinen Vorgesetzten, denn mein Entschluss stand fest: Ich würde es tun, würde an einem Samstag, unserem wöchentlichen freien Tag, nach Akka infiltrieren.

Der Samstag, auf den meine Wahl fiel, war der Elfte des letzten Monats in jenem finsteren Jahr 1948, ein Datum, das ich nie vergessen werde, ja nach dem ich später sogar mein Leben einteilen sollte: in ein Davor und ein Danach.

Am Freitagabend, am Vorabend jenes Samstags, hatte ich mich in meine Wohnung zurückgezogen, um meine zersplitterten Vorstellungen darüber zusammenzufügen, welches der sicherste Weg für meine Infiltration nach Akka in aller Frühe am nächsten Morgen sei.

Ich hatte schon das Licht gelöscht und mich zeitig zu Bett gelegt, um nicht noch von meiner Nachbarin, einer armenischen alten Jungfer, Besuch zu erhalten, deren Gesellschaft ich immer erst dann als angenehm empfand, wenn wir so viel getrunken hatten, dass ich sie im Rausch für meine kleine Juad halten konnte und sie mich für ihren grossen Sarkis, „der mit den Arabern weggelaufen war".

Sie hatte die Angewohnheit, sich, wenn sie beschwipst war, dadurch in Stimmung zu bringen, dass sie in gebrochenem Englisch diese und jene Anekdote über Clark Gable, Charles Boyer oder andere Stars hervorstammelte. Das wirkte ansteckend auf mich, und auch ich begann, vor mich hin zu brabbeln, Anständiges und weniger Anständiges. So hatte ich am Tag zuvor die Badandschan-Frucht, die Aubergine, kräftig aufs Korn genommen und mit ihr alle, die an ihr Geschmack finden. Woraufhin sie wütend aufgestanden war und zur Verteidigung von Auberginen, gefüllt mit Rollweizen und Fleisch, ausgeholt hatte. Da hatte ich nichts mehr gesagt und beschloss nun in weiser Voraussicht, ihr in dieser Nacht die Tür nicht zu öffnen.

Während ich mich noch diesen und ähnlichen Gedanken hingab, klopfte es an der Tür. Das ist sie, dachte ich, aber ich werde ihr weder öffnen noch werde ich mich für meine ausfälligen Bemerkungen gegen die Badandschan-Frucht entschuldigen. Doch draussen klopfte es weiter. Da gewann in mir die Triebseele, die grosse Verführerin, die Oberhand, und ich sagte mir: Warum soll ich ihr nicht öffnen? Ich kann mich ja zusammennehmen, um nachher keinen Unsinn zu lallen. Als es noch einmal an der Tür klopfte, stand ich auf und dachte: Der Apparat wird schon kein Armenisch verstehen. Sie ist ein armes Ding, und ich bin ein armer Kerl. Und ich öffnete die Tür.

Da steht vor mir eine Frau in mittleren Jahren mit grünen Augen und etwas welken Gesichtszügen.

„Said?" fragt sie mich schüchtern und mit bebender Stimme.

Ich war völlig überrascht, meine Zunge regte sich nicht. Gebannt starrte ich in ihre grünen Augen und zwang mich, mich an dieses welke Gesicht zu erinnern. Es muss eine Verwandte aus dem Dorf sein, oder kommt sie vielleicht gar von jenseits der Grenze? Was bringt sie nur in dieser stockfinsteren Nacht hierher?

„Kommen Sie herein", flüsterte ich ängstlich.

„Meine Schwester Juad ist unten. Darf sie heraufkommen?" fragte sie.

Ich konnte weder glauben, was ich sah, noch was ich hörte. Zunächst konnte ich meinen Augen und Ohren nicht trauen. Ich hatte die Gewohnheit entwickelt, wenn mich ein Bedürfnis überkam und ich nichts zu tun hatte, mit offenen Augen dazusitzen oder mit offenen Augen umherzuwandern. Dann sah ich nichts anderes als Juad. Ich ergriff ihre Hand, presste sie fest an mich, und gemeinsam versanken wir in eine beseligende Trance, aus der ich einmal, in meinem Büro bei der Palästinensischen Arbeiterunion, erst durch das Eingreifen von Abu Mustafa al-Aaradsch wieder erwachte, der mir mit seinem Stock einen Schlag verpasste, weil ich ihn einen halben Tag vor der Tür hatte warten lassen, nachdem ich ihn gebeten hatte, sich eine Viertelstunde zu gedulden. Er liess mich wieder in eine Trance versinken, doch diesmal in eine ganz andere.

„Sind Sie wirklich Juads Schwester?"

„Darf sie heraufkommen?"

„Juad, Juad!"

„Nein, bleiben Sie, Sie können doch nicht in Unterhosen zu ihr hinuntergehen! Bleiben Sie und ziehen Sie sich etwas an, ich rufe sie inzwischen."

Ich tat, wie mich Juads Schwester geheissen hatte, und begann, von einem Zimmer ins andere zu rennen, teils, um mich anzuziehen, teils aber auch, um noch rasch die Zigarettenreste mit Lippenstiftspuren, die die Aschenbecher füllten, in die Toilette zu werfen. Nachdem ich ohne Erfolg die Spülung gezogen hatte, füllte ich hastig einen Eimer mit Wasser und schüttete es hinterher. Dabei lief Wasser auf den Fussboden. Ich glitt aus und stürzte auf Hände und Knie und kam direkt vor die geöffnete Tür zu liegen. In dieser Stellung fand mich Juad, ihr zu Füssen, nach all der langen Trennung!

„Recht geschieht dir!" rief sie.

Ich richtete mich mühsam auf, während mir die beiden Wasser übers Gesicht rannen: das Wasser meiner Augen und das Wasser der Toilette. Ich sank auf den erstbesten Stuhl und begann zu weinen. Juad und ihre Schwester eilten sofort zu mir, trockneten das Wasser und meine Tränen und versicherten mir, alles werde wieder gut.

Was sollte ich wohl wiedergutmachen?

„Du weisst doch, Said", sagte Juad vorwurfsvoll. „Gott verzeihe dir, was du meinem Vater und den anderen angetan hast."

Ich aber – Gott verzeihe mir – verstand gar nichts.

Nun berichtete die Schwester, Juad sei heute aus Nazareth gekommen, habe den weiten Weg über Schafa Amr und über die Berge ganz allein zu Fuss gemacht, um ihrer Schwester in Haifa mitzuteilen, dass ihr Vater in Nazareth verhaftet worden und dass ich, Said, schuld an seiner Verhaftung sei, denn ich hätte sie zu ihm geführt.

„Ich?"

„Alle sagen, du seist es gewesen, du seist der mit dem Sack Vermummte", erklärte Juad.

„Ich?"

„Wie vor dir dein Vater!"

Den Vorwürfen, die nun folgten, vermischt mit meinen eigenen Klagen und feierlichen Schwüren, ich könne niemandem etwas zuleide tun, am wenigsten Juad, entnahm ich, dass Juads Vater mit seiner Familie aus Haifa nach Nazareth geflüchtet war, und zwar nach der ersten Verminung der Raffinerie. Nach dem Fall der Hauptstadt Galiläas rief die Armee die Zivilisten zur Übergabe ihrer Waffen auf. Als der Bürgermeister von Nazareth daraufhin erklärte, es gebe in Nazareth keine Waffen ausser Tricktrack-Brettern, über die sich die Männer beugten, wenn einmal kein Ausgehverbot verhängt sei, wurden Haussuchungen angeordnet.

Dabei richteten sie zunächst ihre Aufmerksamkeit auf das östliche Viertel, in das sich die Familie geflüchtet hatte. Sie trieben die Männer auf dem freien Platz bei dem Brunnen hinter der koptischen Kirche zusammen. Den ganzen Tag mussten sie dort in der brennenden Hitze stehen, ohne trinken zu dürfen, obwohl aus dem Brunnen zu ihren Füssen heiliges Wasser aus der Quelle der Heiligen Jungfrau quoll.

Sie sei es gewesen, erwähnte Juad voller Stolz, die die Kommunisten auf jenen Vers aufmerksam gemacht habe, den sie als Schlagzeile auf ihrem Flugblatt abgedruckt hatten, das sie während der Durchsuchung verteilten:

Wie weisse Kamele in der Wüste, ganz ausgedörrt vom

Durst,

wo doch Wasser da ist, auf ihrem Rücken getragen als Last.

Der Militärgouverneur lud sie vor, und als er abstritt, dass die Armee den Kamelen und sonstigen Lasttieren des Viertels das Wasser der Brunnen am Tag der Durchsuchungen verwehrt habe, versuchten sie, das ganze als Metapher zu erklären. Da tobte er los und verteidigte die Würde des Menschengeschlechts, das man doch nicht mit Tieren vergleichen dürfe, „nicht einmal wenn es um unsere Feinde, die Araber, geht. Ihr seid jetzt Bürger geworden, ihr seid jetzt wie wir!" Und mit diesen Worten jagte er sie hinaus.

Die Armee nun liess am Tage der Durchsuchungen jeden zur Seite treten, auf den der mit dem Sack Vermummte gedeutet hatte. Diese transportierte man dann in ein Massengefängnis und erklärte sie zu Kriegsgefangenen. Unter ihnen war auch Juads Vater.

„Und was ist nun dieser mit dem Sack Vermummte?"

„Ein Mann", antwortete Juad, „dem man den Kopf mit einem Sack verhüllt, in den drei Löcher, zwei für seine Augen und eines für seinen Mund, geschnitten sind. Den setzten sie an einen Tisch, um ihn herum standen Soldaten. Unsere Männer mussten vor ihnen vorbeigehen, und wenn der Kopf im Sack zweimal nickte, liessen sie den Betreffenden zu Seite treten, weg von den übrigen. Bei der einen Durchsuchung nahmen sie nicht weniger als fünfhundert Männer und Jungen fest, als Kriegsgefangene. Warum hast du das getan, Said?"

18

Die erste Nacht allein mit Juad

Schliesslich konnte ich Juad und ihre Schwester davon überzeugen, dass ich nicht der mit dem Sack Vermummte gewesen war. Aber ich komme mir seit jener Nacht vor wie ein
abgenutzter Sack.

Juad war ohne Bewilligung von Nazareth nach Haifa gekommen. Sie galt damit als Infiltrantin. Damals kam man
einfach in die Häuser, „durch die offenen Türen"*, zu jedem
beliebigen Zeitpunkt, um nach solchen Infiltranten zu suchen. Wenn man welche fand, transportierte man sie mitten
in der Nacht bis zum Grenzland von Dschenin und setzte
sie auf der Ebene zwischen Dschenin und dem Dorf al-Mu-
kaibila ab. Dort hatte die englische Armee ein Militärlager
gehabt, und als sie abzog, liess sie uns darin zahllose Minen
zurück, zu denen die Armeen der Araber und die der Juden
noch weitere hinzufügten. Denn die erste Demarkationslinie
lief hier entlang. Und als der Krieg seine Lasten uns aufs
Herz lud, explodierte eine davon unter den Füssen von Kindern aus Sandala, die auf dem Weg von der Schule zu ihren
Müttern waren. Siebzehn von ihnen waren auf der Stelle tot,
so hiess es in der offiziellen Erklärung, in der von den Ver-
letzten, die später starben, nicht die Rede war. Damals liess
Jaakub uns zusammenkommen und hielt uns einen Vortrag

---

*Anspielung auf Koran 2.189 „Betretet die Häuser durch ihre Türen"; spä-
ter sprichwortartiger Ausdruck für „tut etwas legal".

über die Kommunisten, „die in ihrem Antisemitismus die Leute zu Streiks und Demonstrationen aufhetzen und dabei behaupten, die Minen seien israelischer Herkunft".

Wörtlich sagte er: „Da unsere Vereinigung, die Palästinensische Arbeiterunion, eine demokratische Organisation in einem demokratischen Staat ist, steht es euch frei, öffentlich zu erklären, dass diese Minen Hinterlassenschaft der Engländer oder Relikt der Araber sind!"

Als unser Kollege al-Schilfawi, dessen rechter Arm gelähmt war, ihm ins Wort fiel und sagte, er habe in der Erklärung der Kommunisten gelesen, sie bezichtigten die Regierung der Nachlässigkeit bei der Säuberung jenes Weges von den Kriegsminen, antwortete ihm Jaakub: „Wir wissen ja, dass dein Schwager einer von ihnen ist!"

Da war auch al-Schilfawis Zunge gelähmt.

Deshalb kamen wir überein, dass das Haus von Juads Schwester — sie hatte Haus und Kinder in al-Halisa nicht verlassen, weil sie auf die Rückkehr ihres Mannes wartete, der eines Morgens mit den Worten: „Warte auf mich, ich komme wieder!" weggegangen, aber nie zurückgekehrt war — dass dieses Haus nicht die nötige Sicherheit bot für ihre Schwester, die Infiltrantin.

Wir kamen also überein — ich gesenkten Blickes —, dass Juad diese Nacht in meinem Haus verbringen sollte, wo ich ihr, voller Furcht, sie könnte das Schlagen meines Herzens hören, ein eigenes Zimmer überliess.

Die Schwester liess mich noch bei der Ehre meiner eigenen Schwester schwören, dass ich Juads Ehre wahren würde. „Sie ist dein, wenn du willst, aber erst später — und wie das Gesetz es will."

Dann verabschiedete sie sich von uns und ging. Mir hatte das Ganze den Atem verschlagen, in meinem Gehirn vermischten sich die verlorene Ehre meiner Schwester und das unerwartete Wiedersehen mit Juad, die sich nun in ihr Zimmer zurückzog und die Tür hinter sich verschloss. Dort weinte und schluchzte sie vernehmlich, während ich auf meinem Bett vor ihrer Tür lag, ohne schlafen und ohne aufstehen zu können. Sie weinte und weinte, und ich lag da und lag da. Schliesslich hörte ich sie rufen: „Said!"

Ich stellte mich schlafend.

„Said!"

Ich hielt den Atem an.

Da öffnete sie die Tür, die uns trennte. Ich schloss rasch die Augen und spürte, wie sie meine Decke glattstrich. Ich hörte ihre Schritte, sie ging ins Badezimmer, wo sie sich wusch. Dann kehrte sie dahin zurück, woher sie gekommen war. Die Tür, die uns trennte, liess sie angelehnt.

Wie hätte ich jetzt aufstehen können?

Sie würde merken, dass ich wach war. Wie hatte ich nur auf ihren ersten Ruf nicht reagieren können? Sie war doch meine erste Liebe! Und mit dieser Nacht wurde sie meine ewige Liebe. Wie konnte ich sie nur in meinem Haus übernachten lassen, sie mit mir allein, ohne ihr ein einziges Wort zu sagen, ohne einen einzigen Kuss? War ich etwa ein Feigling? Warum war ich dann keiner vor der Freundin von Sarkis?

Was sollte ich jetzt tun? Wie lange sollte ich noch so liegenbleiben?

Aber ich sollte gar nicht mehr lange liegenbleiben.

19

Sei unbesorgt, Said, ich komme zurück!

Der ewige Infiltrant, das Morgengrauen, drang unversehens durchs östliche Fenster herein, während ich mit angehaltenem Atem dalag, wie ein Kind, das ins Bett gemacht hat und nun mit angehaltenem Atem auf ein Wunder wartet, das es jetzt am Morgen noch vor einer Katastrophe retten könnte. Da vernahm ich ein heftiges Pochen an der Tür, schreckte auf und stürzte ins Zimmer von Juad, die vollständig angekleidet dastand und vor Schreck zitterte.

„Sind sie gekommen?" fragte sie.

„Ich weiss es nicht."

„Aber wer hat geklopft?"

„Ich weiss es nicht."

„Schliess mich ein, sag ihnen ja nicht, dass ich hier bin. Ich beschwöre dich bei deiner Ehre!"

Das Klopfen wurde noch heftiger. Wir hörten Lärm.

„Du, mein Alles!" flüsterte ich.

„Nicht jetzt", flüsterte sie, „nicht jetzt!"

„Du bist mein!"

„Später, später!"

„Nein, jetzt, jetzt!"

Sie versuchte, sich von mir loszumachen, doch ich klammerte mich an sie. Sie riss sich los und flüchtete in mein Zimmer, wo wir zusammen auf das Bett fielen. Da hörten wir, wie die Haustür herausgebrochen wurde, und meine linke

Rippe schmerzte, als sei sie auch herausgebrochen. Ich verschloss die Tür hinter Juad und pflanzte mich, noch im Schlafgewand, vor ihnen auf.

Es waren Soldaten.

„Durchsuchung!"

„Warum haben Sie die Tür herausgebrochen?"

Einer von ihnen schob mich zur Seite. Sie verteilten sich nun in der ganzen Wohnung, durchstöberten die Schränke und kehrten die Schubladen um.

„Bist du allein hier?"

„Ganz allein."

Inzwischen hatte ich mir Hose und Hemd angezogen und mich vor die Tür des Zimmers gestellt, in dem sich Juad versteckt hielt. Ich förderte einen Ausweis zutage, der mich als Mitglied der Palästinensischen Arbeiterunion auswies, und berief mich auf Adon Safsarschek. Daraufhin stellten sie das Durchwühlen und Durchstöbern der Wohnung ein.

Nur einer, wohl ihr Anführer, schöpfte Verdacht wegen des Zimmers, vor dessen verschlossener Tür ich stand. Er wollte mich beiseite schieben, um sie zu öffnen, doch ich stand dort wie festgenagelt.

„Aufmachen!" schrie er.

„Es ist nichts darin."

Er wurde fuchsteufelswild und drängte gegen die Tür. Da streckte ich beide Arme vor der Tür aus, fest entschlossen, als Märtyrer zu sterben. Er schaute sich zu seinen Männern um und lachte. Sie lachten nicht. Dann befahl er ihnen, mich wegzuschaffen. Als sie zögerten, schrie er ihnen einen Befehl zu, worauf sie alle auf einmal über mich herfielen. Sie zerrten mich aus dem Zimmer und warfen mich vom dritten Stock die Treppen hinunter. Immer wieder griffen Hände nach mir, die mich weiterstiessen, bis ich, mich überschlagend, schliesslich auf dem unteren Treppenabsatz landete, wo ich zu Füssen Jaakubs liegenblieb, mit der Hand noch immer den Ausweis der Palästinensischen Arbeiterunion umklammernd, den ich ihm mit ausgestrecktem Arm unter die Augen hielt, die ihn jedoch nicht sehen wollten.

„Ich weiss doch", schrie er, „was für einer du bist, Esel! Steh auf und erzähl mir, was passiert ist!"

Das tat ich aber nicht. Denn schon hörten wir von oben lautes Frauengeschrei, dazu das Geräusch von Schlägen, Fusstritten und Tumult. Wir schauten hinauf, wo eine heisse Schlacht zwischen Juad und einigen Soldaten tobte, die sie die Treppe hinunterstiessen. Andere Soldaten standen dabei und versuchten, nicht zu sehen, was geschah. Juad leistete heftigen Widerstand, schrie und trat mit den Füssen. Sie biss sogar einen der Soldaten in die Schulter, so dass er vor Schmerz aufschrie und das Weite suchte. Sie stiessen sie weiter, und sie wehrte sich weiter und trat sie mit den Füssen. Schliesslich warfen sie sie die Treppen hinunter. Sie landete auf ihren Füssen, aufrecht und erhobenen Hauptes.

„Infiltrantin!" rief einer von ihnen ganz ausser Atem, worauf sie schrie: „Das hier ist mein Land und mein Haus, und das hier ist mein Mann!"

Da stiess Jaakub einen obszönen Fluch aus, den sie, auf seine Mutter gemünzt, zurückgab.

Nun fielen sie über sie her und trieben sie zu einem Auto, das bereits mit Leuten ihresgleichen angefüllt war. Sie fuhren weg.

Als der Wagen sich schon in Bewegung gesetzt hatte, hörte ich sie noch mit lauter Stimme rufen: „Said, Said, sei unbesorgt, ich komme zurück!"

Ich lag noch immer ausgestreckt am Boden.

20

Die offene Wunde

Zwanzig Jahre sollte ich auf ihre Rückkehr warten. Sie brachten sie weg, zusammen mit anderen Infiltranten aus Nazareth und al-Mudschaidal, aus Jaffa und Maalul, aus Schafa Amr, Iblin und Tamra – all den Arbeitern, die nach Haifa infiltrierten, um ihre Familien zu ernähren –, und luden sie in der Ebene von Dschenin, zwischen den Minen der Engländer, der Araber und der Juden, ab.

Einigen gelang es, sich zwischen den Ruinen im Gesträuch zu verbergen. Diese gingen nicht weiter bis zu den jordanischen Linien, sondern warteten, bis es dunkel geworden und der Tag eingeschlafen war, und kehrten dann zurück. Man vertrieb sie wieder, und sie kamen wieder zurück, nur um wieder vertrieben zu werden und zurückzukehren, bis auf den heutigen Tag.

Einige gingen weiter, bis sie von der jordanischen Armee mit Beschimpfungen empfangen wurden, die auch bis zum heutigen Tag fortdauern.

Juad war unter denen, die nicht zurückkamen. Aber einer jener Infiltranten, die zurückkehrten, drückte mir heimlich ein Stück Papier in die Hand – einen Brief von ihr. Ich las ihn erst, als ich mich vergewissert hatte, dass der Ort frei vom Apparat war. Und dies war das einzige Geheimdokument, das ich während der ganzen zwanzig Jahre aufbewahrt habe, um mich selbst davon zu überzeugen, dass ich imstande bin, dem Apparat zu trotzen, und auch deshalb, weil ich es als Ehevertrag betrachtete.

Juad schrieb: „Ich bitte den, der diesen Brief findet, ihn meinem Mann, Said dem Glücklosen, dem Peptimisten, Wadi al-Nisnas, Haifa, auszuhändigen.

Said, mein lieber Mann, leb wohl, leb wohl, mein Liebster. Ich erwarte den Tod jenseits der Grenze. Aber ich sterbe in der Gewissheit, dass du meinen Vater aus dem Gefängnis retten wirst. Grüsse meine Schwester und kümmere dich um ihre Kinder. Leb wohl! Leb wohl, Liebster. Deine Frau, Juad."

Erst später erfuhr ich, dass sie nicht gestorben war. Und so beschloss ich, mich als verheiratet zu betrachten: Ich hatte eine Frau in Dschenin oder in einem Flüchtlingslager, weshalb ich begann, mich für die Familienzusammenführungsprogramme zu interessieren.

Aufmerksam lauschte ich den über Radio Amman ausgestrahlten Botschaften der Exilierten an ihre Angehörigen, hatte aber selbst nie den Mut, ihr einen Gruss im israelischen Radioprogramm „Seid gegrüsst!" zukommen zu lassen, das immer mit Farid al-Atraschs Lied begann: „Unsere Lieben − oh Herz − wie fern sind sie von uns − wir gingen, und sie verliessen uns − sie warteten nicht auf uns, oh Herz, oh!" Ohne an den Apparat zu denken, wischte ich mir die Tränen aus den Augen.

Bald gab es keine arabische Rundfunkstation mehr, die nicht ein solches Programm gesendet hätte. Das eine begann mit „Wir kehren zurück!", das andere mit „Seid gegrüsst von mir, ihr im besetzten Land, fest verwurzelt in der Heimat, mein Herz ist bei euch, seid gegrüsst von mir!", wieder eines mit „Oh Herold auf dem nahen Weg, nimm dieses Tuch von mir mit auf den Weg und gib es meinem Liebsten." Das alles vermischte sich kunterbunt, und so entschwand Juad gänzlich.

Als der Sechstagekrieg ausbrach und jener Herold sich mit „Gottes Hilfe und rascher Sieg!"* vernehmen liess, hatte ich längst aufgehört, wegen Juad zu weinen, und weinte nur noch wegen mir selbst, allerdings ohne Furcht vor dem Apparat, denn jetzt standen alle unter Waffen.

Damals hatte ich Jaakub leid getan. Er folgte mir nach bis zu jenem Platz an der Ecke der Dschabal- und der Abbas-Strasse, wo sie uns zusammentrieben. Er holte mich aus der Menge heraus, noch bevor sie mit der Selektion begannen und noch bevor ich dem Vermummten gegenübergestellt wurde. Als ich ihm dann die Geschichte mit Juad erzählte, machte er mir Vorwürfe, weil ich den Soldaten nicht von Anfang an die Wahrheit gesagt hatte. Er versprach aber, die Sache mit den Zuständigen zu klären; auch Juad würden sie finden und sie zu mir zurückbringen, „selbst wenn sie in Katar wäre".

„Unter einer Bedingung, Said, dass du ein guter Junge bist."

„Zu Befehl!"

„Und dass du uns treu dienst!"

„Zu Befehl!"

All das aus Sorge um die Zukunft der armen Juad, die zurückzubringen er mir versprochen hatte.

„Natürlich wird das einige Zeit brauchen", meinte er.

*vgl. Koran, Sure 67.13.

Tatsächlich brauchte es sehr viel Zeit, und bei jeder Wahl, die in diesem Land abgehalten wurde, versicherte er mir aufs neue, sobald die Stimmen ausgezählt seien, würde er mich zum Mandelbaumtor* bringen, wo ich Juad in Empfang nehmen könnte.

„Also tu dein Möglichstes!"

Ohne Rast und Ruh lief ich deshalb den Kommunisten hinterher, machte Stimmung gegen sie und organisierte Übergriffe auf sie, sagte als Zeuge gegen sie aus, schmuggelte mich bei Demonstrationen in ihre Reihen ein, kippte Mülleimer um, skandierte staatsfeindliche Slogans, um der Polizei einen Vorwand zu geben, gegen sie vorzugehen, und flüsterte den islamischen Scheichs ins Ohr, die Kommunisten hätten das Koranexemplar in al-Aasamije zerrissen. Ich sass an der Wahlurne von morgens sechs bis Mitternacht − ohne irgendeinen Lohn für all diesen Eifer zu erhalten ausser der immer wieder erneuerten Beteuerung, Juad werde zurückkehren.

Alle meine ebenso eifrigen Kollegen rückten auf in die uns offen stehenden Positionen. al-Schilfawi** wurde Mitglied der Knesset, Nasmi al-Schawisch wurde Schawisch: Feldwebel. Abdalfattach Dahin Sukma** wurde Direktor, seine Frau Direktorin einer Schule, seine Tochter Lehrerin; nur sein Sohn fiel den Kommunisten in die Hände, die ihn zum Studium der Medizin nach Moskau schickten.

Niemand blieb ohne Lohn ausser mir − und ausser Jaa-

*Mandelbaumtor: 1948−1967 Passierstelle im geteilten Jerusalem zwischen Israel und Jordanien.
**Die Personen tragen sprechende Namen: al-Schilfawi: „der sich auf seinen linken Arm stützt", Dahin Sukma: „der seine Schnauze schmiert".

kub. Dessen Lohn war ich. Denn als sie die Palästinensische Arbeiterunion in die Histadrut integrierten, wurde er Angestellter in der arabischen Abteilung, und ich wurde ihm unmittelbar unterstellt.

Doch rettete mich nicht einmal der Eifer, den ich im Dienst gezeigt hatte, vor dem Zorn Jaakubs, den ja auch sein Eifer nicht vor dem Zorn des Grossen Mannes von der kleinen Gestalt gerettet hatte, jenes Mannes, der selbst im dunklen Zimmer bei zugezogenen Vorhängen eine schwarze Brille trug. Kaum waren nämlich die Wahlergebnisse bekannt geworden, da kam er frühmorgens schon wutschäumend zu mir: „Für dich ist Juad verloren! Wie konntest du bloss zulassen, dass die Kommunisten so viele Stimmen bekommen?"

„Ich?"

„Na ja. Das nächste Mal was Besseres!"

Aber trotz allem, was ich tat, hatte ich immer ein ruhiges Gewissen. Ich arbeitete ja auf das Wiedersehen mit Juad hin. Doch schliesslich heiratete ich, und da liess mich das Geheimnis, das ich mit Jaakub teilte – dass wir Juad zurückbringen wollten – nicht mehr schlafen. Mir war, als würde ich Ehebruch begehen.

Und Jaakub begann, mit seinem ganzen Gewicht in dieser Wunde zu bohren.

Zweites Buch

Bakija

Wie eine Mutter liebt
ihr entstelltes Kind,
so liebe ich sie,
meine Liebste, mein Land.

Salim Dschibran*

---

*Salim Dschibran, geb. 1941, engagierter Dichter aus Galiläa, Nachfolger Habibis als Chefredakteur der kommunistischen Zeitung *al-Ittihad*.

1

Wie Said sich aus Sicherheitsgründen gezwungen sah, dem Schreiben zu entsagen

Mir schrieb Said der Glücklose, der Peptimist: Friede sei mit Ihnen und die Barmherzigkeit und der Segen Gottes!

Zur Sache: Ich sah mich für kurze Zeit gezwungen, dem Schreiben zu entsagen, und zwar aus Gründen der Sicherheit, meiner eigenen dieses Mal, nicht der des Staates, aber auch der Sicherheit meiner ausserirdischen Brüder wegen, unter deren Schutz ich hier in den Gewölben von Akka wohne, sicher zwar, aber nicht getrost.

Denn als Ihre Regierung die Gewölbe zu restaurieren begann, die Mauern wieder aufrichtete und sie mit elektrischem Licht ausleuchtete, die Hallen mit ihren prächtigen Ornamenten freilegte und weiter verzierte, da zogen wir uns rasch in die noch nicht entdeckten Gewölbe zurück, ohne an irgendeinem Ort zu verweilen, ohne uns einen Augenblick der Ruhe zu gönnen, immer nach Ihrer Devise: „Hit and run!" − „Schlag zu und flieh!" Aber „Iss und flieh", „Schreib und flieh" − das ist leichter gesagt als getan.

Endlich war der Sommer vorbei, das geschäftige Treiben liess nach, und der Lärm verhallte − bis auf den Ruf der Frösche und das Flüstern der Schaben. Da rief mich mein ausserirdischer Bruder: „Auf, gehen wir ans Meer!" Und wir gingen, setzten uns auf einen glatten Felsen, gewaltig wie die Blöcke in Baalbek, in einer Mauernische zur Linken des

Leuchtturms, und warfen unsere Angelschnüre zum Fischen aus. Es war Oktober, von Osten her wehte eine warme Brise. Das Meer war friedlich gestimmt, und über seine ruhige Oberfläche war das Licht der Sterne verstreut. Nach vorne blickend, sahen wir, dass aus dem strahlenden Haifa zwei Haifas geworden waren: das eine lehnte an den Karmel, das andere badete im Meer, Ohrgehänge, Halsketten und Ringe hatte es abgelegt.

Wie ich meinen Blick so auf das gewaltige Meer richte, das ganz ruhig ist, scheint es mir gewaltig majestätisch. Gewaltiges ist ja desto majestätischer, je ruhiger und unerschütterlicher es ist. Und das ruhige Meer — das ist das unerschütterlich Gewaltige!

Wie viele gepeinigte Seelen haben nicht, gleich der meinen, am Meer Zuflucht gesucht, um aus ihm Ruhe und Unerschütterlichkeit zu schöpfen!

Damals, als die Nächte des Juni über die Araber herfielen, fielen die Hobbyfischer übers Meer her. Es hiess, sie flüchteten vor den Sorgen und Klagen ihrer Frauen. Tatsächlich aber suchten sie im Meer nach etwas, das ihnen die Gewissheit geben könnte, dass es noch Stärkeres als unseren Staat gibt. Wie manche Nacht wurden sie nicht von der Polizei überrascht, auf einem Felsen am Strand von Naharija stehend, dort, wo das Meer die Abwasserkanäle schluckt und die Fische ganz besonders gedeihen. Die unerschütterliche Ruhe des Meeres hatte ihnen so viel Leichtigkeit verschafft, dass sie die Fragen der Patrouillen allzu leicht nahmen und daher den Rest der Nacht im Gefängnis verbrachten.

Mir bürdete dieses Hobby ein wundersames Geheimnis auf, das zu einem Teil meiner selbst werden sollte. Und hätte ich nicht Zuflucht gefunden bei meinen ausserirdischen Brüdern in den Gewölben Akkas, wo mich eure Bosheit nicht erreichte, so hätte ich es mit mir ins Grab genommen.

Während mir dieses Geheimnis durch den Sinn geht und ich bemerke, dass diese Gegenden doch ein wundersames Geheimnis bergen, meint mein ausserirdischer Freund, das habe lange vor mir schon der Reisende Ibn Dschubair festgestellt. „Auch er sass einmal an dieser Küste und beobachtete das ruhige Meer, während er auf einen günstigen Wind wartete, um aus Akka fliehen zu können, das die Byzantiner geschändet hatten.

‚In dieser Gegend', schrieb er, ‚birgt der Wind ein wundersames Geheimnis. Der Ostwind weht hier nämlich nur während zweier Jahreszeiten, im Frühling und im Herbst. Nur dann kommen die Reisenden, und nur während dieser Jahreszeiten entladen die Händler ihre Waren in Akka. Im Frühling beginnt die Reisezeit Mitte April; dann weht der Ostwind, und zwar bis etwa Ende Mai, ganz wie Gott der Allmächtige es bestimmt. Im Herbst beginnt die Reisezeit Mitte Oktober; dann weht wieder der Ostwind, aber kürzer als im Frühling, nur eine kurze, flüchtige Zeit von etwa fünfzehn Tagen. Zu anderen Zeiten kommt der Wind aus verschiedenen Richtungen, meistens aber aus dem Westen. Die Reisenden nach dem Maghreb, nach Sizilien oder Byzanz warten geduldig auf den Ostwind in diesen beiden Jahreszeiten — wie auf die Einlösung eines Versprechens. Gepriesen sei der Schöpfer in seiner Weisheit, der Allmächtige, ausser dem es keinen Gott gibt!'"

Da verliere auch ich mich in Seinem Lob, und mir fällt ein, dass alljährlich in dieser kurzen, flüchtigen Zeit die Fischer mit ihren kleinen Booten aufs Meer hinausfahren, um den Bilamida-Fisch zu fangen, der so gross ist, dass sie ihn hinter sich herschleppen müssen. Es ist ein ausländischer Fisch, den die Araberinnen nicht gut zuzubereiten wissen.

„Dieses Meer ist im Frühjahr und im Herbst ruhig", sagt mein Freund, „also in den schönsten Jahreszeiten in eurem so schönen Land. Doch dann fallen die Liebhaber in Scharen darüber her, Generation auf Generation, Schicht auf Schicht, und so bleibt euch nur die Archäologie, um eure Geschichte den verwischten Spuren zu entnehmen."

Es war Frühling, als ich das Mädchen aus al-Tantura traf, und Herbst, als ich ihren Sohn verlor. Mein Leben dazwischen war nur eine kurze, flüchtige Zeit.

2

Die einzigartige Ähnlichkeit zwischen Said und Candide

Mein ausserirdischer Freund schreckte immer auf vom Donnern der Düsenflugzeuge, die über dem Meer hin- und herflogen, nordwärts Richtung Ras al-Nakura und zurück, bis sie hinter dem Berg verschwanden. Ich glaubte dann, ein aufgeschreckter Fisch habe an seiner Angelschnur gezogen, und fasste meine etwas fester, um mich selbst zu beruhigen.

„Ich muss", sagte er, „an das Gerede bei den Freunden deines Freundes denken, nachdem er ein Stück deines ersten Schreibens veröffentlicht hatte. Sie sollen behauptet haben, der Meister hätte zum grossen Sprung angesetzt und sei dann doch gestrauchelt und hinter das Niveau von Candide* zurückgefallen, volle zweihundert Jahre zurück!"

„Was hat er damit zu tun?" erwiderte ich. „Er ist nur Übermittler und ‚des Herolds Geschäft ist die Kund, nur was ihm diktiert, entlässt sein Mund'."**

„Candide ist ein Optimist, du dagegen bist ein Peptimist!"

„Das ist eine Gabe, durch die mein Volk vor allen Völkern ausgezeichnet ist!"

„Dennoch, das Ganze sieht nach Plagiat aus!"

„Dafür kannst du doch nicht mich verantwortlich ma-

*Anspielung auf Voltaire, *Candide oder der Optimismus*, erschienen 1759. (Anm.d.A.)
**vgl. z.B. Koran, Sure 5.99.

chen, sondern dieses Leben, das sich nicht verändert hat seit jener Zeit, nur dass es das Eldorado inzwischen wirklich gibt auf diesem Planeten!"

„Erklär mir das!" bat er.

Und ich erklärte ihm das, indem ich Candide und uns verglich, in allen Einzelheiten und nur die Wiederholungen auslassend — Jahr für Jahr, das ganze letzte Vierteljahrhundert hindurch: „Hat nicht damals Pangloss die Avarenfrauen trösten können über die Greueltaten der Bulgarensoldaten, die sie vergewaltigt, ihnen den Bauch aufgeschlitzt, den Kopf abgeschlagen und ihre Schlösser zerstört hatten, indem er sagte: ‚Aber wir wurden gerächt, denn die Avaren verfuhren gleichermassen brutal mit einer benachbarten Grafschaft, die einem Bulgaren gehörte.'

Mit ebendieser Art von Trost wurden auch wir, zweihundert Jahre später, versorgt. Das war im September des Jahres 1972, am Tag, an dem unsere Sportler in München umgebracht worden waren. Hat uns da nicht unsere Luftwaffe gerächt, indem sie in den Flüchtlingslagern von Syrien und dem Libanon Frauen und Kinder ermordet hat, Anfänger auf dem Sportplatz des Lebens? Und haben wir uns etwa nicht trösten lassen?

Und als am 29. Tag des Monats, der auf den September folgt, im Oktober der flüchtig-kurzen Zeit, unsere Kampfflugzeuge von ihrem erfolgreichen Einsatz gegen die Flüchtlingslager in Syrien zurückkehrten, traf da nicht unser Minister Pangloss mit den Witwen der gemeuchelten Sportler zusammen und tröstete sie damit, dass unsere Kampfflugzeuge ihr Ziel präzis getroffen und ausgezeichnete Arbeit geleistet hätten?*

Selbst als dieser Staat noch in den Kinderschuhen steckte und noch mit kindlicher Unschuld auf die Welt blickte, Anfang Juli des Jahres 1950, hat nicht schon damals unser bekannter Kolumnist John Kimchi in der ‚Jerusalem Post' die Weisheit eines Pangloss bewiesen, als er schrieb: ‚Die Araber haben einen blutigen Krieg gegen die Juden angezettelt und haben ihn verloren. Sie besitzen folglich kein Recht, sich zu beklagen, wenn von ihnen jetzt der Preis für die Niederlage eingefordert wird, die sie erlitten haben.'

Aber nehmen wir Candide selbst: ‚An einem schönen Frühlingstag kam es ihm in den Sinn spazierenzugehen, im Glauben, es sei ein Vorrecht der Menschen wie der Tiere, sich nach Belieben ihrer Beine bedienen zu dürfen. Doch er hatte noch keine zwei Meilen zurückgelegt, als ihn vier Helden, ein jeder sechs Fuss hoch, einholten und in einen finsteren Kerker schleppten.'

Als einige Kinder im Alter zwischen neun und zwölf Jahren aus dem Dorf Taiba von diesem Vorrecht der Menschen wie der Tiere Gebrauch machen und einen Fussmarsch in die Stadt Natanja unternehmen wollten, um einmal das Meer mit eigenen Augen zu sehen, nachdem ihre Ohren das Tosen der Brandung schon lange kannten, wurden sie festgenommen. Man stellte sie vor ein Militärgericht, dessen Richter die Kinder zu einer Geldstrafe verurteilte. Wer diese nicht

*Ansprache des israelischen Ministers für Information und Kultur, Yigal Allon, an die Witwen der ermordeten Olympia-Sportler. (Anm.d.A.)

113

aufbringen konnte, sollte mit dem zahlen, was auch ein Kind besitzt, nämlich mit Lebenszeit, einem Monat Gefängnis. Als nun eines der Kinder die Geldstrafe nicht aufbringen konnte und sein Vater es mit seiner eigenen Lebenszeit, einem Monat Gefängnis, loskaufen wollte, lehnte der Richter das ab und verlangte stattdessen, dass den Naturgesetzen ein weiterer Monat hinzugefügt werde: Er ordnete an, dass die Mutter das Kind mit einem zehnten Monat aus ihrer Lebenszeit freikaufe — zusätzlich zu den neun Monaten Schwangerschaft*. So ist dieses Vorrecht der Menschen noch immer ein Unterpfand in der Hand des Richters — bis auf den heutigen Tag.

Doch weiter in der Geschichte von Candide: Als die Korsaren sein und seiner Gefährten Schiff auf offenem Meer gekapert hatten, begannen sie sofort, Männer wie Frauen zu durchsuchen. Eine alte Frau berichtete, was ihr bei der Durchsuchung widerfahren war: ‚Sogleich zog man alle aus, dass sie nackt wie Affen waren ... Es ist bewundernswert, mit welcher Schnelligkeit diese Herren die Leute ausziehen. Was mich aber noch mehr erstaunt hat, war der Umstand, dass sie uns den Finger an einer Stelle in den Körper steckten, wo wir Frauen uns sonst nur Klistierspritzen einführen lassen ... Es ist dies ein seit undenklichen Zeiten fester Brauch unter den zivilisierten Seefahrernationen. Ich erfuhr, dass die gottesfürchtigen Herren Malteserritter nie gegen diesen Brauch verstossen, wenn sie Türken und Türkinnen in ihre Gewalt bekommen; es handelt sich um eine Bestimmung des Völkerrechts, die nie verletzt wurde.‘

*Das Urteil wurde im Mai 1952 ausgesprochen. (Anm.d.A.)

Und wirklich, bis zum heutigen Tage wendet unsere Regierung diese Völkerrechtsbestimmung auf die arabischen Türken und Türkinnen an, und zwar zu Luft, zu Wasser und zu Lande – auf dem Flughafen von al-Lydd, im Hafen von Haifa und auf den Offenen Brücken. Deshalb legen die Türken und Türkinnen, wenn sie zu verreisen beabsichtigen, Wert darauf, dass ihre Taschen, Koffer und Kleidungsstücke innen wie aussen peinlich sauber sind. Die Türkinnen tun ein weiteres: Sie ziehen, wenn sie die Polizistinnen provozieren wollen, besonders feine Nylon-Unterwäsche an, damit diese sie schon aus Neid höflich behandeln."

Da lachte mein ausserirdischer Freund und bemerkte heiter: „Sollte etwa das Gerede der Freunde deines Freundes, er plagiiere Candide, darauf zurückgehen, dass schon jene beim Ausziehen der Leute ihren Finger in jenen besagten Körperteil steckten?"

„Nun, mein Lieber", erklärte ich, „es gibt hier doch einen entscheidenden Unterschied. Pangloss konnte immerhin die Frauen seines Volkes, deren Bäuche aufgeschlitzt worden waren, damit trösten, dass die Armee seines Volkes Ähnliches an den Frauen ihrer Feinde verübt hätte. Die Araber Israels aber sind die Opfer zweier Armeen, derjenigen der Avaren und derjenigen der Bulgaren!"

„Gib mir ein Beispiel!"

„Nehmen wir das Dorf Bartaa – Galoppingen –, im Muthallath* gelegen, geteilt wie das Kind beim Gericht unseres

---

*al-Muthallath, „das Dreieck", die Gegend zwischen Nazareth, Dschenin und Tulkarem; heute teils zum Staat Israel, teils zum Westjordanland gehörig. In diesem Gebiet liegen mehrere durch Staatsgrenzen geteilte Dörfer.

Herrn Sulaiman — Friede sei mit ihm — in zwei Hälften, eine jordanische und eine israelische ..."

„Aber das Kind beim Gericht unseres Herrn Sulaiman — Friede sei mit ihm — blieb unversehrt, da sich seine wahre Mutter weigerte, es zerteilen zu lassen."

„Bartaa — Galoppingen — dagegen hat man zwar geteilt, doch blieb es unversehrt. Als einmal Diebe eine Herde jordanischer Rinder weggetrieben hatten — es handelte sich um zehn Tiere — und die Spur durch das Dorf Bartaa führte, griff die jordanische Regierung das Dorf mit Reitertruppen an. Die Reiter trieben die Dorfbewohner zusammen, warfen sie zu Boden und versorgten sie mit Schlägen und Fusstritten. Doch schliesslich erhoben sich die Dorfbewohner wieder und versorgten ihrerseits die Reiter — zwei Hähnchen für jeden Mann und Hafer für jedes Pferd. Dann galoppierten diese nochmals durch das Dorf, weshalb es Bartaa — Galoppingen — genannt wurde. Als sie endlich wieder abgezogen waren, griffen Pangloss' Soldaten das Dorf an und machten sich auf die Suche nach denjenigen, die mit den jordanischen Eindringlingen kollaboriert hatten. Wenn sie einen Dörfler fanden, den die jordanischen Reiter nicht zu Boden geworfen, sondern sich bei ihm mit Schlägen begnügt hatten, beschuldigten sie ihn sofort der Kollaboration mit dem Feind. Und wenn sie ihn zu Boden geworfen, sich dann aber mit Fusstritten begnügt hatten, galt er auch als Kollaborateur. Und wenn sie ihn geschlagen, ihn mit Fäusten und Füssen malträtiert, ihn aber nicht zu Boden geworfen hatten, galt er auch als Kollaborateur, undsoweiter.*

*Der Reiterüberfall auf Bartaa ereignete sich am 21.11.1950. (Anm.d.A.)

Ich möchte diesen wundersamen Vergleich zwischen Candide und uns mit den folgenden Worten schliessen: Candide, mein lieber Freund, pflegte zu sagen: ‚Alles in dieser Welt steht zum Guten, daran ist nicht zu rütteln, wiewohl man zugestehen muss, dass ein wenig Klage durchaus angebracht ist, angesichts dessen, was in der Welt sowohl geistig als auch körperlich geschieht.‘ Mir indessen war es nicht einmal vergönnt zu klagen."

„Erklär mir das", bat mein Freund.

Und ich erklärte ihm das.

3

Wie Said sich in eine miauende Katze verwandelte

„Zwanzig Jahre lang lebte ich in der äusseren Welt, ausserhalb der Gewölbe. Ich wollte atmen und konnte nicht – wie ein Ertrinkender. Aber ich bin auch nicht gestorben. Ich wollte ausbrechen und konnte nicht – wie ein Gefangener. Aber ich bin frei geblieben. Wie oft habe ich denen um mich herum zugerufen: ‚Hört, ihr Leute: Auf meinen Schultern lastet ein schwerwiegendes Geheimnis, dessen Last ich kaum tragen kann – helft mir!‘ Doch unter meinem Schnurrbart kam nichts als das Miauen einer Katze hervor. Schliesslich begann ich, an die Seelenwanderung zu glauben.

Stell dir vor, deine Seele richtet sich, nach deinem Tod, in einer Katze ein. Und diese Katze, neu zum Leben erweckt, streunt im Hof deines Hauses umher. Dein Sohn, den du liebst, kommt aus dem Haus, um draussen, wie es Kinder tun, zu spielen. Du rufst nach ihm, miaust nach ihm, doch er verjagt dich. Du rufst lange, miaust lange, doch er bewirft dich mit Steinen. Du gehst schliesslich freiwillig, doch ist dir zumute wie dem arabischen Ritter in Schiab Buwan:

*Fremd sein Gesicht, sein Tun und seine Sprache.**

*Vers eines berühmten Gedichts von al-Mutanabbi (915–965), das mit der Beschreibung der paradiesischen Landschaft um das persische Isfahan einsetzt. Dem arabischen Ritter, der dort fremd ist, wird sie zur Ödnis: „Lieblich ist Schiabs Land vor allen Landen / wie der Frühling ist vor allen andern Zeiten / Doch fremd in ihm ist der arabische Ritter: / fremd sein Gesicht, sein Tun und seine Sprache." (Zitat aus Anm.d.A.)

So steht es auch um mich: Zwanzig Jahre lang schnurrte und miaute ich, bis ich fest von der Seelenwanderung überzeugt war. Und immer wenn ich danach eine Katze sah, hatte ich den Verdacht, es könnte meine selige Mutter sein. Dann lächelte ich ihr freudig zu, und manchmal haben wir zusammen miaut."

„Sei vorsichtig, Sohn des Glücklosen!" rief mir mein ausserirdischer Freund heiter zu. „Ich habe den Eindruck, du erfüllst schon alle Voraussetzungen für die Würde der neunten und letzten Stufe der Initiation! Unsere Ahnen, die Lauteren Brüder und Getreuen Gefährten*", erklärte er dazu, „pflegten Kreaturen wie dich tumben Tieren gleichzusetzen: gezäumt wie Lasttiere mit schwerem eisernem Zaumzeug, gezügelt, damit sie gehen, wohin man sie führt, und gehindert zu sagen, was sie wollen. So bleiben sie, bis der Herr ihnen gewährt, aus dem Schlaf zu erwachen und aufzustehen – mit dem Erscheinen des ‚Sprechers'. Dieser tritt auf, um die gebundenen Tiere und die geschundenen Menschen von den Fesseln der Sklaverei, den Ketten der Tyrannen, von Schmach und Elend zu erlösen und die Erniedriger zu Erniedrigten zu machen – als Strafe für ihr Tun."

„So lass mich zum Sprecher werden!" rief ich.

„Fang wieder an, deinem Freund zu schreiben!"

---

*Die Ismailiten, eine der Hauptströmungen der Schia, unterscheiden neun Grade der Initiation. (Anm.d.A.) – Sie setzen die neuplatonische Emanationslehre, die von dem Bund der sog. „Lauteren Brüder" in Basra im 11. Jh. in einer Enzyklopädie zu einem religionsphilosophischen System verarbeitet wurde, in Geschichtsspekulation um. Es entsteht ein System von periodisch erfolgenden Emanationen des Weltintellekts, deren mit Adam beginnende und sich in Noah, Abraham, Moses, Jesus und Muhammad fortsetzende Folge mit dem siebenten Imam der Schiiten eine in sich geschlossene Siebenerreihe von „Sprechern" konstituiert. Auf den siebenten „Sprecher" folgt der Mahdi, der Wiederhersteller der Weltordnung.

„Er hat mich vor den Leuten blossgestellt, so als stünde ich ausserhalb ihrer Gemeinschaft."

„Aber sind denn diejenigen, die sich zu Dichtern erhoben haben, wirklich so anders als du?" fragte er. „Du hast Katzengestalt angenommen, sie Poetengestalt. Jeder flieht, um atmen zu können, und ringt nach Luft, um nicht zu sterben. Manche von ihnen haben aus Unvermögen Literatur zum Metier gewählt, andere fliehen davor, einen Standpunkt zu beziehen, indem sie ihren Standort ändern. Noch andere verbergen die Schande des Unvermögens mit dem Feigenblatt der Weisheit, wieder andere mit Philosophie, mit der Idee, dass die Zeit sie gewiss auf dem kleinen, wenn schon nicht auf dem grossen Zeiger zum Jüngsten Tag transportieren werde und dass das Volk eben zu nichts anderem reif sei – und dergleichen Schwachsinn mehr.

Ganz anders dachte da unser Führer Abu Rakwa* vor tausend Jahren: Als er die Leute in dem Glauben fand, al-Hakim bi-Amrillah, der ‚Herrscher im Auftrag Gottes', regiere tatsächlich im Auftrag Gottes, hat er nicht die Hände in den Schoss gelegt und darauf gewartet, dass das Volk reif würde, sondern er hat die Leute davon überzeugt, dass er ebenfalls im Auftrag Gottes als Rebell gegen ihn auftrete. Das brachte ihm den Ehrennamen ‚Rebell im Auftrag Gottes' ein. So stellte er Macht gegen Macht. Und da der Herrscher der Tyrannischere von beiden war, folgten viele dem Rebellen, unter anderem wir."

---

*Abu Rakwa al-Walid Ibn Hischam Ibn Mughira: Asket und Glaubenskämpfer. Er trägt den Beinamen Abu Rakwa, „der mit dem Fellsack" (zum Tragen des notwendigen Wassers für die rituellen Waschungen). (Anm.d.A.)

„Und mein wohlgehütetes Geheimnis?" erinnerte ich ihn.

„Gib es preis!"

Und das werde ich nun tun.

4

Wie die alten Araber das Zeitalter des Ärmel-hochkrempelns bereits vorwegnahmen

Im Frühling begegnete ich der Tanturija. Das war nicht ihr eigentlicher Name, sondern nur ein Beiname, der auf ihre Herkunft aus dem an der Meeresküste gelegenen Dorf al-Tantura deutete, wo sie dreizehn Jahre vor dem Fall ihres Geburtsorts zur Welt gekommen war.

Die Fluchtbewegung überraschte sie während eines Besuchs bei der Familie ihrer Mutter im Dorf Dschisr al-Sarka, das ebenfalls an der Küste lag. Und dort blieb sie, bis sie mit mir meine Sorgen und ich mit ihr eine lange Zeit teilte.

Mit diesem Dorf, Dschisr al-Sarka, hat es Wundersames auf sich. Denn wie hätte es sonst zusammen mit seinem Nachbardorf Fareidis, dem „Paradies" also, den Katastrophen von Krieg und Massenflucht standgehalten, während der Sturm alle anderen arabischen Dörfer an der Küste zwischen Haifa und Tel Aviv − al-Tira, Idschsim, Ain Ghasal, al-Tantura, Ain Hod und Umm al-Seinat − wegfegte, die dort tiefere Wurzeln und einen festeren Stamm hatten?

Fareidis, das Paradies, blieb bestehen dank „eines Anliegens, das Jakob am Herzen lag"*, nicht etwa meinem Chef Jaakub in der Palästinensischen Arbeiterunion, sondern Ja-

---

*vgl. Sure 12.68.

mes (Jacob) de Rothschild, der dort gegen Ende des 19. Jahrhunderts eine Siedlung mit dem Namen „Sichron Jaakov" – „Jakobs Gedenken" – gründete. Die dortigen aus Europa einwandernden Siedler widmeten sich dem Anbau von Qualitätswein, den man heute unter verschiedenen Namen in den Sommerfrischen der arabischen Welt an den Tafeln der Halbinselemire aus Arabia Deserta serviert, eigens herangeschafft über die Offenen Brücken. Man rezitiert dabei Gedichte wie dieses:

> Oh Bischr, sag, was soll mir Schwert und Kampf!
> Mir steht der Sinn nach Sang und Tanz!
> Geht es ums Schwelgen, um den Trunk von schwerem Wein,
> umgaukelt rings von Mädchen, kaum verhüllt und fein,
> und Liebesspiel mit einer Schönen, wie ich sie begehr,
> beweis ich dir, ein Ritter von arab'scher Art zu sein!*

Und im Suff beschuldigen sie dann alle, die eine Durchsetzung der Beschlüsse des Sicherheitsrats fordern, des Verrats an der arabischen Welt!

Die Fareidiser nun, also die Paradieser, wurden durch den Rebensaft in Jakobs Keltern von den Kriegsstürmen verschont. Der Gerechtigkeit halber sei angemerkt, dass der reichliche Gewinn, den die Bewohner von Jakobs Gedenken aus der Arbeit der Arme und Beine der Fareidiser zogen, ihnen den Rücken stärkte, als ihre zionistischen Brüder sie attackierten, die Vertreter des Prinzips rein „hebräischer Ar-

---

*Bekannte Verse von Abu Nuwas (757–814) (Anm.d.A.), einem vor allem durch seine erotischen Gedichte und Weinlieder bekannten Dichter.

beit"*, jenes Prinzips, rein wie der Wein in jenen Keltern. Sie lachten vielmehr, arglos und unschuldig, über die folgende Geschichte, die über sie verbreitet wurde und die mir mein Chef Jaakub, auch er arglos und unschuldig, erzählte:

„Die Väter von Jakobs Gedenken waren einmal uneins über die Frage, ob es rechtens, also zulässig sei, dass ein Mann seiner Frau am Sabbat beiwohnt, oder ob das als Arbeit wie jede andere zu betrachten sei, die am Sabbat nach dem Gesetz der Religion verboten ist? Sie wandten sich an den Rabbiner, damit er für sie entscheide, ob das nun Arbeit oder Vergnügen sei. Der Rabbiner dachte lange nach und entschied dann, es sei Vergnügen. Als man ihn nach dem Beweisgrund fragte, sagte er: ‚Hätte ich entschieden, dass es Arbeit ist, hättet ihr sie doch den Arabern übertragen, den Fareidisern!'"

Wir lachten beide, Jaakub und ich, er, weil er die Aschkenasim** nicht leiden konnte, ich, weil er lachte.

Es wäre also niederträchtig, den Paradiesern, den Fareidisern, einen Vorwurf daraus zu machen, dass sie geblieben sind, als Satz in den Keltern!

Wer errichtete denn die gewaltigen Gebäude in diesem Land, wer legte die breiten Strassen an und asphaltierte sie, wer baute die Verteidigungsanlagen und hob die Bunker aus? Wer pflanzte Baumwolle an und erntete sie, spann sie

---

*Das zionistische Prinzip der „hebräischen Arbeit", das heisst die alleinige Bewirtschaftung des Landes durch jüdische Einwanderer, sollte nach der „Einnahme des Bodens" den Aufbau exklusiv jüdisch-nationaler Strukturen gewährleisten.
**Aschkenasim: Juden aus Mittel- und Osteuropa, im Gegensatz zu den Sephardim, aus den Ländern des mittleren Ostens und dem Mittelmeerraum.

und webte daraus jene Stoffe, in denen die Herren von Ragh-
dan und Basman* einherstolzieren? Einmal war davon die
Rede gewesen, dass die Nationale Union daraus ein einheit-
liches Gewand schneidern werde, damit alle Mitglieder einander glichen wie die Zähne eines Kammes. Die Araber sollten keinen Vorteil mehr gegenüber den Nichtarabern haben,
höchstens durch ihre Monarchien und die Kufija, ihre Kopf-
bedeckung, jenes Symbol des Arabertums. Denn wenn den
Arabern das Blut in den Adern siedet, verhüllen sie sich –
nach der Anrufung Gottes und seines Gesandten – damit.
Wenn ihnen das Blut in den Adern explodiert, hocken sie
sich hin und schnauben und schäumen von einem besseren
Leben. Wenn ihnen das Blut in den Adern lodert, fluchen sie
auf alle ausländischen Importe, nur nicht auf die Monarchie,
die Kufija, das Flugzeug und die Kneipe, das Fotografieren
und das Posieren dafür, den Handkuss und den Thronfolger
und den „Genuss des Reichtums – gewonnen aus dem
Hunger der Armen"** – durch die einzige Familie im As-
sir***, die Unterdrückung und die Ausbeutung der Arbeiter, die Lohnverweigerung und die Unmoral ... die Errun-
genschaften im Zeitalter hochgekrempelter Ärmel. Dieses
Zeitalter hatten die Araber doch schon früher; schliesslich
kennen sie den Ausdruck: „die Ärmel hochkrempeln zum
Kampf", „die Ärmel hochkrempeln zum Frieden", „die Ärmel hochkrempeln zur Arbeit", „die Ärmel hochkrempeln

*Paläste der Haschemitendynastie in Amman.
**Der sozialkritische Ausspruch „Was immer der Reiche geniesst, hat sich
der Arme abgehungert" wird von Ali Ibn Abi Talib (600–661) überliefert
(Anm.d.A.), dem Cousin und Schwiegersohn des Propheten.
***Anspielung auf die saudiarabische Herrscherfamilie.

zum Gebet" und sagen nicht: „sich den Hut dazu aufsetzen"
oder „sich Hosen dazu anziehen" oder „sich dazu verhüllen" oder „dazu heulen: ‚Es lebe der König!'"

Wer also errichtete die Gebäude und legte die Strassen an,
pflegte die Erde und bebaute sie in Israel? Wer anders als die
Araber, die in Israel geblieben waren. Ebendiese Araber, die
geduldig in dem Teil des Landes geblieben waren, den unser
Staat besetzt hatte, fanden in Achmad al-Schukeiris* klin-
genden Reden niemals die geringste Erwähnung.

Ich selbst habe sie auf dem Adschami-Platz in Jaffa gese-
hen: junge Burschen wie frische Datteln, aus Gasa und
Dschabalija, aus Beit Lahija und Beit Hanun, aus Deir al-Ba-
lach, Chan Junus und Rafach, wie sie, im Wagen des Bauun-
ternehmers stehend, schwankten wie die Grabstelen auf den
Gräbern ihrer als Märtyrer gefallenen Brüder aus Gasa**.
Und dieser Anblick gab mir die Gewissheit, dass auch die
Lebenden imstande sind, in ihrer Heimat zu bleiben.

Ich sah sie auch auf dem Pariser Platz, dem früheren
Droschken-Platz, der noch früher al-Chamra hiess, in der
Unterstadt von Haifa: junge Burschen strahlend wie Man-
delblüten, frisch wie Mandelaprikosen und rotwangige Äp-
fel, aus Kalkilija und Tulkarem, aus Dschenin und Tubas,
aus al-Sila und al-Laban, wie sie auf das Auto des Bauunter-
nehmers warteten, der ihre Arme befühlen und einen Blick
auf ihren hohen Wuchs werfen würde; aufsteigen würden

---

*Achmad al-Schukeiri aus Akka, erster Vorsitzender der PLO, trat beson-
ders durch fanatisierende Reden vor und während des Junikriegs hervor;
starb 1980.
**Anspielung auf das sich Ende September 1972 im Gasa-Streifen und der
Westbank verbreitende Gerücht, dass sich die Grabstelen auf den Gräbern
von vier jungen Opfern der Besatzung („Märtyrern") auf dem Friedhof von
Hajj al-Schudschaija in Gasa bewegt hätten. (Anm.d.A.)

die mit den stärksten Armen und den kräftigsten Beinen. Das brachte mir unsere Lage vor zwanzig Jahren in Erinnerung und gab mir zugleich die Gewissheit, dass dieses Volk nicht untergehen würde.

Ich sah sie schliesslich in al-Mughib, zusammengepfercht auf alten Lastwagen, so eng geladen, wie sie am gleichen Tag Kisten mit Kartoffeln und Haufen von Rüben zum Abtransport geladen hatten, auf Lastwagen, die neuer waren als der ihre. Sie waren auf der Rückfahrt in ihre Städte und Dörfer, alle mit Ausnahme derer, bei denen der Herr Bauunternehmer ein Auge zugedrückt hatte und die die Nacht in einem halbfertigen Gebäude zubringen durften. Dort schützten sie sich mit Ziegeln gegen zwei Nachtbesucher: die Kälte vor dem Morgengrauen und die Polizeirazzia vor dem Morgengrauen.

Wenn dann das Morgenrot sich enthüllte, krempelten sie die Ärmel hoch zur Arbeit und öffneten sich dem Leben wie die Blüten des Jasmin. Mir fiel unsere Lage vor zwanzig Jahren wieder ein und wie mich damals mein Chef Jaakub vor die Wahl gestellt hatte, die Tanturija zu verlieren wie zuvor schon Juad oder mich beim Morgengrauen zu erheben und hinauszugehen zu jenen in den Klauen der Bauunternehmer, um sie vor den Klauen der Kommunisten zu bewahren – wie die alten Weiber den Bart des Priesters davor bewahrt hatten, ausgerupft zu werden, während dieser vor dem Altar die Messe zelebrierte*.

Das gab mir die Gewissheit, verehrter Herr, dass uns das

---

*Anspielung auf den Bann, den der Vatikan Anfang der fünfziger Jahre gegen die Kommunisten verhängte. Damals verbreitete sich das Gerücht in Haifa, die Kommunisten hätten vorgehabt, dem örtlichen Priester den Bart auszureissen, daher habe die Kirche sie exkommuniziert. (Anm.d.A.)

alles vorherbestimmt ist und dass, was geschehen muss, geschehen wird, wie es in jenem bekannten Lied heisst, das ich in Poesie umgesetzt habe:

Que sera, sera –
Den Weg, der uns bestimmt ist, gehen wir,
denn wem ein Weg bestimmt ist, der muss ihn gehn.

Doch zurück zu den Leuten aus Dschisr al-Sarka, den Verwandten mütterlicherseits meiner Freundin, der Tanturija. Sie taten keinen Schritt und verliessen nie ihr vergessenes Dorf. Und hier eben liegt das Geheimnis ihres Bleibens: Schon die erste Welle der Fluchtbewegung hatte keine Notiz von ihnen genommen, und so fingen sie weiterhin in der Flussmündung getrost ihre kleinen Fische – alle, ausser der Tanturija.

5

Wie noch die Krokodile im Sarka-Fluss lebten

Es war Anfang der fünfziger Jahre, als ich zu ihnen kam, um zwischen den sich weit ins Meer reckenden Felsen zu fischen, dort, bei der Mündung des Sarka-Flusses. In diesem Fluss lebten damals noch Krokodile, weswegen ihn unsere Brüder, die Juden, bei ihrer Umbenennung Tinnin*-, das heisst Krokodil-Fluss, nannten. Jetzt jedoch leben darin nur noch kleine Buri-Fische und Wasserschlangen.

Dort sah ich sie nackt in die Flussmündung hintersteigen, bevor die Sonne im Westen im Meer unterging, Jungen und Mädchen mit Körpern wie Bronze und Ebenholz, schlank, wie die Natur sie schuf; sie stellten sich in Reihen entlang der Mündung auf und schritten dann, die Hände unter Wasser, ins offene Meer. Von Zeit zu Zeit zogen sie zappelnde Fische aus dem Wasser, die sie an den Strand warfen, wo sie die Frauen in eigens dazu bestimmte Säcke sammelten.

Das taten alle – ausser meiner Freundin, der Tanturija, die blond war wie eine byzantinische Griechin und die sich Maria gleich weit von allen fernhielt**.

*Wegen des Fehlens biblischer Namen, besonders für die nicht zum Siedlungsgebiet der alten Israeliten gehörende Küstenregion, wurden die gebräuchlichen arabischen Namen durch hebräische Phantasienamen ersetzt.
**Die Parallelisierung zwischen dem Verhalten des Mädchens und dem der koranischen Marjam (Maria; Sure 19.22: „sie zog sich zurück an einen fernen Ort") unterstreicht die „Verwandtschaft" beider: Marjam wird im Islam dem byzantinischen Kulturkreis zugeordnet.

Sie stand allein und betrachtete den wundersamen Fisch-
fang, an dem sie nur mit ihren unverwandten, von Leben
überschäumenden Blicken teilnahm und mit ihren Lippen,
deren lächelnde Zuckungen die Zuckungen der an den
Strand geworfenen Fische nachzuzeichnen schienen.

Sie war im selben Alter wie die Jungen und Mädchen,
vierzehn oder fünfzehn Jahre, frisch wie der junge Morgen
in diesen Gegenden, doch unterschied sie sich von jenen
durch ihre Eigenbrötelei und die weisse, leicht mit Gelb un-
termischte Farbe ihrer Haut.

Da ich wusste, dass die anderen Kinder von Ägyptern ab-
stammten, die Ibrahim Pascha* aus Unterägypten mit nach
Palästina gebracht hatte und die sich in Dschisr al-Sarka und
anderen Dörfern an der Küste angesiedelt hatten, dachte ich
mir, dieses eigenbrötlerische blonde Mädchen könnte von
einer byzantinischen Sklavin abstammen; dann wären wir
verwandt und hätten denselben Stammbaum. Daraufhin begann ich, sie, aus historischen und anderen Motiven, zu be-
obachten.

Als sie auf mich aufmerksam wurde, schlug sie die Augen
nieder, und die Röte des Sonnenuntergangs legte sich über
die natürliche Farbe ihres Gesichts; dann hob sie scheu die
Lider, und ich nahm bei ihr eine solche Verwirrtheit wahr,
dass ich mich an einen wilden galiläischen Dabka-Tanz erinnert fühlte. Da wurde mir klar, dass es um mich geschehen
war.

---

*Ibrahim Pascha: ältester Sohn und Mitregent des vom osmanischen Sultan
weitgehend unabhängig regierenden ägyptischen Gouverneurs Muhammad Ali (erste Hälfte 19. Jh.). Brachte auf verschiedenen Feldzügen weite
Gebiete Syriens und Palästinas unter ägyptische Oberhoheit.

Jetzt, verehrter Herr, da ich mir dies in Erinnerung rufe, ist mein Herz längst einsam und verlassen, bar jener festlichen Stimmung. Weder al-Tantura noch die Tanturija gibt es noch. Und die Leute von Dschisr al-Sarka haben sich längst bekleidet und eine Arbeit auf dem festen Lande angenommen, ganz wie ihre Nachbarn, die Fareidiser; keiner kommt mehr zum Fluss oder steht auf der Landzunge — ausser Jungen, die vor der Schule fliehen, oder alten Leuten, die vor dem Rest ihres Lebens fliehen. Und ohne die löbliche Initiative des Naturschutzvereins gegen die Errichtung eines Wasserkraftwerks, für das die Behörden ausgerechnet die Flussmündung vorgesehen hatten, wäre nicht einmal mehr mein Name — Said — übrig, der an der Seite jenes gewaltigen Felsens eingeritzt steht, an den sich die Tanturija zu lehnen pflegte, damals, als wir gemeinsam — mit den Augen — die Bande der Zukunft knüpften.

6

Bakija, die ihn an ihrem Geheimnis teilhaben
liess, bevor sie die Teilhaberin an seinem Leben wurde

Eines Nachmittags kam ich dorthin zurück und fand den
Ort schon einsam und verlassen. Ich wollte mich an jenen
Felsen lehnen, als ich meinen Namen in die Felswand eingeritzt fand und begriff, dass dieses Mädchen mutiger gewesen
war als dieser Junge. Sie musste ihre Kameraden dazu gebracht haben, ihr meinen Namen zu nennen, während ich
an sie Angelhaken verteilte, um vor ihrer Bosheit sicher zu
sein.

Da wusste ich, dass sie mich liebte, und so liebte auch ich
sie. Denn schon seit langem wusste ich, dass ich unweiger-
lich die Frau würde lieben müssen, die mich liebt. Hätte ich
doch nur schon damals erkannt, wie aussergewöhnlich ihr
Mut war! Doch ich stand ganz verloren an jenen Kalkstein-
felsen gelehnt.

Ich überhäufte einen Jungen mit Angelhaken und Nylon-
schnüren, denjenigen, der gewöhnlich meiner Bitte entsprach, wenn es galt, ins Meer zu tauchen, um dort meinen
an einem Felsen verfangenen Angelhaken loszumachen.

„Was hat dieses Mädchen, dass sie sich an eurem Fisch-
fang und euren Spielen nicht beteiligt?" fragte ich ihn.

„Die Tanturija?"

Dann erzählte er mir, was er über sie wusste. Man kannte sie nur unter diesem Namen „die Tanturija", da sie ja aus al-Tantura kam.

„Sie war gerade auf Besuch bei der Familie ihrer Mutter in Dschisr al-Sarka", erklärte er, „als al-Tantura fiel und seine Bewohner flüchteten. Da blieb sie in Dschisr al-Sarka. Sie ist eine Städterin und hält sich für etwas Besseres. Mit ihr hat es etwas Wundersames auf sich", bemerkte er noch, „entweder lächelt sie nämlich oder sie weint, so dass wir Angst vor ihr haben und ihr aus dem Weg gehen. Sie ist komisch, liest Bücher, lächelt vor sich hin oder weint vor sich hin."

Ich bat ihn, sich nach ihrem tatsächlichen Namen und der Familie ihrer Mutter zu erkundigen und ihn mir in der folgenden Woche zu sagen. Und wirklich kam er wieder, aber mit seinen Kameraden, die mich mit Steinen bewarfen. Von nun an lehnte die Tanturija nicht mehr an ihrem Felsen, und auch ich wagte es nicht mehr, dem Strand weitere Besuche abzustatten. Ich schloss mich in mein Zimmer in der Palästinensischen Arbeiterunion ein und fragte mich besorgt, ob ich die Tanturija ebenso verlieren würde wie zuvor schon Juad. Da kam plötzlich mein Chef Jaakub schreiend ins Zimmer gelaufen.

„Was hattest du in Dschisr al-Sarka zu suchen?"

„Ich habe meiner Anglerneigung gefrönt."

„Und was hattest du dort mit den Mädchen vom Dorf zu schaffen?"

„Ich wusste doch nicht, dass sie Kommunistin ist!"

Da brach Jaakub in schallendes Gelächter aus, und ich tat es ihm gleich. Er lache über meine Einfalt, erklärte er, denn es bestehe kaum Gefahr, dass irgendein Kommunist in diesem Dorf auftauchen würde, solange seine Bewohner durch den Sand, die finstre Nacht und Spinnweben von der Aussenwelt abgeschlossen seien.

„Spinnweben?"

„Sie sind eine einzige Sippe, durch Familienbande wie durch Spinnweben miteinander verwoben!"

„Und die Tanturija?"

Er berichtete mir über ihre Herkunft, was ich schon wusste, und fügte noch hinzu, dass die Familie ihrer Mutter zu den „Unseren" gehöre und dass ihr wahrer Name Bakija sei, „die geblieben ist". „Der Name ist eigentlich ein Widerspruch in sich, aber sie ist schliesslich noch ein Kind."

Er versprach mir, er werde sich der Sache annehmen, sofern ich bereit sei, noch vor dem Morgengrauen aufzustehen und mich zu den Arbeitern aus den Dörfern zu begeben, die in den verlassenen Häusern von Haifa übernachteten. Dort sollte ich, noch vor dem Morgengrauen, ihr Bewusstsein für die Gefahren des Kommunismus wecken. Ich versprach, mein Bestes zu tun, und begann, die Nächte bei ihnen zu verbringen; sie liessen mich immer weiterschlafen, wenn sie aufbrachen, um sich ihr täglich Brot zu verdienen.

Dann fanden im Juli 1951 die Wahlen zur zweiten Knesset statt, in denen die Kommunisten in Dschisr al-Sarka sechzehn Stimmen erhielten. Da kam Jaakub freudestrahlend zu mir gelaufen und rief: „Gute Nachrichten, gute Nachrichten! Der Grosse Mann — der von der kleinen Gestalt — hat beschlossen, dich nach Dschisr al-Sarka zu schicken, damit du diese Misstöne beseitigst."

„Wie denn?"

„Wir werden dich mit Bakija verheiraten!"

Der Juli war noch nicht vergangen, da war Bakija schon meine Frau. Und als wir dann allein waren, flüsterte ich ihr ins Ohr: „Du Teilhaberin an meinem Leben!"

Doch sie entgegnete: „Erst mache ich dich zum Teilhaber an meinem wohlgehüteten Geheimnis!"

7

Wie Said zum „Herrn zweier Geheimnisse" wurde

In jener Nacht hörte ich von Bakija, was wohl kaum je ein Mann in seiner Hochzeitsnacht zu hören bekommen hat und was man kaum von einem Mädchen ihres Alters zu hören erwartet hätte.

„Hör zu, mein Gemahl", sagte sie, „ich liebe dich! Bei meiner Mutter und meinem Vater, ich liebe dich! Ja, und ich werde dich immer lieben, mein Gemahl. Was ich aber nicht liebe, das sind diese Leute, die du geschickt hast, um bei meinem Onkel um meine Hand anzuhalten. Hör zu, mein Gemahl! Ich bin noch jung, unter dem gesetzlichen Heiratsalter, aber ich weiss schon, dass diejenigen, die die Gesetze machen, sie auch für andere Ziele zu übertreten bereit sind. Also, was sind diese Ziele? Lass mich reden, mein Gemahl, und unterbrich mich nicht! Ich war schon lange in dich verliebt, als du dich in mich verliebtest, und nun bin ich deine Frau geworden, die Teilhaberin an deinem Leben, und wir wohnen unter einem Dach. Du bist meine ganze Hoffnung, mein Gemahl. Ich will zurück zu den Ruinen meines Dorfes al-Tantura, an den Strand des ruhigen Meeres. Dort ruht in einer Felshöhle am Meeresgrund eine eiserne Truhe, gefüllt mit vielem Gold, dem Schmuck meiner Grossmutter, meiner Mutter und meiner Schwestern und meinem eigenen Schmuck. Mein Vater hat sie dort hingelegt, um sie zu verstecken. Er hat uns auch gesagt, wo sie liegt, damit wir uns, im Notfall, bedienen könnten. Ich möchte nun, mein Gemahl, dass du Sorge trägst, dass wir in aller Heimlichkeit an den Strand von al-Tantura zurückkehren oder dass du allein zurückkehrst und die Truhe aus dem Versteck holst. Das, was darin ist, wird unsere Lage verbessern. Ich möchte, dass meine Kinder aufrecht zur Welt kommen. Ich bin gewohnt, frei zu atmen, mein Gemahl!"

Mir verschlug es fast den Atem, als ich ihr zuhörte, diesem Mädchen, das mit einer Kühnheit sprach, die mich die Hand vor den Mund halten liess, um mein Herz an seinem Fleck zu halten.

Und als sie mit ihrem Bericht an diesem Punkt angelangt war, ging mir endlich etwas auf, dessen Unkenntnis es mir immer als rätselhaft hatte erscheinen lassen, wie sich Ihre Freunde, verehrter Herr, mit solch löwengleicher Kühnheit den Machthabern entgegenstellen konnten und sich niemals von einem Grossen Mann, wenn auch von kleiner Gestalt, einschüchtern liessen, und das, obwohl sie nicht einmal das Schwarze unter dem Nagel besassen.

Nun endlich durchschaute ich Ihr Geheimnis, Meister. Jeder von Ihnen hat nämlich eine eiserne Truhe in seinem Tantura, in der sein Vater einen goldenen Schatz verborgen hat. Und als ich begriff, dass ich mit diesem Schatz einer der Ihren geworden war, ohne dass Sie davon wussten, wich eine grosse Last von meiner Brust. Was mir aber am meisten Bewunderung abnötigte, war, dass Sie das Geheimnis zu hüten vermocht hatten, und das, obwohl es ein Geheimnis war, das Tausende, ja Zehntausende von Ihnen teilten. Also sagte ich mir: Wenn sie alle es können, wie sollte ich es nicht auch können, wo doch mein Geheimnis nur zwei teilen: Bakija und ich.

Ich wandte mich also Bakija zu und überzeugte sie von meiner Zuverlässigkeit und meiner Männlichkeit. Meine Tränen mischten sich mit den ihren, etwas, was eine Ehe noch mehr festigt als die Vermischung des Blutes in den Adern der Kinder. Schliesslich wurde sie ruhig und zuversichtlich und war nun die Teilhaberin an meinem Leben.

Seit jener Nacht nannte ich mich selbst „Herr zweier Geheimnisse", des meinigen und des Ihrigen. Das Wissen um Ihr Geheimnis machte mir das Herz leicht, das Wissen um Bakijas Geheimnis dagegen machte mir das Herz schwer.

8

Wie Said zum Propagandisten wurde

„Kommt Zeit, kommt Rat", sagte ich zu Bakija, „schlaf drüber!" Ich selbst aber schlief nicht. Denn ich hatte längst begriffen, dass unser Weg zum Schatz voller Gefahren ist. Wenn ich die Sache also nicht von langer Hand vorbereitete, würden wir scheitern und hätten dann weder einen Schatz geborgen noch ein Geheimnis bewahrt. Wenn sogar das Haus, das mein Bruder an der Küste von Tell al-Samak errichtet hatte, in den Besitz der Regierung des Grossen Mannes von der kleinen Gestalt übergegangen war, was wäre dann erst mit einer Truhe im Meer, nur ein paar Meter weit von der Küste entfernt und damit eindeutig in israelischen Hoheitsgewässern?

Auch Bakija war sich, wie ich, im klaren darüber, dass die Sache viele Gefahren, ja viele schreckliche Gefahren barg. Mehr noch, sie war der Ansicht, dass alle in Israel gebliebenen Araber in den Besitz des Staates übergegangen seien. Das hatte ihnen der Bürgermeister mitgeteilt, der es von ihnen erfahren hätte.

Als ich sie nämlich einmal bei Nacht fragte, ob denn nicht einer ihrer Onkel einmal Land in Dschisr al-Sarka besessen habe, antwortete sie: „Natürlich, aber das hat die Regierung, wie alle übrigen Ländereien in Dschisr al-Sarka, konfisziert."

„Und haben deine Onkel nicht deswegen geklagt?" wollte

ich weiter wissen, worauf sie sich völlig verblüfft zeigte und sagte: „Der Bürgermeister hat uns mitgeteilt, sie hätten ihm gesagt: ‚Ihr habt einen Krieg geführt und ihn verloren, ihr und eure Habe seid daher in unseren legitimen Besitz übergegangen.' Nach welchem Gesetz sollte ein Besiegter aber sein Recht einklagen?"

Kaum hatte ich das vernommen, rief ich auch schon aus: „Ha! Endlich verstehe ich, warum der Grosse Mann so erpicht darauf ist, den Kommunisten den Zutritt zu eurem und anderen Dörfern zu verwehren, zu all den Dörfern, die durch die Natur von der Aussenwelt abgeschnitten sind, und warum sie diejenigen, die es nicht sind, sofort mit Stacheldraht umzäunen!"

Doch schon bereute ich, das gesagt zu haben. Bakija riss die Augen weit auf und bombardierte mich mit Fragen.

„Was sind denn Kommunisten?"

„Leute, die die Gnade leugnen."

„Welche Gnade denn?"

„Die Gnade des Siegers, dem Besiegten das Leben zu lassen."

„Aber das ist doch die Gnade unseres Herrn."

„Sie glauben eben nicht an unseren Herrn, sie sind Ketzer."

„Wie, sie glauben nicht?"

„Sie nehmen für sich in Anspruch, die Vorherbestimmung ändern zu können."

„Gott bewahre!" rief sie erschreckt, wurde aber nur noch aufgeregter und drängte weiter: „Wie können sie das?"

„Vielleicht haben sie, wie wir, Truhen gefunden, die ihnen ihre Väter an den Stränden ihrer Tanturas versteckt haben."

Diese Antwort versetzte sie sichtlich in Erregung. Ihre Augen blitzten auf, sie zog die Brauen zusammen und fasste einen Entschluss. „Dann wenden wir uns doch an die Kommunisten um Hilfe!"

Ich begriff, dass ich in ein Fass ohne Boden geraten war. Je mehr ich sie aus der Geschichte mit den Kommunisten herausziehen wollte, desto tiefer sank ich hinab. Ausserdem beunruhigte mich der Gedanke, dass Jaakub, sollte er dieses Gespräch mitanhören, mich der kommunistischen Propaganda verdächtigen könnte! Daher flüsterte ich ihr die Vorsichtspropaganda ins Ohr.

Da mir mein seliger Vater an weltlichen Gütern nichts anderes hinterlassen hatte als die Vorsicht, begann ich nun, ihr dieses Erbe unermüdlich vorzutragen, und liess sie wissen, dass mein seliger Vater zu sagen pflegte, die Menschen würden einander fressen. „Hüte dich also, jemandem in deiner Umgebung zu trauen, du solltest vielmehr allen Menschen gegenüber höchst misstrauisch sein – auch deinen eigenen Brüdern, den Söhnen deines Vaters und deiner Mutter! Denn wenn sie dich auch bisher noch nicht gefressen haben, so könnten sie es doch einmal tun!"

Derlei Plädoyers für Vorsicht und Wachsamkeit hielt ich ihr, bis sie in meinen Armen einschlief. Ich selbst aber blieb die ganze Nacht wach und dachte über die Truhe nach und darüber, wie ich sie bergen könnte.

9

Die Geschichte von Thuraija, der sternengleichen, die zurückkehrte und auf die nackte Erde fiel

Zwanzig Jahre später, als ich vom Schatz der alten Thuraija Abdalkadir Makbul* aus al-Lydd las, den sie wegen ihrer Arglosigkeit – oder besser wegen ihrer Einfalt – gleich wieder verloren hatte, bestärkte mich das in meiner Überzeugung, dass ich recht daran getan hatte, nie auch nur einen Hauch von Gefahr oder Risiko auf die leichte Schulter zu nehmen, sondern stets die Konsequenzen in Betracht zu ziehen und strengste Vorsichtsmassnahmen zu treffen. So kam es, verehrter Herr, dass mein Geheimnis wohlgehütet blieb, bis jetzt, da ich es Ihnen offenbare.

Am zehnten September im Jahre fünf n.d.K.**, was dem Jahr 1971 n. Chr. entspricht, brachte Ihre Zeitung „al-Ittihad" einen Bericht, den sie von „Maariv" übernommen hatte, die ihn von „Haaretz"*** übernommen hatte, die ihn von der israelischen Polizei übernommen hatte, die sich auf den

---

*Die Namen der alten Frau stehen in krassem Gegensatz zu ihrem Geschick: sie heisst „Plejaden(gleiche)", ihr Vater heisst „Diener des Mächtigen", ihr Grossvater „Erhört".
**Datierung: n.d.K. = nach dem (Juni-)Krieg 1967. (Anm.d.A.)
***al-Ittihad (Die Union) ist die arabischsprachige Zeitung der Kommunistischen Partei; Maariv (Abendblatt) und Haaretz (Das Land) sind grosse hebräische Tageszeitungen.

israelischen Polizeiposten in al-Lydd berief, dass nämlich Thuraija Abdalkadir Makbul, eine fünfundsiebzigjährige Frau, aus Jordanien in ihr Heimatland, an ihren Geburtsort, in die Stadt al-Lydd, zurückgekehrt sei, und zwar aufgrund der Verordnung zur Überquerung der Offenen Brücke während der Sommerferien. Dies geschah, nachdem sie dreiundzwanzig Jahre lang mit Mann und Kindern fern der Heimat in Amman ein Flüchtlingsdasein geführt hatte.

In Amman hatte sie mit ihrem Mann und ihren Kindern sowie mit Schmalhans, dem Küchenmeister, zusammengelebt, der Erbarmen mit ihr hatte und sie nicht noch weitere Kinder gebären liess. Als ihre beiden Söhne herangewachsen waren, zog es sie nach Kuwait, wo sie ihren Lebensunterhalt verdienen wollten. Sie kehrten auch mit einer Handvoll roten Öls zurück, erbauten sich damit ein Haus in Amman, aus dem sie alsbald ihren Vater auf seinem letzten Weg begleiteten. Dann kam der Schwarze September des Jahres 1970 in Gestalt eines blitzblanken haschemitischen Panzers vom Typ Sherman, der das Haus zerstörte. Unter seinen Trümmern kam nichts mehr ganz hervor ausser der sternengleichen Thuraija mit ihrer ganzen Arglosigkeit.

Als Thuraija Abdalkadir Makbul auf den Trümmern in der dürren Wüstenfremde stand, erinnerte sie sich ihres früheren Ansehens in ihrem verlorenen Paradies, in jenem Haus, das sie in al-Lydd bewohnt hatte. Den Schlüssel dazu hatte sie in einer Mauerritze versteckt, ihren Schmuck in Blechdosen gelegt und unter ebendieser Mauer vergraben. Darauf hatte sie sich ihrem Schicksal anbefohlen und war 1948 mit den anderen geflüchtet, sich selbst fest versichernd: „Morgen komme ich zurück."

Als dann, nach dreiundzwanzig Jahren, dieses Morgen herannahte, fasste sie einen Entschluss und überquerte im Sommer die Offene Brücke. Doch da ging ihr alles verloren.

Als sie nämlich in ihr altes Haus in al-Lydd gehen wollte, um ihren Schatz zu heben, schlug ihr ihre nach dem Noah-Bund gesetzliche Erbin die Tür vor der Nase zu. Doch das überraschte sie nicht, denn Verwandte sind bekanntlich untereinander am niederträchtigsten.

Schliesslich gaben ihr Verwandte, die in Israel wohnten, den Rat, sich dem starken Arm der Sicherheit und Ordnung anzuvertrauen, also der israelischen Polizei. Sie folgte dem Rat, und man gab ihr einen Polizisten und einen für israelische Liegenschaften zuständigen Beamten mit. Da sie die Ruhe der legitimen Erbin nicht stören wollten, näherten sie sich dem Haus der Alten von der anderen Seite, durch das angrenzende Haus, in dem Verwandte wohnten, die sie herzlich willkommen hiessen. Dann wies Thuraija auf eine Stelle in der Mauer, und man grub tief und fand die Blechdosen mit dem Schmuck. Danach wies sie auf eine andere Stelle; man grub nochmals und fand den Schlüssel. Alle jubelten und priesen Gott in den höchsten Tönen. Einem jeden standen die Tränen in den Augen. Der Polizist wischte dem Beamten mit seinem Taschentuch die Zähren ab. Der pries die Menschlichkeit des Polizisten und wischte ihm seinerseits mit seinem Taschentuch die Augen. Araber und Juden lagen sich in den Armen und verwirklichten nun unter Tränen der Freude, Dankbarkeit und Menschlichkeit die friedliche Koexistenz. Man liess Journalisten kommen, die die Nachricht rasch verbreiteten. Im Radio wurde darüber berichtet. Und

wie viele Kindergärtnerinnen erzählten nicht in jenen denk-
würdigen Tagen ihren Schützlingen diese Geschichte, die
Geschichte von der israelischen Polizei, die die Schätze der
ihrer Kinder beraubten arabischen Mütter ebenso unermüdlich sucht, wie sie nach verlorenen jüdischen Kindern
forscht, ohne je ein Auge zuzutun.

Aber als die ihrer Kinder beraubte Thuraija ihre Hand
ausstreckte, um ihren Hochzeitsschmuck an sich zu nehmen, übergab ihr der für die israelischen Liegenschaften zu-
ständige Beamte eine Goldempfangsbestätigung, nahm das
Gold und ging. Thuraija blieb nichts anderes übrig, als die
Goldempfangsbestätigung zu nehmen und auch zu gehen –
über die Offene Brücke. Sie kehrte zurück und fiel auf die
nackte Erde des Lagers al-Wachdat und bat Gott um ein lan-
ges Leben für alle ihre Anverwandten.

Mich indessen hatte die Erfahrung gelehrt, nie vertrauens-
selig zu sein und meine Absichten für mich zu behalten. So
wusste ich bald, dass der Mitgliedsausweis der Palästinensischen Arbeiterunion mir nur nützen würde, wenn ich anderen nicht nützlich wäre, mehr noch: dass sein gesamter Nutzen untrennbar verbunden war mit dem Grossen Mann von
der kleinen Gestalt, der seinerseits niemandem nützte.

Das erwies sich, als ich meine Sachen von einem Haus zu
einem anderen transportierte, das für das eheliche Leben
besser geeignet war, von Wadi al-Nisnas, wo nicht einmal
das Vieh trächtig werden wollte, in die Dschabal-Strasse.
Das Schlüsselgeld hatte mich so viel gekostet, dass mir nichts
mehr blieb, um einen Esel für den Transport meiner Sachen
zu mieten. Also trug ich, zu Fuss gehend, alles selbst. Da

hielt plötzlich ein Auto neben mir an, dem ein Unglücksbote entstieg, Taabbata Scharran*. „Wir", sagte er, obwohl er allein war, und zog unter dem Arm Stift und Papier hervor, „kommen vom Kustos über das Feindeseigentum."

Da zog ich meine Mitgliedskarte der Palästinensischen Arbeiterunion aus meiner Gesässtasche und rief: „Wir gehören zu euch!"

„Nein, nein", entgegnete er, „ich will ein Zertifikat sehen, das bestätigt, dass diese Dinge dein Eigentum sind und dass du sie nicht gestohlen hast."

Ich war völlig perplex und steckte die Karte in meine Gesässtasche zurück. „Seit wann haben denn die Leute Zertifikate, die bestätigen, dass ihre Hauseinrichtung tatsächlich ihnen gehört und nicht gestohlen ist?" Ich bekam Angst um meine Hose!

„So war das nicht gemeint", erklärte er, „aber diese Einrichtungsgegenstände stammen aus einem arabischen Haus."

Das entsprach vollkommen der Wahrheit.

Dann fügte er hinzu: „Damit sind sie Staatseigentum geworden."

„Wir sind doch alle Staatseigentum", entgegnete ich.

Meine Sachen wurden nur dadurch davor gerettet, Staatseigentum zu bleiben, dass wir Jaakub herbeiriefen, der den Beamten davon überzeugte, dass ich selbst Eigentum des Staates sei. Daraufhin konnte ich meine Habe in meine neue

---

*Taabbata Scharran, „Der Schlimmes unter seinem Arm trägt", ist der Beiname, unter dem der vorislamische Räuber-Dichter Thabit Ibn Dschabir Ibn Sufjan bekannt ist.

Wohnung bringen, nach wie vor unsicher, ob das Unheil des Kustos wirklich abgewendet sei. Und immer wenn nach Einbruch der Dunkelheit jemand an meine Tür klopfte, sprang ich erschrocken auf, weil mir sofort der Verdacht kam, es könnte der Kustos sein, der gekommen sei, meine Habseligkeiten zu beschlagnahmen.

Nachdem die Teilhaberin an meinem Leben, Bakija, die Tanturija, mich zum Teilhaber am Geheimnis ihres Schatzes gemacht hatte und es zu meinem eigenen wohlgehüteten Geheimnis geworden war, sprangen wir sogar einmal beim blossen Klopfen eines Nachbarssohnes, der uns zur Hochzeit seiner Schwester einladen wollte, vor Schreck aus dem Bett und flüsterten uns zu: „Jetzt haben sie es herausgefunden!"

Aber sie hatten es nicht herausgefunden.

10

Die Geschichte vom Goldenen Fisch

Seit Bakijas Geheimnis das meine geworden war, wurde ich selbst zur leibhaftigen, zur auf zwei Beinen wandelnden Vorsicht, und als ich feststellte, dass die Vorsicht ein Charakteristikum von Vierbeinern ist, begann ich, auf allen vieren zu gehen.

Als nun Bakija unseren Ältesten zur Welt brachte und ihn nach ihrem geflüchteten Vater Fathi* nennen wollte, der Grosse Mann von der kleinen Gestalt aber hinter seinem Schreibtisch befremdet die Brauen hochzog, nannten wir ihn Walaa, „Loyalität". Und als ich erfuhr, dass Geburtenkontrolle ein wichtiger Beweis für diese Loyalität sei, beschlossen wir, kein weiteres Kind zu haben. Von jetzt an lockerte ich immer, wenn das Geheimnis besonders schwer auf mir lastete, meine Zunge mit einer Loyalitätsbekundung, ob sie nun am Platz war oder auch nicht. Und ich zählte mich schon zu den Eingeweihten, zu denen, die die unteren Schichten der Wirklichkeit in sich aufgenommen haben — bis sie uns mit einer Delegation nach Europa schickten und uns eine Anzahl von Tambal-Käppchen mitgaben, als Mitbringsel für unsere jüdischen Brüder dort, zusammen mit

*Der verbreitete Männername Fathi, eigentlich „Eröffner" (des Kindersegens), erweckt durch seine Ableitung von dem Wort „Fath", das metaphorisch auch für „Eroberung" steht, deutlich patriotisch-arabische Assoziationen.

Histörchen von Milch und Honig, von Heiratsmöglichkeiten für alte Jungfern und vom Sieg über den Krebs. Da schenkte ich ihnen alles: mein Hemd, meine Hose, sogar meine Unterwäsche und behielt für mich nur mein wohlgehütetes Geheimnis.

Während dieser Zeit lebte ich mit Bakija zurückgezogen, und flüsternd besprachen wir die besten Wege zur Bergung der Truhe; dabei entwickelten wir eine eigentümliche Art des Redens, die niemand ausser uns verstand.

Immer wenn ich meinen Arbeitskollegen gegenüberstand und mich der Gedanke an das Geheimnis überwältigte und ich spürte, wie es mir aus den Augen springen wollte, pflegte ich die Augen fest zu schliessen, damit es nur nicht herausspringen könne. Das wurde ein regelrechter Tick, und ich klapperte dauernd mit den Augendeckeln. Als man mir sagte, das sei wohl erblich, bestätigte ich es und erklärte: „Ich habe es von meinem seligen Grossvater, dem Vater meines seligen Vaters." Und damit sagte ich nicht einmal die Unwahrheit.

Da wir nun sehr häufig Dinge äusserten wie „Eile mit Weile" oder „Geduld bringt Rosen", blieb Walaa lange dabei, sich auf allen vieren fortzubewegen, und lernte erst laufen, als er vier Jahre alt war. Von da an nahm ich ihn als Vorwand mit an den Strand von al-Tantura und ermutigte ihn zum Fischen.

Ich setzte ihn allemal auf einen Felsen auf der Landzunge, wo er seine Leine auswerfen konnte, während ich selbst meine Kleider ablegte und ins Meer stieg. Wenn jemand käme, sollte er mich rufen. Dann schwamm ich weit hinaus in Richtung der kleinen öden Insel im offenen Meer gegenüber den Ruinen von al-Tantura. Ich tauchte, so tief ich konnte, bis in eine finstere Höhle unter dem Felsen, an jener Stelle, die Bakija mir gewiesen hatte, fand aber nichts als Fische, die davonstoben, oder klebrigen Tang. Noch tiefer in die Höhle vorzudringen wagte ich nicht.

Irgendwann hörte ich meinen Sohn Walaa, der sich verlassen fühlte, weinen oder auch rufen. Dann kam ich rasch an die Oberfläche und erblickte mitunter ein Liebespaar, das am Strand schmuste, worauf ich wieder zurückschwamm und sie ihr Tun fortsetzten.

„Was suchst du eigentlich, Papa?" fragte Walaa immer wieder.

„Den Goldenen Fisch!" antwortete ich und erzählte ihm die Geschichten aus Tausendundeiner Nacht, an die ich mich noch erinnerte, und fügte auch allerlei aus meiner Phantasie hinzu, die ja seit den Tagen unseres Ahnen Abdschar, des Beleibten, auf der Suche nach dem Goldenen Schatz ist.

„Wirst du ihn finden, Papa?"

„Wenn ich fleissig weiter tauche und du das Geheimnis nicht ausplauderst, dann werden wir ihn finden."

„Haben ihn andere schon gefunden, Papa?"

„Gewiss haben schon andere ihre Goldenen Fische gefunden."

„Und wenn wir ihn finden, was machen wir dann damit, Papa?"

„Dasselbe, was auch die anderen damit getan haben."

„Was haben die anderen damit gemacht, Papa?"

„Sie haben mir ihr Geheimnis nicht erzählt."

Darauf spielte oder fischte er weiter, oder er äusserte den Wunsch, nach Hause zu gehen; dann gingen wir.

Ich wusste nicht, dass er nur nach Hause gehen wollte, um mit seiner Mutter allein zu sprechen. Doch eines Tages, als wir wieder am Strand von al-Tantura sassen, wie es unsere Art war, da überraschte er mich mit der Frage: „Warum hast du eigentlich Angst, Papa, dass dich die Leute sehen könnten, wenn du nach dem Goldenen Fisch suchst?"

„Weil ich nicht möchte, dass sie mir zuvorkommen!"

„Aber wenn du ihn findest, Papa, und die Regierung von der Sache erfährt, werden sie ihn dir dann auch wegnehmen, wie sie meiner Grossmutter und meinem Grossvater al-Tantura weggenommen haben?"

„Wer hat dir denn den Floh ins Ohr gesetzt, Junge?"

„Mama."

In jener Nacht stritten wir uns lange flüsternd, Bakija und ich. Ich versuchte sie zu überzeugen, dass der Schatz ein Geheimnis zwischen uns beiden bleiben müsse und dass wir ihm beibringen müssten achtzugeben, wenn er redet, seine Zunge zu hüten, äusserste Vorsicht walten zu lassen und überhaupt über all dies nur im Flüsterton zu sprechen. Schliesslich brach der Morgen an.

Wir hatten es noch nicht bemerkt, da kam er zu uns herein, auf Zehenspitzen, sein Zeigefingerchen auf den gespitzten Lippen. „Psst, die Milchfrau ist da!" flüsterte er.

11

Ein wundersamer Beitrag zur Erforschung der orientalischen Phantasie samt ihrer zahlreichen Vorzüge

Nein, nein, Meister, es ist weder die Geschichte vom Goldenen Fisch noch eine andere Erzählung aus Tausendundeiner Nacht, aufgrund derer ich meinen Sohn verloren habe, meinen Einzigen, Walaa. Denn wenn jene verdrängte orientalische Phantasie, deren Hauch Tausendundeine Nacht durchweht, wirklich einmal freigesetzt würde, dann würde sie selbst nach Sonne und Mond greifen.

Was meinen Sie denn zu jenem armen Fellachen, der seine junge Frau, um sie vor dem Gerede der Leute zu schützen, in eine Kiste legte, die er sich auf den Rücken lud und Tag für Tag, während er seinen Acker pflügte, mit sich trug? Als ihn dann aber Prinz Badr al-Saman sah und wissen wollte, warum er jene Kiste mit sich herumschleppe, und er es ihm erklärte, der Prinz jedoch alles mit eigenen Augen sehen wollte, da fand man die Frau eng umschlungen mit dem jungen Aladin! In der Kiste auf dem Rücken ihres Mannes! Ist das nicht eine Lehre für all jene, die leichtgläubig denen Vertrauen schenken, die, selbst wenn sie von ihrem Mann auf dem Rücken getragen werden, die Familienehre in Gefahr bringen?

Wie könnten Ihre Araber, Meister, ohne diese orientalische Phantasie auch nur einen Tag in diesem Land überle-

ben? Sie selbst sehen ja, wie jedes Jahr am Unabhängigkeits-
fest die Araber freudig die Nationalflagge hissen, schon eine
Woche vor dem Fest und noch eine Woche danach, und wie
Nazareth mit mehr flatternden Fahnen geschmückt ist als
selbst Tel Aviv. Und im Wadi al-Nisnas in Haifa, wo arme
Araber und arme Juden brüderlich zusammenleben, kann
man das Haus eines Arabers von dem seines jüdischen
Nachbarn dadurch unterscheiden, dass über dem ersteren,
und nur über diesem, die Nationalflagge flattert. Dem Haus
des Juden genügt es, jüdisch zu sein. Ebenso ist es am Unab-
hängigkeitsfest mit den Autos. Man kann die Zugehörigkeit
ihres Besitzers an den flatternden Fähnchen erkennen. Als
ich einmal jemanden von meinen Landsleuten nach dem
tieferen Grund dafür fragte, antwortete er: „Phantasie, mein
Lieber! Die da sind Europäer, ihre Phantasie ist schwach
entwickelt. Daher schwenken wir die Fahnen, damit sie sehen, was los ist."

„Und warum schwenken nicht auch sie Fahnen?" wollte
ich wissen.

„Auch hier Phantasie, mein Lieber!" erklärte er. „Sie wissen, dass unsere Phantasie orientalisch ist und alles durch-
dringt, dass wir mit ihr auch das Unsichtbare sehen. Daher
sehen wir die Fahnen, auch wenn sie tief im Herzen einge-
rollt sind. Hat nicht seinerzeit der selige Eschkol die Militär-
verwaltung in etwas umzuwandeln versucht, das sieht, ohne
gesehen zu werden? Und dennoch, trotz allem, haben wir
sie gesehen, in den Befehlen zum Hausarrest etwa oder an
den Narben, die die Wunden auf unseren Wangen zurück-
liessen." Phantasie, verehrter Herr!

Oder nehmen Sie jenen jungen Araber, der mit seinem

Auto auf der Lilienblumstrasse in Tel Aviv ein anderes ge-
rammt hatte: Was sonst hat ihn gerettet als seine orientalische Phantasie? Er stieg aus seinem Auto aus und schrie:
„Ein Araber! Ein Araber!" Und während sich die Leute die
Zeit damit vertrieben, das Opfer zu verprügeln, machte sich
unser Freund aus dem Staub.

Oder nehmen Sie Schlomo, den Kellner in einem Luxus-
hotel in Tel Aviv! Ist er nicht in Wirklichkeit Sulaiman, Mu-
niras Sohn aus unserem Viertel? Oder Dudi, ist er nicht
Machmud? Und Mosche – ist er nicht Mussa, Abdalmas-
sichs Sohn? Wie könnten sie sich sonst ihren Lebensunterhalt in Hotels, Restaurants oder an Tankstellen verdienen,
ohne Unterstützung durch ihre orientalische Phantasie –
die Geschichte vom Goldenen Fisch, vom Magnetberg mitten im tosenden Meer, dessen Wogen du mit deinem Schiff
niemals durchfurchen kannst, es sei denn, du banntest jene
Nennung Gottes des Allmächtigen und Erhabenen von deinen Lippen, wie hoch auch die Wogen sich türmen und wie
heftig auch die Stürme toben!

Und was anders als Tausendundeine Nacht hätte den Bewohnern jenes kleinen, halb zerfallenen, friedlichen Dorfes
in der Nähe von Baka al-Gharbija im kleinen Dreieck wohl
helfen können, als man während der Wahlen zur dritten
Knesset* zu ihnen kam und ihnen befahl, die Kommunisten
mit Gewalt daran zu hindern, Versammlungen im Dorf ab-
zuhalten; andernfalls werde man sie, die Dorfbewohner, mit
Gewalt vertreiben und über die Grenze abschieben.

Als nun Jaakub mich eine Stunde vor dem für die Ver-

---

*Die Wahlen fanden 1956 statt.

154

sammlung anberaumten Zeitpunkt in das Dorf schickte, um herauszufinden, was sich abspielen würde, und die Durchführung der Attacke zu garantieren, kam ich in das Dorf, traf aber keine Menschenseele an. Ich ging zwischen den Häusern umher und sah die Türen offen stehen. Ich betrat die Häuser durch ihre offenen Türen, fand aber kein Lebewesen ausser einigen herumirrenden Hühnern und Hunden, die sich zur Mittagsruhe ausgestreckt hatten. Verwirrt irrte ich umher und kam mir vor wie Prinz Mussa, als er die verzauberte Messingstadt* betrat: „Kein Laut war zu hören, kein lebendes Wesen zu sehen, nur Eulenrufe hallten wider, Vögel kreisten über der Stadt und Raben krächzten in Trauer, weinend über die, die hier gewohnt hatten."

Schliesslich hörte ich in einem Lehmhaus heiseres Husten. Ich schlich mich hinein und sah einen blinden alten Mann dort sitzen. Als er meine Schritte vernahm, fragte er: „Seid ihr es, die Roten?"

„Ja, wir sind es", log ich. „Aber wo sind die Leute aus dem Dorf?"

„Sie sind alle hinausgegangen", antwortete er, „auf einen Hügel in der Nähe, um das Unheil abzuwenden, das dem Dorf vom Gouverneur oder von euch droht. Geht also wieder, Kinder, damit die Leute zurückkommen können!"

Als ich ihn bat, mir die Sache zu erklären, erzählte er, sie hätten sich miteinander beraten und seien zum Schluss gekommen, dass weder sie die Roten kennen noch die Roten sie und dass es zwischen beiden Gruppen weder Fehden

---

*vgl. „Die Geschichte von der Messingstadt" aus *Tausendundeine Nacht.* (Anm.d.A.)

noch unerfüllte Verpflichtungen gibt. „Wenn der Gouverneur sie umbringen will, ist das seine Sache, ausserdem ist er dazu besser imstande als wir. Wenn wir sie aber nicht umbringen, wird der Gouverneur uns umbringen." So beschlossen sie, das Dorf bis zum Ende dieses Tages zu verlassen. „Ich", fügte der Alte hinzu, „bin hier geblieben, weil mich die Blindheit schon so gut wie umgebracht hat. Ich bringe niemand um, und mich bringt niemand um. Geh also, mein Sohn, damit der Tag kein böses Ende nimmt!"

Mit dieser guten Nachricht ging ich zu Jaakub, der mir aber ins Gesicht schrie: „Du Esel! Die machen sowas, und du nennst das eine gute Nachricht! Wir wollten, dass eine Blutfehde und nicht nur ein Hügel sie trennt!"

Natürlich hielt ich es nicht wirklich für eine gute Nachricht, wollte aber, dass er annähme, ich hielte es für eine solche. Was ich wirklich dachte war dasselbe, was Prinz Mussa seinerzeit gedacht hatte, als er las, was auf jener ersten weissen Marmortafel in der toten Messingstadt stand:

> *Wo sind jetzt die Fürsten alle und der Erdbewohner Scharen?*
>
> *Sie verliessen, was sie bauten, dort, wo ihre Stätten waren;*
>
> *Und sie ruhen in den Gräbern als ein Pfand für ihre Taten.*
>
> *Und als Frass der Würmer sind sie in Vergessenheit geraten.*

Dann las er auf der zweiten Tafel:

> *Wo sind jetzt die Heeresscharen, die nicht Schutz noch Nutzen schafften?*

Wo sind ihre Schätze, die sie häuften und zusammenraff-
ten?
Sie ereilte das Verhängnis von dem Herrn des Thrones
her;
Und da schützten und da halfen keine Erdengüter mehr!
Doch ich weinte nicht wie seinerzeit Prinz Mussa.

Ähnlich erging es mir auch einmal, als ich etwas beim Militärgerichtshof in Nazareth zu erledigen hatte. Ein etwa zehnjähriger Junge kam, Angst im Blick, auf den Korridor gerannt und fragte eine Gruppe von Männern irgend etwas. Diese, die meine Tätigkeit und meine Karte kannten, zeigten auf mich. Da kam der Junge zu mir und behauptete, der Richter wolle mich sehen. Worauf ich, stolz erhobenen Hauptes, dass der Richter nach mir verlangt habe, in den Saal eilte. Dort fand ich das Gericht tagen und hörte den Jungen rufen: „Der da, Herr Richter, ist ein Verwandter von mir!" Ich war sprachlos, worauf der Richter mich zu drei Monaten Gefängnis oder fünfzig Lira Geldstrafe verurteilte. Wieso? wollte ich wissen. Weil der Junge, wurde ich belehrt, der sich als mein Verwandter ausgab, nach Haifa gefahren war, ohne vorher beim Militärgouverneur eine Reisebewilligung einzuholen. Da nun aber die Prinzipien der Demokratie nicht zulassen, dass ein Kind mit Gefängnis bestraft wird, beschloss man, mich zu inhaftieren.[*]

Als ich daraufhin lautstark jede verwandtschaftliche Beziehung abstritt, hielt der Richter vor allen Versammelten einen Vortrag darüber, wie sehr dem Staat daran gelegen sei,

[*]Der Vorfall ereignete sich am 3.11.1953. (Anm.d.A.)

dass die arabischen Untertanen, auch sie, endlich Zivilcourage entwickelten. Im Staat würden gerade die geachtet, die ihre Verwandtschaftsbande nicht verleugneten.

Und als ich ihm meinen Mitgliedsausweis der Palästinensischen Arbeiterunion hinhielt, fauchte er mich an: „Ich werde diese Angelegenheit an Ihre Vorgesetzten weiterleiten, damit man Ihnen Courage beibringt!"

Da zahlte ich die fünfzig Lira und ging mit Courage hinaus.

Als ich nach dem Jungen, meinem Verwandten, suchte, sah ich ihn bei jenen Männern stehen, zu denen er offenbar gehörte. Man lachte, und einer sagte: „Phantasie, Verehrter, Phantasie!"

Die Phantasie meines Sohnes Walaa, meines Einzigen, fand indessen ein anderes Ventil.

12

Ein Ereignis, das schwerer vorstellbar ist als der Tod

In der Tat hatten wir Walaa, unseren Einzigen, vernachlässigt über der Aufgabe, das Geheimnis zu hüten und in den Tiefen des Meeres nach dem Schatz zu suchen, ja in verborgenen Tiefen, noch tiefer als das Meer.

Er war ein junger Mann geworden, mit einigen seltsamen Zügen. Er sprach nur gezwungenermassen, und wenn er dann sprach, verstreuten sich seine Worte wie Sommerwolken, aus denen man machen kann, was man will: Köpfe von Tieren, Reiter im Angriff auf ihren Pferden, oder Engel, in weisse Tücher gehüllt, unter die Füsse getreten.

Dann kam jener Unglückstag, im letzten Herbst vor jenem ewigen Juni-Herbst — also dem Herbst 1966: Lärm und Aufruhr umringen mich von allen Seiten, zahllose Soldaten dringen, das Gewehr im Anschlag, in mein Büro, allen voran der Grosse Mann, der seine schwarze Brille abgelegt, aber ein Gesicht noch schwärzer als Pech angelegt hatte; er bebte am ganzen Körper. Hinter ihm stand, mit gesenktem Haupt, mein Chef Jaakub, rechts und links und hinter beiden Soldaten. Die Überraschung warf mich auf den Stuhl zurück, mir war, als wäre der Jüngste Tag angebrochen.

Mein Blick begann zu flackern. Ich sah geschlossene Reihen von Köpfen, tanzend an den Wänden und auf dem Boden. Die Köpfe krochen aus den Fingern meiner eigenen

Hände hervor, die wie gelähmt auf dem Schreibtisch lagen. Sie rissen ihre Münder auf und schrien im Chor etwas, dem ich nur arabische Beschimpfungen entnehmen konnte, deren ungewöhnliche Formulierung mich zum Lachen reizte. Ich lachte los, und mein eigenes Lachen steigerte mein Lachen noch mehr und ich lachte so sehr, bis mein Zwerchfell schmerzte. Ich kam erst wieder zur Besinnung, als sie sich auf mich gestürzt und mich zu Boden geworfen hatten, wo ich die Besinnung verlor.

Ich verharrte in einer Art Geistesabwesenheit, während sie versuchten, mein erschüttertes Hirn mit einem Bericht über ein Ereignis zu erschüttern, das schwerer vorstellbar ist als der Tod.

Walaa, mein Sohn, dieser mein Einziger, der schüchterne, magere Junge, dem selbst die Katze sein Essen wegfressen konnte, war Freischärler geworden, war unter die Fedajin gegangen, und hatte dem Staat den bewaffneten Widerstand erklärt!

Und verantwortlich dafür war ich. Verantwortlich war auch jene Giftschlange aus al-Tantura, die zusammen mit ihrer Familie das Land längst hätte verlassen sollen. Verantwortlich war auch mein Chef Jaakub, dieser Esel, den seine orientalische Gier nach meinen orientalischen Speisen blind gemacht und von seiner Pflicht zur Wachsamkeit abgelenkt hatte. Kein Zweifel, wir hatten ein Komplott geschmiedet – „Ihr alle, ihr alle!" – gegen den Grossen Mann von der kleinen Gestalt, um ihn zu ruinieren! „Aber ich werde euch ruinieren!"

Der Staat weiss nämlich sehr wohl seine Sicherheit zu schützen; er schlägt zu, und dann kommt alle Reue zu spät.

Inzwischen war ich imstande, zwischen einer Beschimpfung und der nächsten, zwischen einer Ohnmacht und der nächsten, die Splitter eines Berichtes zusammenzustückeln, der den alten Geister-, Dämonen- und Teufelsgeschichten nicht unähnlich war, eines Berichtes über das andere Leben Walaas, meines Einzigen.

Dieser hatte, zusammen mit zwei Schulkameraden, eine geheime Zelle gegründet. Gemeinsam hatten sie aus einer Höhle unter einem Felsen im verlassenen Meer bei al-Tantura eine Truhe geborgen, die fest gebaut und ebenso verschlossen war und so kein Wasser einsickern und keine Feuchtigkeit eindringen liess. Sie enthielt Waffen und viel Gold.

Bakija, ach, Bakija, war es das, worauf wir uns geeinigt hatten?

Said, ach, Said, unsere Kinder sind doch unsere Hoffnung!

Dann hatten sie Waffen, Munition und Sprengstoff gekauft und sich ein Waffenlager und einen Unterschlupf in einem zerstörten und verlassenen Keller in den Ruinen von al-Tantura eingerichtet. Einen von ihnen hatten sie in den Libanon geschickt, um Kontakt mit den Fedajin herzustellen.

„Aber wir haben mit unseren Händen Kontakt mit ihm hergestellt", sagte der Grosse Mann. „Wir haben ihn und auch den anderen aufgegriffen."

Walaa dagegen hatte sich in jenem Unterschlupf im Keller verschanzt, fest entschlossen, als Märtyrer zu sterben.

„Wir sind zu dir gekommen, Said, Sohn des Glücklosen, Sohn aus dem Hause Peptimist, damit du dich sofort zu ihm aufmachst und ihn von seinem kindischen, selbstmörderischen Vorhaben abbringst, und zwar aus Mitgefühl mit dir und mit seiner Mutter. Wärst du nicht unser Mann, wären wir nicht zu dir gekommen. Aber jetzt wollen wir dir einen Dienst erweisen, so wie du uns Dienste erwiesen hast. Geh also sofort nach Hause und hol seine Mutter, die Frau aus al-Tantura. Zusammen geht ihr dann zu den Ruinen von al-Tantura, bevor euer ganzes Leben zu einer einzigen Ruine wird. Wenn er sich ergibt, schenken wir ihm um deinetwillen das Leben. Wenn er sich aber weigert und uns blamiert, sterbt ihr alle."

Da ich nicht mehr auf meinen eigenen Füssen stehen konnte, mussten sie mich tragen. Bakija raffte sich unter Tränen auf, und ich wollte ihr, um das Geheimnis zu hüten, keine Vorwürfe machen. Am Strand von al-Tantura luden sie uns aus. Die Soldaten bezogen in einiger Entfernung Position. Die Sonne neigte sich ihrem Untergang entgegen. Es war ein Abend, der einen leer schlucken liess, ein Dämmerlicht, das sich voller Mitgefühl über uns senkte.

13

Das Ende aller Geschichten oder
Die Geschichte von dem Fisch, der alle
Sprachen versteht

Was an jenem Herbstabend am verlassenen Strand von al-Tantura geschah, ist bis auf den heutigen Tag ein streng gewahrtes Staatsgeheimnis geblieben. Ich glaube aber, dass man Sie nach den Ereignissen seit jenem Juni nicht mehr daran hindern wird, es publik zu machen.

Zwar weiss ich nicht, was man über das Geschehen jenes Abends in den sorgsam gehüteten Archiven festgehalten hat, doch was ich in meinem Herzen festgehalten habe und wovon ich niemals auch nur das Geringste vergessen werde, ist das Folgende:

Wir standen vor dem verfallenen Keller, wo sich Walaa angeblich mit Waffen und Sprengstoff versteckt hielt.

„Überlass ihn mir, ich bin seine Mutter", ergriff Bakija das Wort. „Ich habe ihn nicht nur unter dem Herzen getragen, ich habe ihm auch mein Geheimnis, meine Hoffnung übertragen."

Ich ging zur Seite und setzte mich auf eine halb verfallene Mauer, von der man auf das ruhige Meer blicken konnte, doch war ich unfähig, irgend etwas zu sehen. Ich betrachtete die Sonne, die uns im Westen verliess, und fühlte mich ganz und gar einsam.

Seine Mutter tat einen Schritt auf den verlassenen Keller

zu, dann noch einen, dann rief sie ihm zu: „Walaa, mein lieber Walaa, mein Junge, schiess nicht, ich bin es, deine Mutter!"

Schweigen.

„Widerstand ist zwecklos, sie wissen alles über dich!"

Da endlich vernahmen wir seine Stimme, die wegen der Tiefe seines Standorts noch rauher klang. Er sprach, wie es seine Art war, nur gezwungenermassen: „Wieso das?"

„Sie sind es, die uns zu deinem Versteck geführt haben!"

„Ich bin in keinem Versteck, Mutter. Ich habe zu den Waffen gegriffen, weil ich euer Leben im Versteck leid war."

Wieder Schweigen.

Bis seine Stimme erneut aus den Tiefen zu uns drang, eine Stimme, so tief, dass ich mich verwundert fragte, wie sie in seiner schmalen Brust überhaupt Platz habe: „Du, Frau, du da draussen, wer bist du überhaupt?"

„Deine Mutter bin ich, Walaa, wie kann ein Sohn seine Mutter verleugnen?"

„Meine Mutter – und kommt mit ihnen!"

„Nein, geschickt haben sie mich, zusammen mit deinem Vater, wir sind allein, Walaa, dort sitzt er auf einem Mauerrest und wartet auf die Rettung des Letzten seiner Angehörigen."

„Und warum sagt er nichts?"

„Er kann nicht gut reden."

Ich räusperte mich.

„Also, was bringt dich her, Mutter?"

„Sie haben mich geschickt, damit ich dich dazu bringe, deine Waffen zu übergeben und zu uns herauszukommen, dann soll dir nichts passieren."

„Warum?"

„Aus Mitleid mit mir und deinem Vater, haben sie gesagt."

„Ha ha!"

„Willst du wirklich auf den Leib schiessen, der dich getragen hat?"

„Darüber kann ich nur lachen, Mutter. Hast du gesehen, wie sie anfangen, von Mitleid zu sprechen! Was würden sie wohl tun, wenn es wirklich losginge?"

Die Soldaten räusperten sich.

„Sie haben natürlich mit niemand Mitleid, mein Sohn."

„Und du hast Angst vor ihnen?"

„Um dich habe ich Angst, Walaa."

Wieder Schweigen.

Bis sie nochmals rief: „Walaa, mein lieber Sohn, wirf deine Waffen weg und komm heraus!"

„Du, Frau, die mit ihnen gekommen ist, wohin sollte ich schon herauskommen?"

„Ins Freie, mein Sohn! Deine Höhle ist eng, versperrt ist sie, deine Höhle, du wirst darin ersticken!"

„Ich, ersticken? Ich bin in diese Höhle gegangen, damit ich in Freiheit atmen kann, einmal in Freiheit atmen! Schon als ich in der Wiege lag, habt ihr mein Weinen unterdrückt, und als ich grösser wurde und von euch das Reden lernen wollte, bekam ich nichts als Geflüster zu hören. Als ich zur Schule kam, habt ihr mich gewarnt, ich soll achtgeben, wenn ich rede. Als ich euch erzählte, mein Lehrer sei mein Freund, habt ihr geflüstert: ‚Vielleicht soll er dich aushorchen!' Und als ich die Geschichte von al-Tantura hörte und sie alle verfluchte, da habt ihr mir ins Ohr geflüstert, ich soll achtgeben, wenn ich rede. Als sie mich verfluchten, hiess es wieder, ich soll achtgeben, wenn ich rede. Als ich mich mit Freunden traf, um zum Streik aufzurufen, sagten auch sie mir, ich soll achtgeben, wenn ich rede. Und schon am frühen Morgen sagtest du mir, ich soll achtgeben, wenn ich rede: ‚Du sprichst im Schlaf.‘ Wenn ich im Bad vor mich hinträllerte, schrie mich mein Vater an, ich solle eine andere Melodie singen. Die Wände hätten Ohren, und ich soll achtgeben, wenn ich rede. ‚Gib acht, wenn du redest! Gibt acht, wenn du redest!‘ Ich möchte endlich einmal nicht mehr achtgeben, wenn ich rede, ein einziges Mal! Ich war drauf und dran zu ersticken! Jawohl, diese Höhle ist eng, Mutter, aber sie ist doch geräumiger als euer Leben! Jawohl, diese Höhle ist versperrt, Mutter, aber sie ist doch ein Ausweg!"

Wieder Schweigen.

Bis wir von weither das Klirren von Waffen hörten. Da rief ihm seine Mutter zu: „Ein Ausweg? Der Tod ist kein Ausweg, er ist das Ende! Es gibt in unserem Leben nichts, dessen wir uns schämen müssten. Wenn wir uns zurückgehalten haben, so aus der Hoffnung auf Erlösung, und wenn wir achtgegeben haben, so zu eurem Schutz! Was wäre schon Schlimmes daran, zu uns herauszukommen, zu uns, Walaa, zu deinem Vater und deiner Mutter. Allein sind wir machtlos!"

„Ich habe Macht über euch, ihr seid in meiner Hand!"

„Wir sind doch nicht deine Feinde!"

„Ihr seid nicht auf meiner Seite!"

„Mein Sohn, gib acht, wenn ..."

„Ha ha! Sprich es nur aus, Mutter, dein ‚Gib acht, wenn du redest!‘ Aber ich bin jetzt frei!"

„Frei?" Ich dachte, du hättest zu den Waffen gegriffen, um deine Freiheit erst zu erkämpfen!"

Wieder Schweigen.

Bis ich sie lachen hörte. „Wenn wir frei wären, mein Sohn, hätten wir hier keinen Streit. Weder würdest du zu den Waffen greifen müssen, noch würde ich dich auffordern achtzugeben. Aber wir sind noch unterwegs zu dieser Freiheit!"

„Wie denn?"

„Wie die Natur zu ihrer Freiheit unterwegs ist. Die Morgenröte steigt nicht aus der Nacht auf, bevor die Nacht ihre Zeit erfüllt hat, die Lilie erblüht nicht, bevor die Knolle keimt. Die Natur duldet keine Frühgeburten, mein Sohn! Und die Menschen sind nicht stark genug zu ertragen, was du ihnen zumutest!"

„Ich werde für sie ertragen, bis sie selbst einmal dazu imstande sind."

„Mein lieber Junge! Gibt es etwas Schöneres als eine Rose, die sich ein junger Mann ansteckt? Und doch kann ihre Mutter sie nicht mehr nähren. Lass mich dich an meine Brust drücken, mein Sohn!"

Schweigen.

Bis ich ihn stöhnen hörte: „Mutter, Mutter, wie lange sollen wir noch auf das Erblühen der Lilien warten?"

„Wir warten ja nicht, mein Junge, aber wir pflügen und säen und harren aus, bis die Zeit der Ernte gekommen ist."

„Und wann ist die Zeit der Ernte gekommen?"

„Harre aus!"

„Ich habe mein Leben lang ausgeharrt!"

„Harre weiter aus!"

„Ich habe eure Unterwürfigkeit satt!"

„Es gibt bei uns doch auch junge Männer und junge Mädchen, die nicht unterwürfig sind. Halte dich an sie! Sie haben die schwärzeste Nacht hindurch ausgeharrt, danach trugen sie die leuchtende Sonne auf ihrer Stirn. Man konnte sie nicht aus dem Land vertreiben, konnte sie allenfalls in eine Gefängniszelle sperren. Und um ihnen das Haus über dem Kopf zu zerstören, mussten sie über alldem eine Legende zerstören! Du aber bist verzweifelt, mein Junge!"

„Ich sehe um mich nichts als Finsternis!"

„In der Höhle!"

„Mein ganzes Leben ist eine Höhle!"

„Und doch bist du noch in der Knolle, die sprossen soll. Komm heraus ans Licht der Sonne!"

„Wo ist schon mein Platz unter der Sonne?"

„Unter der Sonne! Die Welt ist schön, mein Junge. Und wieviele Völker haben ihre Freiheit errungen! Auch unsere Erntezeit wird kommen."

„Träumst du noch immer von den sieben Inseln hinter den sieben Meeren?"

„Es sind unsere Inseln und unsere Meere! Auch Sindbad, mein lieber Walaa, hat einmal aufgehört zu reisen und hat angefangen, die Schätze in der Erde seines Landes zu suchen."

„So wie er in seinem Land zu leben, ist unerträglich."

„Wenn einem einmal das Leben billiger geworden ist als der Tod, dann fällt es schwerer, die Zähne zusammenzubeissen und es bis zum Ende durchzustehen, als es hinzuwerfen."

„Du wirst sterben, Mutter, ohne dass deine Familie zurückgekehrt ist."

„Du meinst, *bevor* meine Familie zurückgekehrt ist!"

„Wie meinst du das?"

„Die Zeit. Lass die Zeit walten."

„Ha ha!"

„Willst du wirklich auf mich schiessen? Willst du die töten, die dich geboren hat?"

„Die Zeit wird die töten, die mich geboren hat, wie sie mich töten wird."

„Sprich nicht leichtfertig über die Zeit, Walaa. Ohne sie ginge kein Korn auf, uns zu nähren, ohne sie ginge keine Sonne wieder auf, die einmal untergegangen ist."

„Ist sie denn wieder aufgegangen?"

„Sie wird wieder aufgehen. Und ohne sie verliesse kein Gefangener je sein Gefängnis."

„Hat es denn je einer verlassen?"

„Er wird es verlassen. Und ohne sie gäbe es keine Erfahrung, aus der die Leute Lehren ziehen könnten."

„Haben sie denn jemals Lehren gezogen?"

„Verlangst du wirklich, dass eine einzige Generation eine Entscheidung herbeiführt?"

„Ja, meine!"

„Warum?"

„Weil es meine ist!"

„Mit welchen Waffen kämpft denn deine Generation?"

Wieder Schweigen.

Bis ich sie in zärtlichem Ton fragen hörte — es klang wie früher, wenn sie ihn als Kind um einen Kuss bat: „Was für Waffen hast du denn jetzt in der Hand, Walaa?"

„Ein altes Gewehr aus der Truhe."

Da sah ich sie, wie sie losstürzte und auf den verlassenen

Keller zurannte, die Arme weit ausgebreitet wie die Flügel eines Vogels, der seine Jungen im Nest beschützt. Als sie schon fast in der finsteren Öffnung verschwunden war, schrie er ihr zu: „Sie kommen hinter dir her, Mutter! Willst du sie etwa mit deiner Liebe zu mir schützen?"

„Nein, Walaa, mein Junge, ich komme zu dir. In der Truhe ist ja noch ein Gewehr. Ich werde *dich* mit meiner Liebe schützen!"

Kaum war sie meinen Blicken entschwunden, als alles drunter und drüber ging. Ich konnte die Geisterwesen, die da von allen Seiten durcheinanderrannten, nicht mehr unterscheiden. Man hatte mich mir selbst überlassen, und ich hörte nichts als gepresste Schreie und heisere Befehle. Immer wieder ging ich ein paar Schritte nach vorn, dann wieder zurück, drehte mich um mich selbst, und immer wieder hörte ich Flüche, die diesmal aber nicht gegen mich gerichtet waren.

Und wie in einem Traum sah ich sie — die Sterne waren verschwunden und das Gesicht des Mondes fahl geworden —, wie sie zum Meer rannten, vernahm einen Aufprall und das Aufspritzen von Wasser und hörte dann jemanden rufen: „Hier sind sie untergetaucht", und einen anderen: „Nein, hier." Und obwohl ich den Grossen Mann nicht sehen konnte, hörte ich doch seine Stimme. Er verbot ihnen zu schiessen und hiess sie tauchen.

Als sie Scheinwerfer und Froschmänner einsetzten, war ich nicht mehr dabei. Mein Chef Jaakub, der mir zur Seite stand, hatte mich mitgenommen und mich in seinem Auto in mein verödetes Haus zurückgebracht.

Am nächsten Tag stattete er mir einen Krankenbesuch ab

und befahl mir, das Geschehene unbedingt geheimzuhalten. Dann würde man mir vergeben und ich dürfte an meine Arbeit zurückkehren.

„Nachdem ihr sie getötet habt?"

Da berichtete er mir, der ich sprachlos zwischen Glauben und Unglauben schwankte, dass die beiden es fertiggebracht hätten zu entkommen und man keine Spur von ihnen gefunden hätte. Sie seien gesehen worden, wie sie auf das Meer zuliefen, die Mutter und ihr Sohn, sie ihn an sich drückend, er sie stützend. Dann seien sie, zum Erstaunen der Soldaten, ins Meer eingetaucht. Doch der Grosse Mann habe ihnen verboten zu schiessen, damit der Vorfall nicht bekannt würde. Er sei überzeugt gewesen, dass er sie noch zu fassen kriege, oder dass sie ertrinken würden. Doch verlief die Suche nach ihnen während der Nacht und des folgenden Tages ergebnislos. Man fand sie weder tot noch lebendig. Ihr Verbleib sei ein ungelöstes Geheimnis. „Es muss ein streng bewahrtes Staatsgeheimnis bleiben", fügte er noch hinzu.

Jaakub zeigte in der Zeit danach sehr viel Mitgefühl mit mir. Dennoch mochte ich ihm nicht verraten, was ich selbst von der Felsenhöhle tief im Meer wusste, da ich glaubte, dass sie dorthin gegangen waren, um zu sterben.

Wieviele Male habe ich mir vorgenommen, das Geheimnis zu lüften! Doch niemals hatte ich den Mut dazu. Denn einen Funken Hoffnung zu bewahren, dass sie noch am Leben sein könnten, erschien mir besser, als diesen Funken im Wasser zum Erlöschen zu bringen.

Oft ging ich hinunter zum Strand von al-Tantura, der inzwischen von Badenden überlaufen war. Ich setzte mich, wie Walaa es immer getan hatte, auf jenen Felsen auf der

Landzunge und warf meine Angelschnur aus, ihn im Herzen rufend, hoffend, er werde mir antworten.

Da stand einmal plötzlich ein jüdisches Kind neben mir, ein kleiner Junge, den ich gar nicht bemerkt hatte, und überraschte mich mit der Frage, in welcher Sprache ich eigentlich spräche.

„Auf arabisch."

„Mit wem denn?"

„Mit den Fischen."

„Die Fische — verstehen die nur Arabisch?"

„Die grossen Fische ja, die ganz alten, die schon hier waren, als die Araber noch hier waren."

„Und die kleinen Fische, verstehen die Hebräisch?"

„Die verstehen Hebräisch und Arabisch und alle anderen Sprachen. Die Meere sind weit und miteinander verbunden. Sie haben keine Grenzen und haben Platz für alle Fische."

„Oj wa-woj — ist das wahr?"

Da rief ihn sein Vater, und er lief rasch zu ihm zurück. Als ich sie miteinander reden hörte, nickte ich ihnen freundlich zu. Der Kleine schien mich für den Propheten Sulaiman zu halten, beide winkten mir zu, und der Vater lächelte. Dann kamen sie zu mir herüber. Ich hatte einen so grossen Eindruck auf den Jungen gemacht, dass er unbedingt bei mir bleiben wollte. Ich gab ihm einen kleinen Fisch aus meinem Fang, den er sogleich ansprach, aber feststellen musste, dass er nicht sprechen konnte. „Er ist wohl noch zu klein", tröstete ich ihn. Da warf er ihn ins Meer zurück, damit er grösser werde und sprechen lerne. Würden die Menschen Kinder bleiben, dachte ich, dann wäre Walaa nicht gross geworden und verschwunden. Ist nicht auch der Grosse Mann irgendwann einmal ein kleines Kind gewesen?

Monatelang lebte ich in der sicheren Überzeugung, dass ich einmal ein Zeichen von ihnen erhalten würde, und immer wenn jemand an die Tür klopfte, stand ich hastig auf: vielleicht etwas von ihnen.

Als ich dann erfuhr, dass unter den Kommandotrupps der Freischärler einer den Namen al-Tantura trug, schloss ich alle Fenster, warf mich aufs Bett und presste meinen Transistor an mich.

Das tat ich oft, bis schliesslich ward der fünfte Tag jenes Juni. Da hörte ich, in der langen Nacht, eine laute Stimme, die von unten heraufschrie: „Licht aus! Alle Lichter löschen!"

Ich löschte das Licht, aber schlafen konnte ich nicht.

Drittes Buch

Die zweite Juad

Wie verlangt es mich nach den Jubeltrillern der Frauen,
in denen tausendjähriges Sehnen klingt
nach Gesängen und Feiern!

Samich Sabbagh*

*Samich Sabbagh, zeitgenössischer Dichter aus dem galiläischen Dorf al-Bukaia.

1

Said findet sich selbst auf einem ungespitzten Pfahl wieder

Mir schrieb Said der Glücklose, der Peptimist: Das Ende kam, als ich in einer endlosen Nacht aus dem Schlaf auffuhr und mich nicht mehr in meinem Bett befand. Schreckliche Kälte schüttelte mich. Ich streckte die Hand nach der Bettdecke aus, doch die hatte ein Windstoss weggerafft.

Ich sah mich auf einer runden, kalten Fläche sitzen, im Durchmesser nicht grösser als eine Elle. Der Wind krächzte, der Erdboden ächzte. Meine Beine hingen wie vertrocknete Palmzweige, wenn der Sommer geht zur Neige, über einem bodenlosen Abgrund. Ich hätte mich gern zurückgelehnt, doch auch hinter mir gähnte, wie vor mir, ein Abgrund, ja, Abgründe umgaben mich allseits. Eine einzige Bewegung, und ich würde hinabstürzen. Da begriff ich, dass ich auf der Spitze eines ungespitzten Pfahles sass.

Ich schrie um Hilfe. Doch das Echo warf mir meine Worte Laut für Laut zurück, und mir wurde klar, dass ich mich in schwindelnder Höhe befand. Um mir über meine Bestürzung hinwegzuhelfen, begann ich eine Unterhaltung mit dem Echo. Diese war anregend und währte, bis der Abgrund das Lächeln einer staubgrauen Morgendämmerung zeigte, gleich einer Zornesgrimasse.

Was sollte ich tun?

Beruhige dich, Sohn des Glücklosen! machte ich mir Mut.

Zieh in der Sache deinen Verstand zu Rate. Was hat dich denn an diesen Ort versetzt? Ist es überhaupt vorstellbar, dass du abends in deinem Bett einschläfst und dich beim Aufwachen auf einem Pfahl wiederfindest? Das widerspricht doch allen Gesetzen der Natur und allen Regeln der Logik! Folglich träume ich, nichts sonst, wenn auch einen endlos langen Traum.

Warum sollte ich auf diesem Pfahl sitzenbleiben, von der Kälte gelähmt, von keiner Decke umhüllt, ohne Rückenlehne und ohne Gesellschaft? Warum steige ich nicht einfach hinunter?

Dieser Pfahl ist ein Alptraum, so viel steht fest, ein Alptraum von einem Pfahl. Kann ich vom einen hinabsteigen, so kann ich auch den anderen von meiner Brust abschütteln und in mein Bett zurückgelangen, mich zudecken und aufwärmen. Warum zögere ich also? Etwa aus Angst, aus schwindelnder Höhe in die Tiefen des Abgrunds zu stürzen und wie eine Wildente, von den Kugeln des Entenjägers getroffen, unter Qualen zu sterben?

Doch das hier ist anders, ist ein Produkt der Phantasie, ein Hirngespinst auf einem hirngespinstigen Pfahl. Dergleichen sieht der Schlafende im Traum, Dinge, die allen Gesetzen der Natur und allen Regeln der Logik widersprechen. Nur zu also, Said, nur zu, umfange diesen Pfahl mit Armen und Beinen, mit all deiner Kraft, Entschlossenheit und Willensstärke angesichts dieser brenzligen Lage, dann lass dich behutsam wie ein Eichhörnchen an ihm hinunter.

Mein Entschluss war gefasst. Ich bewegte meine beiden schlaff herabhängenden Palmzweige, um die Oberfläche des Pfahls abzutasten. Da spürte ich, dass sie glatt und kalt war wie die Haut einer Schlange. An dieser Schlange, des war ich sicher, würde ich mich nicht festhalten können, und liesse ich mich daran herabgleiten, fiele ich gewiss in die Tiefe, bräche mir das Genick und müsste unter Qualen sterben. Also nahm ich davon Abstand.

Die Geschichte von jenem indischen Fakir kam mir in den Sinn, der ein Seil sich aufrichten lässt und daran Richtung Himmel klettert, bis sein Kopf in den Wolken verschwindet, und weiterklettert, bis er ganz verschwindet. Danach steigt er am selben Seil wieder herab, und bei all dem nimmt er keinen Schaden, sondern verdient so sein täglich Brot. Doch ich musste mir eingestehen, dass ich kein indischer Fakir war, nein, nur ein einfacher Araber, zurückgeblieben in Israel durch Fakirerei.

Da wollte ich laut rufen: „Das ist ein Alptraum" und dann hinabspringen, denn sterben würde ich ja nicht. Ich rief auch tatsächlich, aber springen tat ich nicht. Denn wenn dies alles doch nichts anderes war als ein Hirngespinst auf einem hirngespinstigen Pfahl, dergleichen der Schlafende im Traum sieht, so würde es ohnehin nicht lange dauern, gleichgültig, ob ich spränge oder sitzen bliebe. Ich würde erwachen, das war gewiss, und mich zugedeckt und wohlig warm in meinem Bett wiederfinden. Warum sollte ich also mit Stunden, ja vielleicht nur mit Minuten oder Sekunden um die Wette laufen bis zum Augenblick des Erwachens, der unabwendbar näherrückte? Wozu sollte ich also hinunterspringen, wenn doch Sitzenbleiben zu demselben Ergebnis führte?

Fast hätte mich ein Kälteschauer von meinem Pfahl hinabgeworfen, hätte mich nicht ein Gedankenschauer erstarren lassen, den ich nicht abwehren konnte: Was, wenn dies alles wahr wäre und keineswegs nur etwas, dergleichen der Schlafende im Traum oder im Alptraum sieht?

Denn dass etwas allen Gesetzen der Natur und allen Regeln der Logik widerspricht, genügte mir nicht, es als unwirklich abzutun. Hatte nicht meine eigene Familie, die Familie Peptimist, über Jahrhunderte hinweg nach ihrem Glück in Wundern gesucht, die jenseits aller Gesetze der Natur und aller Regeln der Logik liegen? Wenn meine Ahnen ihr Leben lang gebeugten Nackens gingen, um die zu ihren Füssen begrabenen Schätze aufzuspüren, so habe ich, nach oben blickend, das Ziel meines Suchens gefunden − in Gestalt meiner ausserirdischen Brüder, die mir meine innere Ruhe wiedergaben. Wie konnte man da von mir erwarten, dass ich, anders als meine Väter und Urväter und dann auch noch auf diesem Pfahl, mich den Gesetzen der Natur und den Regeln der Logik anvertraute!

So blieb ich, wo ich mich befand, schwankend von Schauer zu Schauer, eisige Kälte trieb mich hoch, uraltes Familienerbe drückte mich nieder − bis ich Juad ein zweites Mal traf und zum ersten Mal wieder Wärme verspürte, seit tausend Jahren!

2

Wie das weisse Unterwerfungslaken an einem Besenstiel zum Banner der Revolte gegen den Staat wurde

Juad traf ich da wieder, wo man sich in Israel zuweilen wiedertrifft: im Gefängnis. Genauer gesagt: Ich kam gerade heraus. Hineingekommen war ich, als ich meine Staatstreue so weit getrieben hatte, dass sie in ihren Augen als Untreue erschien.

Es begann damit, dass ich während einer der sechs teuflischen Juninächte 1967 vorsichtshalber das arabische Programm von Radio Israel hörte. Da vernahm ich die Stimme des Radiosprechers, der die besiegten Araber aufforderte, auf den Dächern ihrer Häuser weisse Fahnen zu hissen. So würden die pfeilschnell durchziehenden Soldaten sie verschonen, und sie könnten friedlich in ihren Häusern weiterschlafen.

Diese Anordnung verwirrte mich völlig: Wem erteilte der Radiosprecher da eine Anweisung, den Besiegten dieses Krieges oder den Besiegten des Abkommens von Rhodos*? Rechne dich auf jeden Fall zu den Besiegten, sagte ich mir, das ist das Sicherste. Und ich redete mir ein, man würde mir, sollte sich dies als Fehler herausstellen, gewiss meine gute Absicht und meine Arglosigkeit zugute halten. Daher fertig-

---

*Abkommen von Rhodos: Waffenstillstandsabkommen vom 3. April 1949.

te ich mir aus weissem Bettzeug eine Fahne, band sie an einen Besenstiel und hisste sie auf dem Dach meines Hauses in der Dschabal-Strasse in Haifa, zum Zeichen meiner grenzenlosen Staatstreue.

Kupplerin, wen musst du da noch anpreisen? Denn kaum flatterte mein Laken am Stiel gut sichtbar für alle hoch über den Dächern, da beehrte mich auch schon mein Chef Jaakub mit einem Besuch. Bar jeden Grusses, den ich hätte erwidern können, platzte er herein. „Sofort herunter damit, du Esel!" schrie er.

Da beugte ich meinen Kopf so tief hinunter, dass er fast seine Füsse berührte, und fragte: „Hat man Eure Majestät inzwischen zum König über das Westjordanland ernannt?"

Jaakub packte mich am Schlafittchen, das heisst meinem Schlafanzug, und stiess mich die Treppe zum Dach hinauf. „Das Laken, das Laken!" zischte er in einem fort, bis wir beim Besenstiel ankamen. Er riss ihn herab, so heftig, dass ich befürchtete, er werde mich damit schlagen. Wir rangelten miteinander und vollführten dabei eine Art Stocktanz, bis er weinend an der Dachkante zusammenbrach. „Jetzt ist es um dich geschehen, alter Freund", klagte er, „und um mich ebenfalls."

Ich erklärte ihm, ich hätte das Laken nur gehisst, um den Anordnungen des Sprechers von Radio Israel Folge zu leisten, worauf er nur keuchte: „Esel, Esel!"

„Was kann ich dafür, wenn er ein Esel ist?" fragte ich ihn, „warum könnt ihr nur Esel als Radiosprecher anstellen?"

Jaakub machte mir deutlich, ich sei mit dem Esel gemeint. Die Radiosprecher in der arabischen Abteilung von Radio Israel seien alle Araber. „Darum haben sie den Appell so undeutlich formuliert, dass du ihn missverstehen konntest, du Schwachkopf!"

Da musste ich meine Brüder, die bei Radio Israel arbeiten, verteidigen: „,Des Herolds Geschäft ist die Kund, nur was ihm diktiert, entlässt sein Mund!' Wenn wir durch das Hissen eines weissen Lakens an einem Besenstiel die Würde des Kapitulationsaktes verletzen, dann allein, weil ihr uns nicht gestattet, andere Waffen als Besenstiele zu tragen. Sollten Besenstiele nun aber seit Ausbruch dieses Krieges zu einer mörderischen blanken Waffe erhoben worden sein, die zu tragen uns nur mit Sonderbewilligung erlaubt ist, wie die Jagdbüchsen, welche bekanntlich nur von Dorfschulzen und durch lebenslangen Staatsdienst vertrottelten Individuen getragen werden dürfen, dann gehöre ich über Grossvater und Vater dazu. Du weisst ja um meine grenzenlose Treue zum Staat, alter Freund, zu seiner Sicherheit und zu seinen Gesetzen, den schon erlassenen ebenso wie den noch zu erlassenden."

Mein Freund Jaakub lauschte meinem Gebrabbel mit offenem Mund, ausserstande, die Tränen zurückzuhalten, die ihm über die Wangen rannen, ausserstande auch, dieses Gebrabbel einzudämmen.

Endlich gewann er seine Fassung wieder und erklärte mir, dass unser Vorgesetzter, der Grosse Mann von der kleinen Gestalt, das Missverständnis, dem ich zum Opfer gefallen war, keineswegs als Missverständnis, sondern als Aufruf zur Gehorsamsverweigerung gegenüber dem Staat betrachte. So hätte ich den Stab über den Staat gebrochen.

„Aber es war doch nur ein Besenstiel!"

„Der Appell des Radiosprechers war an die Araber im

Westjordanland gerichtet. Sie sollten weisse Fahnen als Zeichen der Kapitulation vor der israelischen Besatzung hissen. Was geht das dich in Haifa an, das im Herzen des Staates Israel liegt und von niemandem als besetzte Stadt angesehen wird?"

„Man kann des Guten nie genug tun!"

„Aber das zeigt nun einmal, dass du Haifa als eine besetzte Stadt betrachtest und ihre Loslösung vom Staat forderst."

„Das ist eine Deutung, die mir nie in den Sinn gekommen wäre!"

„Wir behandeln euch nicht danach", klärte er mich auf, „was euch in den Sinn kommt, sondern danach, was dem Grossen Mann in den Sinn kommt. Und er geht davon aus, dass die weisse Flagge, die du auf dem Dach deines Hauses in Haifa gehisst hast, ein Zeichen für separatistische Aktivitäten ist und dass du den Staat nicht anerkennst!"

„Du weisst doch genau, mit welch grenzenloser Treue ich der Sicherheit des Staates diene und dass mir jede Untreue fernliegt."

„Der Grosse Mann von der kleinen Gestalt ist überzeugt, dass dein grenzenloser Eifer nur Tarnung für deine Untreue ist. Er zieht Rückschlüsse aus deiner Herkunft und deiner Verwandtschaft und nimmt sie als Beweis dafür, dass du dich nur dumm stellst, ohne es wirklich zu sein. Warum sonst hättest du eine Juad – ‚die zurückkehren wird‘ – geliebt und eine Bakija – ‚die geblieben ist‘ – geheiratet und als einzigen Sohn einen Walaa – ‚Loyalität‘ – gezeugt?"

„Warum hat denn der Grosse Mann nicht auch gefragt", versuchte ich zu erwidern, „warum ich ausgerechnet als

Araber geboren werden und warum ich meine Heimat ausgerechnet in diesem Land finden musste?"

„Komm mit und frag ihn selbst!"

Aber statt dessen holten sie mich ab und brachten mich in
die Bisan-Senke, wo sie mich in das schreckliche Gefängnis
von Schatta warfen.

3

Ein weitschweifiges Gespräch auf dem Weg zum Schatta-Gefängnis

Der Grosse Mann bestand darauf, mich selbst zu jenem gastlichen Haus zu geleiten, um mich dort eigenhändig dem Gefängnisdirektor zu übergeben. Denn uns, die der Staat ererbt hat von unseren Ahnen, bleibt stets, selbst im tiefsten Kerker, der hohe Rang erhalten. Höflinge sozusagen, die, in Ungnade gefallen, auf die Seychellen verbannt* werden.

So ähnlich erschien mir das Ganze, wenigstens bis zu dem Augenblick, da sie mich in einen geschlossenen Polizeiwagen einsteigen liessen, der Grosse Mann neben dem grossen Fahrer Platz nahm und ich mit sechs Polizisten in einen Kasten, einem Hundekäfig nicht unähnlich, gequetscht wurde. Als sie die Tür verschlossen, sagte ich mir, das geschehe gewiss zur Wahrung meines Rufes, und als sie dann über die brütende Hitze murrten — wir hatten bereits staubig-heissen August —, murrte ich mit ihnen. Da aber fielen sie mit Schlägen und Fusstritten über mich her. „Zu Hilfe, Grosser Mann!" schrie ich in reinstem Hebräisch, um die Polizisten von der Höhe meines Ranges zu überzeugen, aber auch, um mich wieder unter ihren Füssen hervorwinden zu können. In der Tat hielt der Wagen.

*Die Verbannung von intellektuellen Vorkämpfern der nationalen Unabhängigkeit auf eine entfernte Insel war übliche Praxis der britischen Besatzungsmacht in Ägypten.

Wir befanden uns an der Kreuzung zwischen Nazareth und Nahalal, waren soeben auf die Strasse durch die Ibn-Amir-Marschen abgebogen. Der Grosse Mann hatte den Polizisten durch die Trennscheibe zwischen sich und dem Hundekäfig hindurch ein Zeichen gegeben, sie liessen mich hinaus und quetschten mich zwischen ihn und den Fahrer auf den Vordersitz. Dort streckte ich mich erst einmal, seufzte, holte tief Luft und sagte: „Die Ibn-Amir-Marschen!"

„Doch wohl die Jesreel-Ebene!" herrschte er mich an.

„Was ist schon ein Name!" lenkte ich, auf englisch zitierend, ein, „wie schon Shakespeare sagt."

„So, Shakespeare kannst du auch zitieren!" brummte er. Lächelnd lehnte ich mich zurück.

Ein tadelndes Knurren – „hm, hm" – war die Reaktion. Hätte ich gewusst, was hinter diesem Knurren steckt, hätte ich Shakespeare bei mir behalten, statt ihn von mir zu geben.

Während wir weiter und weiter auf der Strasse durch die Marschen fuhren in Richtung der Marschen-Stadt al-Afula, zu unserer Linken die Höhen von Nazareth, begann der Grosse Mann, mich in die Prinzipien meines neuen Lebens im Gefängnis einzuweisen, mir die grundlegenden Anstandsregeln beim Umgang mit den Gefängniswärtern über mir und den Gefangenen unter mir beizubringen, all das, nachdem er mir die Beförderung in den Rang einer Liaison-Person versprochen hatte.

Je weiter er in dieser Einweisung fortschritt, desto deutlicher wurde mir, dass zwischen dem, was man von uns im Gefängnis fordert, und dem, was man von uns ausserhalb desselben fordert, überhaupt kein Unterschied besteht, so dass ich freudig überrascht ausrief: „Ma scha Allah! – Was Gott in seinem Willen doch alles fügt!"

„Wenn dich der Wärter ruft", erklärte er beispielsweise, „hat deine sofortige Antwort zu sein: ‚Jawohl, mein Herr!' Tadelt er dich, hast du dich auf ein ‚Zu Befehl, mein Herr!' zu beschränken. Hörst du von deinen Mitgefangenen Äusserungen, die irgendwie die Staatssicherheit tangieren, und sei es auch nur indirekt, hast du das umgehend dem Direktor zu melden. Schlägt dich der Direktor, dann sag zu ihm ..."

„Das ist Ihr Recht, mein Herr!"

„Woher weisst du das?" wollte er wissen. „Warst du etwa schon einmal im Gefängnis, bevor wir dich festnahmen?"

„Gott bewahre", beruhigte ich ihn, „dass jemand Ihnen bei dieser Ehre zuvorgekommen wäre! Mir fällt nur auf, dass Ihre Gefängnisse – nach dem, was Sie über die dort geltenden Anstandsregeln dargelegt haben – so voller Menschlichkeit und Barmherzigkeit im Umgang mit den Gefangenen sind, so human, dass sich Ihr Umgang mit uns drinnen eigentlich gar nicht von Ihrem Umgang mit uns draussen unterscheidet, und dass auch wir uns drinnen und draussen eigentlich in nichts unterscheiden. Wodurch werden denn nun die fehlbar gewordenen Araber überhaupt bestraft?"

„Das macht uns selbst Kummer. Diesbezüglich sagte kürzlich unser General, der Herr Minister*, unsere Besatzung sei die einfühlsamste und humanste auf dem ganzen Erdball seit der Befreiung des Paradieses von der Besatzung durch Adam und Eva. Ja, einige unserer Grossen Männer meinen sogar, dass wir die Araber im Gefängnis besser be-

---

*Gemeint ist Mosche Dajan, Verteidigungsminister seit Juni 1967.

handeln als draussen, und dort ist ihre Behandlung durch uns ja nun wirklich, wie du selbst weisst, ausgezeichnet. Die Grossen Männer sind überzeugt, dass wir sie damit nur ermuntern, weiterhin gegen unsere zivilisatorische Mission in den neuen Territorien Widerstand zu leisten, und dass sie schliesslich nicht anders sind als die menschenfressenden Afrikaner, die Wohltaten gegenüber nur Undankbarkeit kennen."

„Was meinen Sie damit, Grosser Chef?"

„Nimm zum Beispiel die Strafe der Verbannung nach Jordanien. Wir verhängen sie über diejenigen, die nicht im Gefängnis sitzen. Sobald sie aber ins Gefängnis kommen, setzen sie sich darin so fest, wie sich einst die britische Besatzung im Lande festsetzte."

„Ma scha Allah! – Wie erstaunlich!"

„Und wir reissen ihre Häuser ausserhalb des Gefängnisses ein – drinnen aber machen sie sich gleich wieder ans Aufbauen und Konstruieren."

„Ma scha Allah! – Was Sie nicht sagen! Aber was bauen sie denn auf?"

„Neue Gefängnisse und neue Zellen in den alten Gefängnissen. Und ringsum pflanzen sie schattenspendende Bäume!"

„Ma scha Allah! – Erstaunlich! Aber warum reisst ihr ihre Häuser ausserhalb der Gefängnisse ein?"

„Um die Ratten auszurotten, die sich in ihnen eingenistet haben, und die Menschen so vor Seuchen zu schützen!"

„Ma scha Allah! – Grossartig! Doch wie ist das zu verstehen?"

„Das ist die absolut humane Begründung des Gesund-

heitsministers, auf die sich der Verteidigungsminister stütz-
te, als wir genötigt waren, Häuser in den Dörfern des
Dschiftlik im Jordangraben einzureissen. Er trat damit Unterstellungen entgegen, die uns in der Knesset der jüdische
Abgeordnete der kommunistischen Partei ins Gesicht ge-
schleudert hatte, diese Marionette von Nasser, König Hus-
sein, dem Emir von Kuweit und dem Sultan Kabus von
Oman!"

„Und hat er damit seine Unterstellungen pariert?"

„Nicht nur diese pariert, sondern ihn blamiert!"

„Wie das? Ma scha Allah! – Wirklich?"

„Wirklich. Der Parlamentspräsident schnitt ihm einfach
das Wort ab und hat ihn so blamiert. Demokratie, mein
Sohn, ist nicht dasselbe wie Anarchie, aber die Kommunisten sind nun einmal, wie du siehst, reine Anarchisten. Daher sperrte sich ihr Abgeordneter auch dagegen, sich den Regeln der Demokratie zu beugen, und so musste ihn der Parlamentspräsident des Saales verweisen, völlig blamiert."

„Ma scha Allah! – Wirklich erstaunlich!"

Inzwischen hatte der Polizeiwagen mit uns die Marschen-
Stadt al-Afula verlassen und befand sich auf der Strasse über
Bisan in Richtung meines neuen Heims. Ringsum sprühten
die Berieselungsanlagen ihr erquickendes Nass auf die Feld-
früchte, die jetzt, im Hochsommer, kurz vor der Reife standen. Da wurde der Grosse Mann, eingezwängt mit mir neben dem Fahrer im Hundekäfig-Wagen, geradezu poetisch:
„Gemüse, nichts als Gemüse", begann er, während ich pep-
timistisch lauschte, „zu deiner Rechten, zu deiner Linken,
überall! Ja, wir haben das Tote belebt und das Lebendige (er
meinte die Schlangen) abgetötet. Daher haben wir auch den

alten Grenzen Israels den Namen ‚Grüne Linie' gegeben. Denn das, was dahinter kommt, sind nur kahle Berge, öde Ebenen und wüstes Land, die uns alle zurufen: Kommt zu uns, ihr Bringer, ja ihr Schlepper der Zivilisation! Wärst du bei mir gewesen, mein Sohn, als wir damals die Strasse von Latrun nach Jerusalem passierten, dann hättest du vor dir die Grüne Linie sehen können, buchstäblich in die Natur einge-zeichnet mit dem Grün unserer pinienbewachsenen Berge, wo ein Baum seinen Arm um den anderen legt und ein Zweig den anderen streift und sich in ihrem Schatten die Lie-benden umfangen. Du hättest dann sehen können, wie unse-re wohlgekleideten Berge den euren gegenüberliegen, die nackt sind und ohne Hüllen, um ihre Blössen zu bedecken, nichts als Felsen, die ein Vierteljahrhundert hindurch geklagt und geweint haben, so dass der Strom ihrer Tränen auch die letzte Krume von ihnen weggeschwemmt hat. Lass uns die Tränen der Felsen trocknen! Ihr aber hört ja nicht auf, euch euren eigenen Tränen hinzugeben und euch dabei Paläste auf den Höhen der Felsen zu erbauen!"

„Haben Sie deshalb die Dörfer von Latrun zerstört — Amwas, Jalu und Bet Nuba — und die Bewohner vertrieben, Grosser Chef?"

„Wir haben doch das Kloster für die Mönche stehengelas-sen, als Touristenattraktion, ebenso die Gräber für die To-ten, als Zeichen unseres Glaubens an den Herrn der Welten. Wir haben dieses weite Land durch diesen Krieg ererbt. Denn wer gegangen, der vergangen, sagt ein amerikanisches Sprichwort deutscher Herkunft."

Gerade war er bei diesem Vers seiner Poesie angelangt, als der Wagen mit uns die Häuser der alten Siedlung von Ain

Dschalut, der Goliathsquelle, erreichte, die jetzt wieder mit ihrem biblischen Namen En Harod genannt wird. Dort sammelt sich Quellwasser in einem Teich, den die Kibbuz-Leute angelegt haben und zu dem die Leute von Nazareth kommen, um sich zu erfrischen und die Mongolen zu verfluchen.

Ich wollte in seinen poetischen Fluss einstimmen, doch er wehrte gleich ab: „Komm mir nicht auf törichte Gedanken! Gewiss, ihr habt die Mongolen besiegen können, damals in der Schlacht von Ain Dschalut, aber doch nur, weil sie gekommen waren, um Beute zu machen und wieder abzuziehen. Wir aber – wenn wir Beute machen, dann um zu bleiben. Und ihr werdet es sein, die fortziehen. Hüte dich also vor solchen historischen Spintisierereien und bereite dich auf den Eintritt ins Schatta-Gefängnis vor!"

Kaum hatte er das gesagt, als plötzlich die Natur um uns herum ein gänzlich anderes Gesicht zeigte. Mir nichts dir nichts war das Grün verschwunden, statt dessen sahen wir rechts und links, soweit das Auge reichte, nur noch öde Landschaft aus Mondgestein, als wäre von der Bühne eine Kulisse in die Höhe gezogen und eine andere herabgesenkt worden.

„Offenbar sind wir aus der Grünen Linie hinaus- und in die staubige Linie der Araber hineingeraten, die ihre Ländereien im Urzustand belassen haben", bemerkte ich spöttisch und mimte Unwissenheit auf dem Gebiet der Geopolitik.

„Ich habe dich immer für eselsdumm gehalten!" herrschte er mich daraufhin an. „Jetzt aber sehe ich, dass du sogar noch eseliger bist und ein Roter dazu. Schau lieber nach vorn, dann siehst du schon, wohin du kommst!"

Ich schaute nach vorn und erblickte ein riesiges Gebäude, das sich vor mir erhob wie ein Dämon in der Wüste. Seine Innenmauern waren weiss gekalkt, es war von hohen, aus irgendeinem Grund gelbgetünchten Mauern umgeben. Auf dem Dach standen an allen vier Ecken Wachtürme mit Soldaten, die ihre Gewehre im Anschlag hielten. Der Anblick dieser kahlen gelben Festung ohne jedes Grün liess uns erschauern. Sie wirkte wie ein Ekzem, ein Geschwür an der Brust krebskranker Erde. Selbst der Grosse Mann zeigte sich nicht unberührt: „Das schreckliche Gefängnis von Schatta, wie grossartig!"

Bestürzt reckte ich den Hals und flüsterte wie gebannt: „Ma scha Allah – Allein Gottes Wille zählt!"

„Jetzt ist es vor allem der Wille des Gefängnisdirektors, der zählt!" korrigierte er. „Steig aus, damit ich dich seiner Fürsorge anvertraue."

4

Wie sich Said inmitten einer ukasischen* Runde von Shakespeare-Verehrern wiederfand

Vor dem eisernen Gefängnistor stiegen wir aus. Sofort sprangen auch die Soldaten aus dem Hundekäfig-Wagen; drei von ihnen stürzten auf mich zu und umstellten mich so eng wie die drei Herdsteine der Feuerstelle. Der Grosse Mann leitete die Prozession zum Tor. Kaum hatte er ein einziges Mal geklopft, als drinnen ein Hund bellte und das Tor sich öffnete.

Heraus trat der Gefängnisdirektor in seiner ganzen Körperfülle, und davon hatte er reichlich. Er eilte, uns zu begrüssen, ihm voraus sein Hund, eine gut gepflegte Bulldogge. Der eine lächelte verbindlich, der andere fletschte die Zähne. Die beiden Männer spielten zunächst mit dem Hund herum, klopften sich gegenseitig auf die Schulter und stiegen schliesslich die Treppe hinauf. Mich liessen sie, umringt von den Herdsteinen, im Innenhof warten.

Dann rief jemand nach mir. Ich wurde die Treppe hinauf

*Ukas, berühmter Markt in der Nähe von Mekka, der in vorislamischer Zeit während der alljährlichen Pilgerfahrt nicht nur zum Austausch von Waren, sondern vor allem als Schauplatz eines Dichterwettstreits aufgesucht wurde, zu dem Stammesdichter aus der gesamten Halbinsel zusammenkamen. Ihr Ehrgeiz galt vor allem der Brandmarkung, ja, der moralischen Vernichtung der Gegner ihres Clans durch einprägsame, nicht selten rüde Spottverse.

in einen Korridor geführt, dann in einen weiteren, dann in noch einen, bis man mich schliesslich in das Büro des Direktors eintreten liess. Dort sassen die beiden schon und schlürften mit hörbarem Genuss ihren Kaffee.

Der Direktor lächelte mir zu. „Auf persönliche Empfehlung meines lieben Freundes, des Grossen Mannes, werde ich dir eine Sonderbehandlung zukommen lassen", erklärte er. „Wie ich von ihm erfahre, hast du eine schneeweisse Weste, wäre da nicht als einziger schwarzer Fleck diese schneeweisse Fahne. Ausserdem höre ich, dass du ein gebildeter Junge bist und sogar Shakespeare zitieren kannst."

Meine Züge entspannten sich; ich sank erleichtert auf einen Stuhl. Sofort überfiel er mich mit Kaffee und Shakespeare-Themen. Zunächst rezitierte er aus der Rede des Antonius angesichts von Caesars Leichnam. Dabei durfte ich die Stellen übernehmen, die ihm entfallen waren. „Bravo", rief er, „bravo!" und stand auf, um die Stelle vorzuspielen, an der Othello Desdemona den verhängnisvollen Kuss gibt. Sofort legte ich mich als Desdemona auf den Boden, er jedoch wehrte ab: „Steh auf, dafür ist noch nicht die Zeit!" Rasch erhob ich mich, und in mir erhoben sich böse Vorahnungen.

„Vor den anderen Gefangenen werden wir dich ebenso behandeln wie sie", fuhr er fort. „Das verstehst du doch?"

„Ich verstehe, mein Herr!" beeilte ich mich zu versichern und warf dem Grossen Mann einen vertrauensvollen Blick zu, den er noch vertrauensvoller erwiderte.

Da drückte der Direktor einen Knopf, und ein Wärter trat ein. Rasch drückte ich dem Direktor die Hand, dann dem Grossen Mann, dem ich noch meinen Kollegen Jaakub ans Herz legte. Ich konnte gar nicht mehr aufhören, dem einen zu danken und den anderen zu preisen, so dass mich der Wärter schliesslich aus dem Büro hinausschubsen musste. Als wir in den zweiten Korridor eintauchten, sagte ich mir, dieser Wärter sei mir schon Freund und Bruder geworden, jetzt, nachdem wir gemeinsam zwei Korridore im selben Gefängnis passiert hatten. Das ist etwas wie das Teilen von Brot und Salz. Und ihm sagte ich: „Ein hochgebildeter Direktor!"

„Worüber habt ihr gesprochen?" wollte er wissen.

„Über Shakespeare und Othello und Desdemona!"

„Kennst du die denn?"

„Den ersten kann ich zitieren, und wie die dritte kann ich mich hinlegen."

„Verführerische Idee ..."

Er liess mich in einen finsteren, fensterlosen Raum eintreten, bar jeder Einrichtung. Als er eine Glühbirne in der Mitte des Zimmers anschaltete, trüber als die Leuchte Dschuhas, sah ich mich inmitten einer Runde von hochgewachsenen, breitschultrigen Gefängniswärtern stehen, ein jeder mit zwei halbgeschlossenen Augen, zwei kräftigen Armen und zwei mächtigen Oberschenkeln. Alle trugen auf ihrem einen Mund das gleiche grimmige Lächeln, als wäre es in derselben Form gegossen.

Lange bemühte ich mich, meinem Mund dasselbe Lächeln aufzudrücken, doch der linke Mundwinkel sank herab; zog ich ihn wieder hoch, sank der rechte herab, zog ich auch diesen hoch, fühlte ich meine ganze Unterlippe herabsinken. Als ich diese zurechtzog, klapperten mir die Zähne.

Während ich noch mit dieser oralen Übung beschäftigt war, hörte ich den Wärter, der mich in diesen Genie-Raum hereingeführt hatte, zu der Schenkelarmee sagen: „Und Shakespeare zitieren kann er auch!"

Das war das Zeichen zum Beginn einer wahrhaft ukasischen Marktszene, dergleichen die Geschichte der Araber seit den Tagen von Dahis und al-Ghabra* nicht mehr erlebt hatte.

„Führ uns Shakespeare vor, Hundesohn!" rief einer zum Auftakt. Dabei versetzte er mir einen furchtbaren Schlag. Ein anderer fing mich auf mit den Worten: „Nimm das, Caesar!" Eine Weile taumelte ich zwischen ihnen hin und her, bis sie des Schlagens müde waren und zu Fusstritten übergingen. Nun rollte ich unter ihren Füssen, einem Fussball gleich, hin und her; und immer wenn ich schneller war als berechnet, spürte ich mehrere Schenkel gleichzeitig schwer auf meiner Brust. Ich schrie, hörte aber nur die dumpfen Schläge, Hiebe und Tritte. Ich spürte schon nicht mehr, wenn sie mich trafen, alles drang zu mir wie von weit weg. Irgendwann hatten sie aufgehört, shakespearsche Zeilen zu rezitieren, und waren zur Gattung der Ächz-Zeilen übergegangen. Sie ächzten vor Anstrengung, ich vor Schwäche. Sie keuchten und ich ebenfalls, bis ich spürte, wie ihre Stiefel mir den Atem abschnitten und ich, erledigt, das Bewusstsein verlor.

Das letzte, das ich von ihnen hörte, war: „Willkommen, Shakespeare!" Und diesen Spitznamen behielt ich bei den Gefängnis-Kunden wie auch in den Kreisen der Absolventen.

*Dahis und al-Ghabra: Namen zweier Pferde, die einem langwierigen Stammeskrieg zwischen den in vorislamischer Zeit verfeindeten Stämmen Abs und Dhubjan den Namen gegeben haben.

5

Said am Hof des Königs

Der Tag ging schon zur Neige, oder jedenfalls war das alles, was ich noch von ihm sah, als ich von einer Hand geweckt wurde, die meine drückte. Ich lag ausgestreckt auf einer Strohmatte in einem finsteren, niedrigen Raum, von nichts erhellt als einem verwaisten Strahl Tageslicht, der sich zwischen den Gitterstäben einer einzigen Luke ganz oben in der Wand hindurchzwängte und nur lädiert hereindrang.

Die Hand zu meiner Linken hielt die meine umfasst und drückte sie geduldig.

Ich stellte fest, dass ich nicht in der Lage war, meine Finger zu bewegen, so bewegte ich den Kopf, um nach links zu schauen. Mein Blick fiel auf einen ungewöhnlich langen Körper, der ausgestreckt zu meiner Linken auf einer Strohmatte, ähnlich der meinen, lag, nackt, wie sein Herr ihn erschaffen hatte, doch bestrichen mit etwas, das ich auf den ersten Blick für knallrote Farbe hielt.

Ohne die beiden unbeweglich und mit einem heimlichen Lächeln der Ermutigung auf mich gerichteten Augen und ohne die Hand, die meine drückte und mich ermunterte, stark zu sein, hätte ich den ausgestreckten Körper zu meiner Linken für einen leblosen Leichnam gehalten.

„Willkommen!" wollte ich sagen, brachte jedoch nicht mehr als ein „weh" hervor.

Da hörte ich den in Königspurpur gehüllten Mann flüstern: „Was hast du, Bruder?"

„Ist das hier die Zelle?" erkundigte ich mich.

„Dein erstes Mal?"

„Es gibt einen Raum ohne Fenster ..."

„Es gibt auch Hoffnung ohne Mauern."

„Und du?"

„Freiheitskämpfer und Flüchtling. Und du?"

Ich war unschlüssig, was meine Identität betraf. Wie sollte ich mich vor dieser am Boden liegenden Majestät ausweisen, jenem Mann, der, wenn er sprach, nicht seufzte, ja, der sprach, um nicht zu seufzen. Sollte ich ihm sagen, dass ich ein ergebenes, im Lande gebliebenes Schaf sei? Oder sollte ich ihm sagen: Kriechend bin ich an euren Hof gekommen? Ich verbarg meine Nacktheit unter einem langen Seufzer.

Plötzlich nahm er alle Kräfte zusammen und stand in seiner ganzen Grösse vor mir, dabei neigte er den Kopf, vielleicht, um nicht an der Decke anzustossen, vielleicht, um mich ansehen zu können.

„Genug, Mann!" rief er.

Da sagte ich mir, jetzt sei ich ein Mann geworden, jetzt, nachdem mich die Füsse der Wärter getreten hatten. Er war ganz offensichtlich ein junger Mann, sein Purpurgewand liess ihn noch jünger erscheinen.

„Was hast du, Bruder?"

Hätten wir uns draussen getroffen, hätte er mich je „Bruder" genannt?

Etwas in seinen Augen versetzte mich zwanzig Jahre zurück, zu den Spielplätzen meiner Kindheit und den Treppen der Dschabal-Strasse. In seiner Frage „Was hast du, Bruder?" hörte ich Juads Schrei von damals, als die Soldaten sie in den Lieferwagen warfen: „Das hier ist mein Land und mein Haus, und das hier ist mein Mann!" Ich schluchzte wie ein Kind.

„Nur Geduld, Vater!"

Ich hörte nicht auf zu weinen, doch war es nun ein Weinen aus Stolz und Dankbarkeit, das Weinen eines Soldaten, dem sein Offizier eine Tapferkeitsmedaille verleiht.

„Nur Mut, Vater!"

Tretet zu, ihr gewaltigen Stiefel, auf meine Brust, erstickt meinen Atem! Du schwarzer Raum, wirf dich über meinen schwachen Körper! Wäret ihr nicht gewesen, hätten wir uns nie wieder getroffen! Die groben Wärter, wenn sie wüssten, dass sie die Ehrenwache am Hof dieses Königs sind und der schwarze, enge Raum die Vorhalle, die zum Thronsaal führt! Ich bin sein Bruder geworden! Ich bin sein Vater geworden! Legt euer Lächeln wieder zu den Requisiten, Soldaten!

Ein Stolz überwältigte mich, wie ich ihn seit jenem Ausruf Juads „Dies hier ist mein Mann!" nicht mehr gekannt hatte.

Ja, ich bin dein Vater, König. Denn ich habe einen Sohn wie dich, nur ist sein Gewand rot von den Korallen des Meeres.

Ich wollte ihm nicht sagen, dass ich aus Haifa kam, um nicht lange Erklärungen abgeben zu müssen. So behauptete ich, ich sei aus Nazareth.

„Unsere tapferen Leute dort!" sagte er und fragte dann: „Kommunist gewiss?"

„Ein Sympathisant."

„Es ist mir eine Ehre!"

Dann verband er meine Wunden mit einem Gespräch über seine eigenen und erweiterte damit die einzige enge Luke zu einem so weiten Horizont, wie ich ihn nie zuvor gesehen hatte. Ihre Gitterstäbe wurden Brücken hinüber zum Mond, und zwischen meiner und seiner Matte wuchsen hängende Gärten.

Ich erzählte ihm von mir all das, was ich mir von mir erträumte, und ich sagte nicht einmal die Unwahrheit. Ich vermied es nur, die Feier dieses Augenblicks mit persönlichen Einzelheiten zu beflecken, die mir die Wärter ohnehin abgenommen hatten, als sie mir meine persönlichen Kleidungsstücke abnahmen. So stand ich entblösst vor einem Entblössten. Hättest etwa du, Adam, freiwillig das Paradies verlassen?

Nur hatten mich die Wärter nicht vergessen. Sie kamen und vertrieben mich aus dem Paradies und überführten mich in den Gemeinschaftsraum, einen langen Saal im Gefängnis, in dem die Gefangenen in Reihen zusammenlagen, jeder auf einer Pritsche, einem Eisenbett mit Strohmatte. Dort blieb ich einige Tage, beging kleine Übertretungen, in der Hoffnung, sie würden mich in die Zelle zurückbringen und ich dürfte jenen jungen Mann, der mich „Vater" genannt hatte, wieder treffen. Doch sie taten es nicht.

Von meinen Mitgefangenen erfuhr ich, er sei ein aus dem Libanon gekommener palästinensischer Freiheitskämpfer, den die Soldaten verwundet festgenommen hätten. Er heisse Said. „Es leben die Namen!" rief ich. „Aber er wird nicht Shakespeare genannt!" erwiderten sie und lächelten nachsichtig. In der Folgezeit war ich vollauf beschäftigt mit dem

Verbinden meiner Wunden und der Suche nach Said dem Ersten, bis ich seine Schwester traf, Juad die Zweite. Damals war ich gerade aus dem Gefängnis entlassen, auf freiem Fuss, zum dritten Mal.

6

Said stimmt die Hymne an die Freude an

Wer in unserem Land ins Gefängnis kommt, wird zu einem Weberschiffchen: hinein − hinaus, hinein − hinaus. Mein Weber war der Grosse Mann. Er honorierte meine weisse Vergangenheit in keiner Weise, sondern tat alles, um meine schwarze Gegenwart noch schwärzer zu machen, so dass ich das eiserne Gefängnistor bald als ein Tor zwischen zwei Höfen ein und desselben Gefängnisses begriff − einem inneren Hof, den ich eine Zeitlang durchschritt und dann zur Ruhe und von ihm los kam, und einem äusseren, den ich ebenfalls eine Zeitlang durchschritt und dann verliess.

Während ich mich in dieser Art Space-Shuttle-Situation befand, suchte mich der Grosse Mann heim und drohte mir, sie würden mich von Gefängnis zu Gefängnis hetzen, bis sie mich, gefangen oder auf freiem Fuss, fertig gemacht hätten − oder ich in ihre Dienste zurückgekehrt wäre.

„Lasst mich und reitet einen anderen!"

„Glaubst du etwa, wir fänden deinesgleichen auf der Strasse?"

„Mein halbes Leben habe ich in euren Diensten verbracht. Lasst mich den Rest leben wie die restlichen Geschöpfe Gottes, in Ruhe und Frieden!"

Doch er gab mir zu verstehen, dass mir dieser Dienst bis in den Tod anhangen werde. „Dein Vater", erklärte er, „hat ihn dir vererbt, und du wirst ihn deinen Kindern vererben.

Sie werden dich verfluchen, doch unser langer Arm wird sie immer erreichen, Geschlecht für Geschlecht!" Und drohend fügte er hinzu, dass die Leute ohnehin nicht an meine reuige Umkehr glauben würden. Jeder werde sich sagen, dass mir die Spitzelei im Blut liegt und dass man Gewohnheiten aus der Zeit der schwarzen Haare bis in die Zeit der weissen Haare beibehält. Ich hätte gar keine andere Wahl als ihn. Und er drohte mir mit Gefängnis, mit Folter und sogar mit dem Hungertod.

Aber ich starb nicht Hungers, vielmehr richtete ich an einer Ecke im Wadi al-Nisnas einen Stand ein, an dem ich Gemüse verkaufte. Als die Zeit der Melonen kam, verkaufte ich diese rot und süss, frisch mit dem Messer aufgeschnitten. Als man die Polizisten der Stadtverwaltung auf mich ansetzte, versüsste ich ihnen den Mund, und als mich die Kinder des Viertels wegen meines allbekannten Rufes mit Steinen bewarfen, betrachtete ich das als eine nette Geste ihrerseits, worauf sie mich in Ruhe liessen und ich mich in dem Viertel sicher fühlen konnte.

Nur der Grosse Mann liess nicht locker. Er schickte mir eine Zwangsaufenthaltsverfügung, die ich zunächst geheimhielt, damit die Polizisten der Stadtverwaltung mir verpflichtet blieben. Doch da trat der Grosse Mann in Aktion. Er sandte seine Soldaten, die mich eines Mittags bei meinem Stand überraschten, mich ins Gefängnis schleppten und mich vor Zeugen beschuldigten, ich hätte der Zwangsaufenthaltsverfügung zuwidergehandelt, indem ich nach Schafa Amr gefahren sei, um Melonen einzukaufen. Dieser Akt bedrohe die Existenz des Staates. Denn wer heimlich Melonen transportiere, der transportiere auch heimlich Rettiche. Und

Rettiche unterschieden sich von Handgranaten einzig durch die rote Farbe. Und rot sei, auf jeden Fall, nicht blau-weiss. Mit einer Melone könne man eine ganze Kompanie in die Luft jagen – „wenn Granaten darin versteckt sind, du Esel!"

„Aber ich schneide sie doch mit dem Messer auf", antwortete ihnen der Esel.

„Ein Messer, auch das noch!"

Als sich die Nachricht verbreitete, dass ich eine schriftliche Zwangsaufenthaltsverfügung erhalten hatte, nahm der Andrang bei meinem Stand zu. Schliesslich kam auch ein junger Mann, ein paar Zeitungen unter dem Arm, der mich höflich grüsste und fragte, ob ich sie erhalten hätte.

„Schon lange!"

„Und warum lesen Sie nicht die Zeitung?"

„Weil ihr nicht gekommen seid!"

Dann heftete ich die Zwangsaufenthaltsverfügung an die Wand meines Standes, und es vergingen keine zwei Tage, da kam die Polizei, um mir mitzuteilen, der Gouverneur habe Milde walten lassen und die Verfügung widerrufen. Unser Staat sei schliesslich demokratisch. Dabei rissen sie die Verfügung von der Wand des Standes und brachten mich zurück ins Gefängnis, unter dem Vorwurf der Missachtung offizieller staatlicher Schriftstücke.

„Würdest du es denn in irgendeinem arabischen Land wagen", so bemerkte ihr Chef, „auf diese Art mit einer Zwangsaufenthaltsverfügung zu prahlen? Unsere Demokratie ist nichts für euch." Das bekam ich zu hören, als wir bereits auf dem Weg ins Gefängnis waren.

Als ich dann, auf freien Fuss gesetzt, aus dem inneren Hof wieder hinaustrat in den äusseren, stellte ich mich an die

Strasse von Bisan nach al-Afula, um ein Auto anzuhalten, das mich mitnehmen könnte. Ein Privatwagen kam vorbei, mit dem hebräischen Buchstaben „Schin" auf dem Nummernschild, ein Hinweis dafür, dass es Bewohnern aus Schechem, das ist nichts anderes als Nablus*, gehörte. Er hielt unvermittelt vor mir an, und der Fahrer forderte mich auf einzusteigen, was ich dankend tat.

Es ergab sich, dass ich allein auf dem Rücksitz Platz nahm, wo ich mich einsam fühlte, und dass neben dem Fahrer ein junges Mädchen sass, von dem ich nicht mehr sah als pechschwarzes Haar, so schwarz wie meines, bevor es grau geworden war. Woran man doch so denkt! sagte ich mir.

Wir waren noch nicht weit gefahren, da überfiel mich der Fahrer mit einer Frage. „Wir wollten einen Verwandten im Gefängnis von Schatta besuchen", erklärte er, „als wir von den Kollegen dort erfuhren, Sie seien Said begegnet. Der Direktor stritt aber ab, dass er dort ist. Wissen Sie, wo er sich aufhält?"

Bei dieser Frage zog sich mein Herz zusammen. Ich tastete nach dem Türgriff, um aus diesem verminten Auto auszusteigen, doch es fuhr zu schnell. Daher beeilte ich mich zu antworten, und verwirrt, wie ich war, entfuhr es mir: „Aber ich bin Said!"

Da drehte sich das Mädchen mit dem pechschwarzen Haar ruckartig um und schrie: „Nein, mein Bruder Said!"

„Juad!"

„Mein Liebster!"

„Juad!"

---

*Das moderne Nablus liegt in der Nähe des biblischen Schechem (Sichem).

Das etwa hat sich, meiner Erinnerung nach, zwischen uns abgespielt. In jenem Augenblick aber, der kürzer war als ein Augenblick, hörte ich nichts und sah nichts ausser zwei grünen Augen, in deren Pupillen jenes himmlische Licht glänzte, das ich zwanzig Jahre lang vermisst hatte.

Ja, ich hatte Juad gesehen, zwanzig Jahre Juad auf einmal, ihre Augen, ihre Stimme, ihr Haar und ihre Gestalt! Wie mag sich ein Fisch fühlen, dem ein Sturm mit einem Mal das Eis aufbricht, das sich an der Oberfläche seines Flusses zwanzig Jahre lang aufgetürmt hat? Erdreich des Südpols, sag ihnen, was du fühltest, würde das ewige Eis über dir einmal aufgebrochen! Lavamassen der Vulkane, tragt ihnen meine Geschichte vor! Felsen meiner Heimat, lasst Quellen hervorbrechen!

Ich selbst brach in Tränen aus.

Sie hielten. Juad stieg aus und setzte sich auf den Rücksitz, neben mich. Sie nahm meine Hand zwischen ihre Hände und legte sie an ihre Brust; dann lehnte sie ihren Kopf an meine Schulter, so dass sich unsere Tränen vermengten. Der Fahrer liess Jubeltriller aus der Hupe seines Wagens ertönen und fuhr nun ganz langsam, als befänden wir uns in einem Hochzeitszug.

„Said, Said!"

„Juad, Juad!"

„Endlich habe ich ihn gefunden!"

„Du wirst ihn nie wieder verlieren!"

„Wie geht es ihm?"

„Wie du siehst, Juad."

Mich überkam eine unbändige Lust, in die Hände zu klatschen, zu singen, zu trillern und zu schreien, damit aus meiner Brust all die Schichten von Unterwürfigkeit, Erniedrigung, unerfüllten Wünschen und erzwungenem Schweigen, die sich darin abgelagert hatten, herausbrächen, all das „Ja, mein Herr", „Ausgezeichnet mein Herr", „Zu Befehl, mein Herr", damit mir das Herz aus der Brust spränge, frei, damit es sich erhöbe wie ein Adler und hoch über den Menschen ausriefe: Wie ihr bin ich, Leute, mutig wie ihr, wie ihr stehe ich mit beiden Beinen fest auf dem Boden, wie ihr habe ich einen geraden Rücken und eine aufrechte Gestalt und trage den Kopf hoch. Ich bin Said, in meinem Mut euch gleich, ihr Leute, und Juad ist an meiner Seite, ihr Menschen, jung wie eine Krokusblüte, frisch wie der alte Traum!

Zwanzig Jahre lang habe ich allein gelebt, fern von Juad, ausgelebt habe ich sie bis zur Neige, bis zum Bodensatz. Ich habe ihren bitteren Kelch allein getrunken, ihr keinen Tropfen davon gelassen. Ich habe sie vor diesen zwanzig bitteren Jahren bewahrt! Und so konnte Juad ein junges Mädchen in ihren Zwanzigern bleiben, ohne meine zwanzig erlebt zu haben. Sie ist zu mir zurückgekehrt, wie sie war, sie ist es, lacht und weint, ist herausfordernd und zärtlich zugleich und nennt mich Said!

Glücklich bin ich, ihr Menschen! Hör mir zu, Welt, von der Grünen Linie bis zum blauen Horizont, Wüsten und Felder, Gräber und Himmel: Als freier Mann bin ich aus den beiden Höfen herausgetreten, dem inneren und dem äusseren. Jetzt bin ich frei.

Said bin ich, Said der Glückliche!

Doch ich tat etwas ganz anderes. Ohne recht zu wissen, was mich trieb, streckte ich unvermittelt meine Hand aus, öffnete die Wagentür und warf mich aus dem Auto, die andere Hand noch immer in derjenigen Juads, die ich nicht mehr losliess. So fielen wir beide auf den harten Boden, und ich verlor das Bewusstsein.

7

Zwei Ansichten über ein Unheil namens Blockade

Die Düfte des Dorfes, die die angenehmen Nächte dort füllen, weckten mich. Ich fand mich ausgestreckt auf einem sauberen, wollenen Lager. Mir war, als hätte ich an der Brust meiner Mutter in unserem alten Haus geschlafen. Der Geruch der Vorräte, der Ölkrüge und des Lehms vom Backofen drang zu mir, sanft flüsternde Stimmen und die Atemzüge friedlich schlafender Kinder. Schemenhaft nahm ich Frauengestalten in dörflicher Kleidung wahr, die zwischen den Zimmern hin und her gingen, in der Hand volle Schüsseln mit safrangelbem Reis, überdeckt mit Hühnerfleisch, die sie auf einem niedrigen Holztisch inmitten des alten Hauses abstellten.

„Mutter!" rief ich und hörte, wie die Frauen Juad sagten, ihr Vater sei aufgewacht. Ich blickte mich, nach ihrem Vater Ausschau haltend, um, sah von ihm aber keine Spur.

„Wo bin ich?"

Das löste ein vielstimmiges „Gepriesen sei Gott für Ihre Rettung!" bei den Frauen aus, die sich auf ein Zeichen Juads rasch aus dem Zimmer zurückzogen. Ich hörte noch, wie sie sie baten, sich zu beeilen, das Essen werde sonst kalt.

Juad kniete sich auf die Strohmatte neben mir und bat mich, ihr Geheimnis zu hüten – „bei der Ehre meines Bruders Said!"

„Dich hüte ich bis zum Tod", versicherte ich, worauf sie mir erklärte, wir befänden uns im Marschendorf al-Sulaka. Dieser Name ist auf keiner Karte eingezeichnet, nicht weil das Dorf aufgehört hat zu existieren, was ja vorkommt, sondern weil es überhaupt nicht existiert. Ich habe diesem Dorf, das uns aufnahm, den Namen al-Sulaka verliehen, den Namen der Mutter von Sulaik Ibn al-Sulaka*, von dem es heisst:

Rettung suchend schweift er um
vor dem Tod, dem nichts entflieht.
Schicksal lauert überall
auf den Mann, wohin er zieht.

Dies geschah, damit das wundersame Geheimnis jenes Marschendorfes gehütet bliebe, jenes Geheimnis, das – obwohl von mehr als zweien geteilt – doch nie die Grenzen des Dorfes überschritt, zwanzig Jahre lang – das Geheimnis eines Mannes, der nicht im Land umherzog wie Sulaik Ibn al-Sulaka, um Rettung zu finden, und doch dahinging, sondern der sesshaft war, bis er alt wurde, und dann dahinging. Aber für dieses Geheimnis habe ich ein eigenes Kapitel vorgesehen, das ich Ihnen zu gegebener Zeit vorlegen werde.

Juads Geheimnis, das sie mir zu hüten aufgab, bestand darin, dass sie unseren Gastgebern gegenüber mich als ihren Vater ausgegeben hatte.

„Es heisst: So manchen Bruder hast du, den nicht deine Mutter geboren hat", sagte ich zu ihr, „und ich kann hinzu-

---

*Der von Habibi erfundene Dorfname beruft sich auf den vorislamischen Vagabunden-Dichter al-Sulaik Ibn al-Sulaka (gest. 605), der ein besonders schneller Läufer und genauer Kenner der Bodenbeschaffenheit seines Landes war, so dass er sich stets seinen Verfolgern entziehen konnte.

fügen: so manchen Vater hast du, der nicht mit deiner Mutter verheiratet war!"

„Gott erbarme sich ihrer! Was hast du mit uns zu tun?" fragte sie.

„Was hat dich sonst veranlasst, bei mir zu bleiben? Wo ist der Fahrer?"

Da erzählte sie mir, dass wir – Gott sei Dank bei niedriger Geschwindigkeit – aus dem Auto gestürzt seien, wobei ich das Bewusstsein verloren hätte, aber unverletzt geblieben sei. Sie selbst aber sei – „dank dir, mein Vater" –, von meinem Arm fest umschlungen, auf meine Brust gefallen und habe sich ebenfalls nicht verletzt. Männer und Frauen aus dem Dorf al-Sulaka, die gerade auf den Kibbuz-Ländereien in der Nähe der Stätte unseres Sturzes gearbeitet hätten, seien herbeigeeilt, allen voran unser Gastgeber, Abu Machmud, der uns freundlich begrüsst habe und mit uns in sein Dorf, zu seinem Haus, gefahren sei, wo sie festgestellt hätten, dass meine Ohnmacht nur ein Schwächeanfall gewesen sei, und mich ausruhen liessen, bis ich wieder zu Kräften käme.

Der Fahrer und Besitzer des Wagens sei ein guter Freund. Er habe aber nach Nablus zurückkehren müssen, denn ihm sei verboten, in Israel zu übernachten, ebenso seinem Wagen. Er habe uns unter Selbstvorwürfen über die eigene Nachlässigkeit verlassen; er fühle sich nämlich schuldig an unserem Fall, da er vermutlich die Wagentür nicht sorgfältig genug geschlossen habe.

Um so sorgfältiger hielt ich hinsichtlich dieser Vermutung mein Mundwerk geschlossen, denn ich fürchtete einen weiteren Fall.

Juad hatte es vorgezogen, bei mir zu bleiben, bis ich wieder zu Bewusstsein käme und ihr ihren Bruder zurückbringen würde, den ausfindig zu machen sie von Beirut nach Schatta gekommen war.

„Und der Dauergefangene von Senda" — damit war ich gemeint — „willst du nicht zu dem zurückkehren, Juad?"

„Jetzt, Vater, ist es Zeit zum Abendessen, steh auf und erweise deinen Gastgebern die Ehre, die sie auch uns erwiesen haben!"

Die Angehörigen des Hauses kamen herein, um die Neuankömmlinge „aus der arabischen Welt" zu begrüssen. Sie bereiteten uns einen begeisterten Empfang und nahmen jedes unserer Worte so begierig auf, als sei es kostbare Schmuggelware. Juad übernahm die Beantwortung ihrer Fragen. Ich beschränkte mich darauf, aufzustehen und mich wieder zu setzen und „Schön, bei euch zu sein" oder „Friede sei mit euch" zu sagen, aus Furcht, meine Zunge könnte mit einem unpassenden Wort ausgleiten und ich wiederum zu Fall kommen.

Juad dagegen stand zwischen den Männern ihren Mann. Ihre Schönheit war jugendfrisch, ihre Jugendfrische schönheitsgekrönt, doch das Schönste an allem war ihre gekonnte Konversation mit den Männern. Ich schaute wie gebannt zu ihr hin, hörte, wie die Männer mir „Gott erhalte sie dir" zuriefen, und sagte „Gott sei Dank" und „Möge er sie mir erhalten", um so von meinem Geheimnis abzulenken.

Sie liessen uns wissen, dass sie, aus Sorge vor Informanten, unsere Anwesenheit und unsere Geschichte soweit wie möglich vor den übrigen Dorfbewohnern geheimhalten wollten; denn unser Hiersein sei ja wohl ungesetzlich.

Abu Machmud, der Hausherr, erzählte uns, dass das Dorf ein Jahr zuvor für sieben Tage „unter Blockade" gestellt worden sei, da man nach Infiltranten suchte. Als man keine fand, steckte man vierzehn Männer ins Gefängnis und hob die Blockade auf.

„Was meinst du mit Blockade?"

„Die Polizei", erklärte er, „umstellt das Dorf, versperrt alle Zugänge und verhängt eine Ausgangssperre. Dann donnern ihre Panzerspähwagen durch die engen Dorfstrassen, und die Soldaten schwärmen aus und dringen, von Spürhunden begleitet, in die Häuser ein, wo sie die Kinder erschrecken und die Ölkrüge über die Mehlsäcke ausgiessen, aus Angst, Infiltranten könnten in die Krüge und die Säcke eingedrungen sein. Wenn wir dann in irgendeinem Haus einen Schrei hören, dringen wir in rabenschwarzer Nacht dort ein — denn die Nacht im Dorf ist rabenschwarz, ist es seit zwanzig Jahren, damit sie hinter ihrem Schleier ihren Aktivitäten nachgehen können; aber auch wir nutzen sie, um uns hinter ihr zu verbergen. Wenn nun die Leute in dem heimgesuchten Haus klagen: „Sie haben Saad mitgenommen", sagen wir: „Dann rette du dich, Suaid!"* Dann durchbricht er im Schutz unserer alles verhüllenden Nacht die Blockade, sei es, um sich zu retten, sei es, um sein täglich Brot zu verdienen."

„Gibt es denn niemanden", fragte Juad, „der euch hilft?"

„Niemand ausser den Kommunisten und den Leuten im Kibbuz."

* „Rette dich, Saad, denn Suaid ist dahin!" ist ein altes Sprichwort, Ausdruck der Entschlossenheit, einer Katastrophe nach Kräften durch eigenes Handeln entgegenzuwirken.

Ich hatte schon öfter bemerkt, dass Dorfbewohner, wenn sie jemanden „aus der arabischen Welt" treffen, ihn für einen Kommunisten oder einen Sympathisanten halten und ihm daher sehr herzlich begegnen. Ich lachte im geheimen, und laut sagte ich: „Schön, bei euch zu sein!"

„Die Abgeordneten der Kommunisten haben den Mut, die Blockade zu durchbrechen", fuhr Abu Machmud fort. „Sie kommen zu uns herein, reden mit uns und ermutigen uns auszuharren. Sie sammeln Fakten und machen in der Knesset — das ist so etwas wie das Parlament bei euch — kräftig Lärm. (Auch hier lachte ich im geheimen, und laut sagte ich: „Schön, bei euch zu sein!") So zwingen sie den Minister, Rede und Antwort zu stehen, und unser Unheil durchbricht die Mauer des offiziellen Schweigens. Sie führen auch Demonstrationen in Nazareth und Tel Aviv an, rufen Slogans wie: ‚Weg mit der Blockade! Heute unten, morgen oben!' und schreiben über unsere Blockade in ihren Zeitungen. Sie erzählen uns, dass die freie Presse überall in der Welt Nachrichten von ihnen übernimmt und dass unsere Blockade das Weltgewissen aufrüttelt, das die Zionisten, ohne das Wirken der Kommunisten, gänzlich blockieren würden. Habt ihr nicht von unserer Blockade in den Zeitungen der arabischen Länder gelesen, die ja nicht von den Zionisten blockiert sind?"

Juads Augen blitzten zornig. „Die Zeitungen in den arabischen Ländern blockieren uns mit ihren Siegesmeldungen wie Heiligenscheine die Köpfe der Erwählten. Da bleibt kein Platz für eure Blockade. So krönen sie uns unablässig mit den Lichtkränzen ihrer Siegesmeldungen, dass alles durcheinander gerät und man schon nicht mehr unterscheiden kann zwischen ihren Siegeskränzen und den Blumenkränzen auf den Gräbern."

„Aber die Zionisten lassen die Welt schon bei dem geringsten Kratzer am Finger aufheulen!" warf er ein.

Wieder schoss ein Blitz aus Juads Augen. „Diese Angelegenheit, liebe Freunde, ist eine Frage der Perspektive", erklärte sie. „Ihr seht in dem, was euch geschieht, ein Unheil. Wir dagegen, für uns ist die Blockade unser Leben. Ihr sagt: ‚Von der Wiege bis zum Grab'. Wir sagen: ‚Von einer Blockade zur anderen'. Ihr erwartet doch nicht von denen, die ihr ganzes Leben unter Blockaden und Durchsuchungen und dem Kläffen spurenverlierender Spürhunde zubringen, dass sie euer Unheil verstehen, das für ein ganzes Volk, vom Golf bis zum Atlantik, zum Alltag geworden ist?"

Nun konnte ich meine Zunge nicht mehr im Zaum halten. „Du stehst deinem Bruder wirklich um nichts nach!" rief ich aus.

Alle reckten den Hals und schauten überrascht zu mir hin. Ich merkte, dass ich wieder gefallen war, und ging sofort daran, der Runde zu meiner Rechten und zu meiner Linken zu versichern: „Schön, bei euch zu sein!"

Sie murmelten etwas wie eine Erwiderung.

„Und die Leute aus dem Kibbuz?" fuhr Juad fort.

„Die Blockade ist noch keine Woche alt, wenn ihre Ländereien sich nach unseren kundigen Händen sehnen", erklärte er. „Dann setzen sich die Leute für die Aufhebung der Blockade ein, und wir können zur Arbeit auf ihren Feldern zurückkehren."

„Warum gerade ihr?"

„Weil es unsere Felder waren. Wir haben sie angelegt und

werden sie weiter bebauen. Sie sehnen sich ebenso nach uns wie wir uns nach ihnen. Und diese Neigung haben sie nie zu beschlagnahmen vermocht."

Der Knoten in meiner Zunge löste sich noch einmal. Ich hörte mich selbst höchst erstaunt rufen: „Dann ist ja das Gemüse die Frucht eurer Hände Arbeit, und es ist gar nicht so, wie der Grosse Mann behauptet!"

Wieder reckten sich die Hälse, und einer fragte leise: „Wer ist der Grosse Mann?"

Doch Juad kam ihnen mit ihrem zauberhaften Lächeln zuvor und erklärte rasch, ihr Vater spreche von jenem vierschrötigen Soldaten, daher also der Grosse Mann, „der ihn damals in ein Gespräch über Politik verwickelt hat, als wir über die Brücke ins Westjordanland einreisten".

Zugleich beruhigte Juad sie. Wir seien mit offizieller israelischer Erlaubnis über die Brücke gekommen und würden einen Monat im Land verbringen, währenddessen wir nach ihrem Bruder Said suchen wollten, der, wie wir gehört hätten, im Schatta-Gefängnis festgehalten werde.

„In dem schrecklichen!"

Darauf ich: „Da könnt ihr mich fragen."

In diesem Augenblick entstand draussen ein wilder Tumult, der mich vor den Folgen dieses neuerlichen Falls rettete.

8

Das Geheimnis, das beim Tod des Geheimnisses nicht mitstarb

Wir bemerkten, wie unsere Gastgeber auf und ab zu gehen begannen und, als hätten wir ihr Haus eben erst betreten, immer wieder Willkommensworte an uns richteten, um damit den Lärm von draussen zu übertönen. Sie versuchten auch, ihre von etwas sehr Ernstem verdüsterten Züge durch ein Lächeln aufzuhellen, was mich an Tarnzweige auf Helmen oder Panzern erinnerte.

Was gibt es? wollte ich fragen, doch Juads Fuss, der heftig auf den meinen trat, liess mich den Atem anhalten.

Die Frauen verschwanden aus unserem Blickfeld. Kleine Kinder, die in einer Ecke geschlafen hatten, wachten auf, luden ihre Decken auf den Rücken und entschwanden mit gesenktem Kopf, ohne ihre Väter anzusehen, unseren Blicken.

Männer, die wir bis dahin nicht gesehen hatten, betraten das Empfangszimmer und setzten sich, nachdem sie uns willkommen geheissen hatten. Die Männer des Hauses dagegen gingen einer nach dem anderen hinaus und kehrten nicht zurück.

Nur Abu Machmud verharrte auf seinem Platz, so aufrecht, dass man nicht sagen konnte, ob er sass oder stand.

Auf uns lastete ein schweres Schweigen, eines von der Art, die, wie man sagt, einen Sturm ankündigt. Hier ist ein Baum, wollte ich sagen, der ihm standhalten wird! Doch da war wieder Juads Fuss, der mir den Mund verschloss.

Von weitem drang, vom Echo verzerrt, das Wehklagen einer Frau an unser Ohr. Die Fremden bekundeten uns wieder und wieder ihre Willkommensgrüsse, einer nach dem anderen in einem nicht enden wollenden Kreislauf. Sie standen auf und setzten sich wieder, so stand auch ich auf und setzte mich wieder, ohne dass ich meinen Fuss von demjenigen Juads lösen konnte, oder meine Zunge, die wie festgeknotet war.

Schliesslich sah ich unseren Gastgeber hinausgehen; sein Gang sollte normal wirken, fiel aber militärisch aus. Dann kam er zurück und begann: „Es gibt keine Macht und keine ...“

Endlich kam ich los. „Hoffentlich eine gute Nachricht!“

„Ein edler alter Mann aus unserer Familie wurde heute von uns genommen“, antwortete er. „Die Frauen beweinen ihn jetzt.“

„Etwa der Bürgermeister, den ihr gewählt habt?“ fragte ich, als ich sah, dass meine Worte willkommen waren.

Darauf antwortete ein alter Mann unter den Fremden: „Ihn hat sein Herr erwählt, in seiner Nähe zu sein, er, der Barmherzigste aller Erbarmer.“

Ich ging noch einen Schritt weiter. „Nähme er sie doch alle!“

Worauf jener entgegnete: „Wir alle sind sein.“

Und Juad bemerkte: „Gott sei ihm gnädig. Wer Nachkommen hinterlässt, ist nicht tot.“

Mich hatte zunächst die böse Ahnung beschlichen, dass die Unruhe, die die Leute nach dem Tumult draussen ergriffen hatte, darauf zurückgehen könnte, dass ein Bote eingetroffen sei und ihnen die Wahrheit über mich mitgeteilt hätte. Als ich nun begriff, was unser Gastgeber über den Tod ihres Alten gesagt hatte, atmete ich erleichtert auf und hörte mich seufzen: „Gelobt sei Gott!"

Juads Fuss erreichte mich dieses Mal zu spät, als alles schon geschehen war, doch das Seltsame war, dass die fremden Männer ein zustimmendes Murmeln zu meinem Lobpreis vernehmen liessen, ganz als ob sie ihn guthiessen.

So zog ich meinen Fuss unter demjenigen Juads hervor, um ihnen unsere peptimistische Familienphilosophie darzulegen, wonach nämlich ein Tod besser sei als ein anderer und dass mancher Tod besser sei als das Leben und dass wir den Körper meines ältesten Bruders, den der Kran im Hafen von Haifa in Stücke gerissen hatte, ohne Kopf begraben mussten.

Auch dieses Mal drückten die Fremden durch Murmeln ihre Billigung und Zufriedenheit mit meiner altbewährten Familienphilosophie aus. Ich befleissigte mich also, das, was ich sagen wollte, dergestalt zu ordnen, wie es der Frage nach ihren Familienstammbäumen angemessen war. Vielleicht waren wir am Ende miteinander verwandt; denn schliesslich stammen wir alle von Adam ab.

Doch Juad brach diese geistesgeschichtliche Übung ab, sie legte den Arm um mich, zog mich leicht an sich und flüsterte mir ins Ohr: „Onkel Said, Onkel Said, ich bin dich besuchen gekommen!"

„Nur besuchen?" rief ich aus.

Worauf unser Gastgeber Abu Machmud erklärte: „Das ist nicht mehr nötig. Wir haben ihn begraben und die Sache ist ausgestanden." Er hatte gemeint, wir sprächen von seinem toten alten Mann, nicht von unserem lebendigen.

„Heute nacht?" wollte ich wissen.

„Ja, heute nacht."

„Und warum habt ihr nicht bis zur Morgendämmerung gewartet?"

„Für ihn gibt es keine neue Morgendämmerung!"

„Von welcher Morgendämmerung sprichst du denn? Ich bin verwirrt, ich habe nichts von deinen Worten verstanden!"

„Sie haben auch nichts verstanden!"

Juad wurde heftig. „Wir sind eure Freunde!" rief sie. „Drück dich also deutlich aus, dieses Schweigen wird euch noch ersticken!"

„Alles um uns Dorfbewohner herum ist still, die Erde und die Tiere und der Pflug. Unsere Sprache ist das Schweigen. Sie vererben wir von Geschlecht zu Geschlecht. Wenn ihr diese Sprache beherrschtet, würdet ihr uns verstehen und wir euch."

„Gibt es bei euch denn gar keine Feste, keine Jubeltriller?" fragte Juad.

„Die Sache ist komplizierter als du denkst, Schwester aus Beirut. Wir hatten Triller über Triller über Triller, wie niemand sonst. Aber unsere Hochzeitsfeiern verwandelten sich jedesmal in Trauerfeiern, und diejenigen, die wir für unsere Freunde hielten, entführten uns die Braut und flohen mit ihr nach Beirut.

„Eure Freunde heute sind anders, sie sind eure ehrlichen Freunde. Hast du nicht selbst beispielsweise die Kommunisten gelobt?"

„Vordergründig sind sie das, gewiss. Aber unsere Grundnahrung ist Olivenöl. Nichts gegen Dorngestrüpp, aber es neigt dazu zu brechen. Nichts gegen den Blitz, aber er beendet nicht unsere totenstille Nacht. Wir werden sie weiter und weiter auf die Probe stellen, in der Stille, bis sie uns von ihrem Öl zu kosten geben. Der Hahnenschrei lässt den Morgen nicht anbrechen, aber unsere Hähne werden schreien, wenn sie ihn einmal anbrechen lassen. Unsere Freunde müssen lernen, unsere Sprache zu sprechen, die Sprache der Erde und der Tiere und des Pfluges, des beharrlichen Schweigens!"

Die Fremden nickten mit dem Kopf, schweigend, billigend. Ich wollte ihn unterbrechen, wollte sagen: Wenn das, was du sagst, wahr wäre, müsste ich, Said der Glücklose, der Peptimist, der stets in Erniedrigung geschwiegen hat, der erste Freund der Bauern genannt werden. Doch ich erinnerte mich an meine bellende Vergangenheit und daran, dass ich als Informant zu sprechen, nicht zu schweigen pflegte. Da kam mir der wundersame Gedanke, dass ich während meiner ganzen Informantenzeit niemals das Schweigen eines Mannes hatte denunzieren können. Und so schwieg ich jetzt.

Während ich so schweigsam mich mir selbst anvertraute, kam eine alte Frau herein, dürr wie der trockene Stamm eines Maiskolbens. Sie kam mit Tränen in den Augen zu uns herein und rief: „Das Geheimnis ist tot, Abu Machmud, warum hütest du es noch?"

Da stürzte Abu Machmud auf sie zu, legte beide Arme um sie und bemühte sich, sie hinauszudrängen. Sie widersetzte sich, und so hielt er sie weiter umfangen und lehnte nun seinen Kopf an ihre Brust und brach selbst in Tränen aus wie ein Kind, während sie ihn beruhigte und mit ihm weinte. Wir waren sehr betreten, die fremden Männer verliessen einer nach dem anderen den Empfangsraum, und während die schwarze Nacht sie verschlang, bemerkte einer noch: „Das Geheimnis ist gestorben, aber wir müssen morgen weiterleben."

In jener Nacht gingen wir nicht schlafen. Abu Machmud erzählte uns die wundersamste Geschichte, die wir je gehört hatten, die Geschichte von einem blinden jungen Mann, der sein Dorf 1948 mit den Flüchtlingsströmen verliess und nur mit dem, was er auf dem Leib trug, in die weite arabische Welt hinauszog. Später schlich er sich in sein Dorf zurück, als Infiltrant, denn inzwischen war der Staat da. Die Dorfbewohner hüteten das Wissen um seine Rückkehr als Geheimnis. Sie gaben ihm Unterkunft und Nahrung, und er lernte, Matten und Besen anzufertigen. Dann verheirateten sie ihn und behaupteten öffentlich, seine Frau sei die zweite Frau seines Bruders und seine Kinder seien ihre und seines Bruders Kinder. Sie und danach ihre Kinder hüteten das Geheimnis, und obwohl sich mit jedem weiteren Kind auch die Hüter des Geheimnisses mehrten, erreichte es nie die Ohren der Staatsmacht, und das trotz mehrmaliger Blockaden während der vergangenen zwanzig Jahre. Ein Bürgermeister mochte sterben und sie an seine Stelle einen anderen setzen, damit er ihnen all die Informationen besorge, die sie verlangten — doch nie wurde jenes Geheimnis offenbar, das ihnen zur zweiten Natur geworden war, über die man auch im engsten Kreise nicht spricht, oder zur Selbstverständlichkeit, über die es nichts zu reden gibt.

Dann wurde das Geheimnis alt und starb in dieser Nacht; man begrub es schweigend und beweinte es ergeben.

„Und wer ist diese Frau, die zu uns in den Empfangsraum drängte?" fragte ich.

„Die Mutter seiner Kinder."

„Und wer ist sie für dich?"

„Sie ist meine Mutter."

„Nimm es nicht zu schwer; er hat sein Leben gelebt, Gott erbarme sich seiner!"

„Ich aber habe meines nicht gelebt. Jeder hat gesagt, er wäre mein Vater. Nur ich musste ihn verleugnen, damit ich leben konnte."

„Damit er leben konnte."

„Das ist mein Geheimnis, das mit seinem Tod nicht gestorben ist."

Inzwischen war die Morgendämmerung angebrochen.

9

Juads Rückkehr ins alte Haus

Gedanken über Juad stiegen in mir auf und vermengten sich in meinem Kopf, als wir in einem Restaurant in al-Afula unser Frühstück, gekochte Bohnen mit Kichererbsen, einnahmen. Juad zeigte sich verwundert darüber, dass die Juden, die doch aus Europa kämen, diese Art arabischer Folklore so gut beherrschten. Doch ich belehrte sie, dass sie durchaus auch aus arabischen Ländern kommen. „Für sie hat sich nichts verändert, nicht einmal die Flüche – sie fluchen und werden verflucht, alles in bestem Arabisch!"

Juad lachte und stiess einen zärtlichen Fluch aus.

„Seit wann verflucht eine Tochter ihren Vater?" fragte ich.

„Aber du bist doch mein Onkel und mein Märchenprinz seit meiner Kindheit!"

„Was mich von einem Tag auf den anderen vom Vater zum Onkel gemacht hat", verhiess ich ihr, „wird auch dir heute abend dein Gedächtnis wiedergeben. Also auf nach Haifa, lass uns das Gerissene flicken!"

Im Auto, das uns nach Haifa brachte, schlug Juad einen besonders freundlichen Ton an. „Ich werde dir jetzt etwas sagen, Onkel", erklärte sie, „was dich überraschen wird; du kannst dann selbst urteilen, ob es eine freudige oder eine schlimme Überraschung ist."

Dann begann sie – wie ein Lehrer einem Schüler gegenüber — mir eine Geschichte zu erzählen, die ich nicht zu glauben vermochte. Sie erzählte und erzählte, und ich fand auf das Ganze keine andere Antwort als: „Unmöglich!"

Sie sagte, ich sei einem Irrtum erlegen — die Juad, die ich erwartet hätte, sei ihre Mutter, und diese sei längst tot. „Ich aber, Onkel, bin die Tochter jener Juad, die du erwartet hast!"

„Unmöglich, ganz unmöglich!"

„Bin ich ihr denn wirklich so ähnlich, Onkel?"

„Unmöglich, ganz unmöglich!"

Sie versicherte mir, ihre Mutter habe immer nur Gutes von mir erzählt und habe ihren Sohn nach mir Said und ihre Tochter nach sich selbst Juad genannt, ‚damit du ihm, wenn du, Juad, einmal zurückkehrst, sagen kannst, wir hätten uns in der Fremde nicht verändert'. „Nun, Onkel, haben wir uns getroffen — und haben wir uns etwa verändert?"

„Jugend bleibt immer Jugend, unverändert. Doch zu meinem Unglück bemerke ich, dass die Zeit, über die deine Jugendfrische gesiegt hat, sich an deinem Erinnerungsvermögen gerächt hat. Wie könnte jemand seine erste Liebe vergessen? Wie könnte eine Blume die Morgenröte vergessen, die ihre Knospe öffnete?"

„So sehr hast du sie geliebt?"

„Ich liebe dich, wie ein alter Mann die Vorstellung liebt, seine Vergangenheit sei nur ein Traum, aus dem er gerade aufwacht. Ich bin wirklich erwacht, aber wie kommt es, dass ich dich immer noch wie im Traum Unsinn reden höre?"

Ich tauchte tief in meine Phantasien ein, wie ein Ertrinkender in eine Höhle unter Wasser, wo er in der Ferne ein Licht zu sehen glaubt. Sobald sie in mein altes Haus in der

Dschabal-Strasse kommt, wird sie schon erwachen, dachte ich.

Als wir dort angekommen waren, nahm ich sie am Arm und führte sie die Treppen hinauf, jene Treppen, die sie sie hinabgestossen hatten, damals vor zwanzig Jahren. Und ich fühlte mich wie ein Bräutigam in der Hochzeitsnacht. Die vergangenen zwanzig Jahre warf ich einfach ab, weg in den Abfalleimer im Innenhof, und flog die Treppen zur Wohnung hinauf, von Juads Nähe beflügelt.

„Jetzt kehren wir als Sieger zurück!" jubelte ich.

Die Nachbarn öffneten ihre Wohnungstüren, grüssten und wollten wissen, was es gebe. Juad, an meiner Seite die Treppen hinauftanzend, grüsste zurück und rief stolz: „Er ist mein Onkel, wir haben uns ein Leben lang nicht gesehen!"

Da stiess eine Nachbarin einen Jubeltriller aus, die anderen stimmten mit ein – eine Girlande von festlichen Trillern wie die Signale der Schiffssirenen im Hafen von Haifa in der Neujahrsnacht.

„Ruh dich aus, Sieger!" sagte Juad ganz ausser Atem, als wir in die Wohnung eintraten, „ich werde inzwischen wieder Gefangene. Was haben die Frauen mit ihren Trillern eigentlich feiern wollen?" fragte sie.

„Deine Rückkehr!"

„Als Gefangene?"

„Als Besucherin!"

„Und warum freuen sie sich so?"

„Gefangene rasieren sich, richten sich her und freuen sich am Besuchstag."

„Aber dies ist nicht der Augenblick zur Freude."

„Sogar die Freude über den Besuch willst du den Gefangenen verwehren?"

„Wie kann durch die Gnade des Eroberers Freude aufkommen?"

„So wie die Speise durch die Gnade des Feuers gar wird."

„Woher hast du diese Weisheit?" wollte sie wissen.

„Von dem Tag, an dem mich die Gefängniswärter shakespearisierten." Dann erzählte ich ihr, was ich dort erlebt hatte und wie ich ihren Bruder in jener Zelle getroffen und aus seinem Mund Worte gehört hatte, die mir die Zelle zum Paradies und die Gitterstäbe des Fensters zur Brücke zum Mond verwandelten.

Sie hörte sich alles an, mal lachend, mal weinend, und bat schliesslich: „Erzähl mir von deiner Juad."

Und so erzählte ich ihr unsere alte Geschichte. „Hier sassen wir, hier, in diesem Zimmer hast du, mein kleiner Teufel, wach gelegen und auf mich gewartet, während ich mit angehaltenem Atem im Nebenzimmer lag, töricht wie ich war, bis die Soldaten kamen."

„Die Soldaten umstellen das Haus!" rief eine Nachbarin, die, ohne zu klopfen, hereinplatzte und mich auf allen vieren vor Juad knien sah, der ich gerade meinen ersten Fall die Treppe hinunter, damals vor zwanzig Jahren, demonstrierte, und die dazu lachte.

Von diesem Kniefall habe ich mich nicht mehr erhoben.

10

In Erwartung der dritten Juad

Juad blieb auf ihrem Stuhl sitzen, ein Bein über das andere geschlagen, wie ein Mann. „Steh auf und gib mir eine Zigarette", sagte sie, „und lass dich nicht einschüchtern!"

„Sie werden dich wegbringen, wie sie dich damals weggebracht haben."

„Sie haben damals meine Mutter weggebracht."

„Doch dieses Mal werden sie dich wegbringen."

„Die Situation ist eine andere als damals."

„Aber sie haben sich nicht verändert."

„Wenn sie sich nicht verändert haben, ist das ihr Problem, wir dagegen haben uns verändert."

„Du bist wehrlos gegen sie, sie werden dich mir wegnehmen."

„Wohin?"

„In die Fremde."

„Aber ich gehe in jedem Fall dorthin zurück, ob sie mich nun wegschleppen oder in Ruhe lassen. Hast du denn irgendeine andere Lösung?"

„Wir könnten uns bei der Nachbarin verstecken."

„Wie lange?"

„Wir könnten es machen wie jener blinde Alte im Dorf al-Sulaka."

„Nochmal zwanzig Jahre?"

„Bis sich die Lage ändert."

„Wer soll sie denn ändern?"

„Dein Bruder Said sagte, das Volk!"

„Indem es sich versteckt?"

„Du und ich, wir verstecken uns, dein Bruder Said wird kämpfen."

„Und die Freiheit denen als Geschenk bringen, die sich verstecken?" Sie lachte verächtlich und sagte dann: „Falls du es erlebst, Onkel Said, wirst du siebzig Jahre alt sein, wenn du die dritte Juad triffst. Aber weder wirst du sie erkennen noch sie dich." Sie liess mich neben sich Platz nehmen und fragte: „Liebst du mich, Onkel?"

„Mit der ganzen Sehnsucht meines Lebens."

„Möchtest du mich heiraten?"

„Auf dass nicht mal der Tod uns scheide."

„Ich sollte einen alten Mann heiraten, der das meiste seines Lebens schon hinter sich hat?"

„Ich werde zum Anfang zurückkehren!"

„Das ist unmöglich!"

„Wieso glaubt denn dein Bruder, sie würden zum Anfang zurückkehren?"

„Das haben sie von den Alten gehört, die vom Anfang nur die Blüte ihrer Jugend in Erinnerung behalten haben und sich deshalb für den Anfang begeistern. Kennst du denn wirklich den Anfang, Onkel? Der Anfang, das sind nicht nur süsse Erinnerungen an Zypressen auf dem Karmel, Orangenhaine und Lieder der Seeleute in Jaffa, wenn diese überhaupt jemals gesungen haben. Willst du wirklich noch einmal zurück zum Anfang, noch einmal deinen Bruder betrauern, den der Kran in Stücke gerissen hat, während er das täglich Brot aus dem Felsen riss? Alles noch einmal, von Anfang an?"

„Dein Bruder Said sagte, sie würden von den Fehlern ihrer Vorgänger lernen und sie nicht wiederholen."

„Hätten sie wirklich gelernt, würden sie nicht von einer Rückkehr zum Anfang reden."

„Woher diese Weisheit des Alters bei einem so jungen Mädchen wie dir, Juad?"

„Aus dem langen Leben, das mich noch erwartet!"

„Du willst mich verlassen?"

„Das Wasser verlässt das Meer nie wirklich, Onkel, es verdunstet und kehrt im Winter zurück, als Fluss oder Bach, aber es kehrt zurück."

„Soll ich einsam zurückbleiben?"

„Nicht einmal der Alte von al-Sulaka lebte einsam. Geh Matten flechten in al-Sulaka."

Aber ich ging nicht nach al-Sulaka, ich flocht keine Matten, weder in al-Sulaka noch sonst irgendwo.

Denn nun waren die Soldaten da. Ich blieb an meinem Platz, reglos bis auf eine Bewegung. Ich hielt mir die Hände vor die Augen, bedeckte sie, um nicht das Ende sehen zu müssen, wie ich den Anfang gesehen hatte.

Ich hatte das Gefühl, dass die Hände der Soldaten mich hinausschoben und mich die Treppen hinunterstiessen. Dann fand ich mich auf dem unteren Treppenabsatz wieder, doch rief ich dieses Mal nicht meinen Freund Jaakub zu Hilfe, der längst selbst jemanden brauchte, ihm zu helfen.

Oben, in meiner Wohnung, hörte ich lautes Frauengeschrei, dazu das Geräusch von Schlägen, Fusstritten, Tumult, eine heisse Schlacht tobte zwischen Juad und den Soldaten. Ich sah, wie sie heftigen Widerstand leistete, schrie und mit den Füssen trat und wie sie einen von ihnen in die

Schulter biss, worauf er vor Schmerz laut aufschrie und das Weite suchte, und ich sah auch, wie sie sie schliesslich überwältigten und vor sich her zu einem Lieferwagen schubsten. Dort hörte ich sie, während das Auto sich in Bewegung setzte, mit lauter Stimme rufen: „Said, Said, sei unbesorgt, ich komme zurück!"

Ich öffnete meine Augen und seufzte: „So fangen wir also wieder von vorne an."

Doch nun wurde ich Zeuge eines Wunders. Ich sah, wie der Polizeioffizier Juads Papiere mit allem Respekt prüfte, und ich hörte, wie er sich bei ihr wegen eines neuen Befehls entschuldigte, der ihre Einreisegenehmigung nach Israel aufhebe und dass er sie sofort nach Nablus zurückbringen müsse; ausserdem habe sie morgen dorthin zurückzukehren, woher sie gekommen sei, also über die Brücke.

„Ich habe nichts anderes von Ihnen erwartet", hörte ich sie sagen.

„Wir haben von Ihnen auch nicht erwartet, dass sie sich in Saids Haus einrichten würden."

Da wurde sie heftig. „Das hier ist mein Land und mein Haus, und das hier ist mein Onkel!" rief sie.

Davon werde ich die nächsten zwanzig Jahre zehren können, dachte ich.

„Aber das ist verboten", sagte er.

Sie diskutierte noch weiter, sie erwarte von ihnen gar nicht, dass sie anders handelten. „Warum erwartet ihr von uns, dass wir anders handeln?"

Da verneigte sich der Offizier mit allem militärischen Respekt vor ihr und sagte: „Schöne junge Frau, wir erwarten von euch noch viel mehr."

Juad reichte mir zum Abschied die Hand. Sie näherte ihr Gesicht dem meinen und fragte: „Hat meine Mutter dich geküsst, bevor sie ging, Onkel?"

„Sie traten zwischen uns", antwortete ich.

„Dann musst du auch auf den zweiten Kuss verzichten."

Und damit ging sie.

11

Das Moschussiegel – der besiegelnde Griff nach dem Pfahl

Wie ich Ihnen schon sagte, verehrter Herr, ging ich nicht ins Dorf al-Sulaka, um Matten zu flechten, weder dort noch sonst irgendwo. Tatsächlich ging ich, um wieder auf jenem Pfahl Platz zu nehmen.

Wieder fand ich mich, mit gekreuzten Beinen, einsam auf der Spitze jenes ungespitzten Pfahls sitzen. Nacht für Nacht, ununterbrochen, lastete ein Alp auf meiner Brust, doch hatte ich weder die Kraft, ihn zu vertreiben, noch zu erwachen. Ein Pfahl in einem Alptraum. Der wahre Pfahl aber war jenes Geflüster, das ich nicht loswerden konnte: Was würde erst geschehen, Sohn des Glücklosen, wenn herauskäme, dass das Ganze kein Alptraum ist, sondern ein wirklicher Pfahl?

Ich breitete eine weitere schwere Decke über mich, doch die Kälte drang hindurch. Ich nahm noch eine und noch eine, bis ich unter sieben Decken lag, doch die Kälte durchdrang sie alle. Da schrie ich: „Wer bringt mir die schöne Prinzessin, die all diese Decken von mir nehmen kann?"

Doch die Soldaten hatten sie ein weiteres Mal mitgenommen. Wieder und wieder murmelte ich ihren Namen und machte ihr heftige Vorwürfe wegen meines Schicksals. Denn sie hatte mich überzeugt, dass mein früherer Pfahl kein Alptraum gewesen war – wie sollte ich also glauben, mein jetziger Pfahl sei einer.

Juad war zurückgekehrt, doch war sie nicht meine Juad gewesen. Sie war gekommen wie ein Strauss Rosen für die Hochzeit der Zukunft und gleichzeitig wie ein frischer Blumenkranz für das Grab der Vergangenheit. Zwanzig Jahre hatte ich auf ihre Rückkehr gewartet, doch als sie zurückkehrte, sagte sie, sie sei nicht meine Juad. Sie liess mich allein und sagte, ich sei nicht allein, und als ich sie fragte, ob sie wiederkomme, tröstete sie mich: „Wie das Wasser im Winter zum Meer zurückkehrt." Nun ist der Winter da, Juad, komm also zurück. Sie aber erwiderte: „Das ist nur dein Winter, deiner allein."

Allein, ein weiteres Mal, und oben auf dem Pfahl, schaute ich hinunter auf Gottes Geschöpfe aus schwindelnder Höhe. Sie kamen zu mir, einer nach dem anderen.

Es kam mein alter Freund Jaakub, tieftraurig. „Der Pfahl, alter Freund!" rief ich ihm zu.

„Wir sitzen doch alle darauf!"

„Aber ich sehe euch nicht", entgegnete ich.

„Wir sehen auch niemanden. Jeder ist mit seinem Pfahl allein. Das ist unser gemeinsamer Pfahl", sagte er und ging.

Es kam der Grosse Mann, völlig verwirrt. „Der Pfahl, Herr!" rief ich ihm zu.

„Das ist gar kein Pfahl", erwiderte er, „sondern eine Fernsehantenne. Ihr alle seid wie Passagiere in einem Unterseeboot, und je tiefer ihr eintaucht, desto höher wird die Antenne ausgefahren. Bleib auf deiner Antenne sitzen und mach es dir bequem!" sagte er und ging.

Es kam der junge Mann mit der Zeitung unter dem Arm. Er war noch immer jung. „Der Pfahl, mein Sohn!" rief ich ihm zu.

„Wer nicht darauf sitzen will, muss mit uns auf die Strasse gehen. Eine andere Möglichkeit gibt es nicht, triff deine Wahl!" sagte er und ging seines Weges.

Gibt es denn keinen anderen Platz für mich unter der Sonne als auf diesem Pfahl? Habt ihr nicht einen kürzeren Pfahl, auf dem ich sitzen könnte? Einen Viertelpfahl, einen halben Pfahl, einen Dreiviertelpfahl?

Es kam die erste Juad. Als ich meine Arme nach ihr ausstreckte, um sie heraufzuziehen, ergriff sie meine Hand und versuchte, mich hinabzuziehen, hin zum Grab der Fremde. Da klammerte ich mich an meinen Pfahl.

Es kam Bakija, und sie rief mir zu, ich solle herunterkommen. „Dein Sohn Walaa hat für dich im Meer ein Muschelschloss gebaut, neben dem seinen." Da klammerte ich mich an meinen Pfahl.

Und es kam Said, Juads Sohn und Juads Bruder. Er schwenkte seine purpurne Abaja und rief mir zu: „Komm Vater, wärme dich mit meiner Abaja!" Da klammerte ich mich an meinen Pfahl.

Dann sah ich den jungen Mann wieder, den mit der Zeitung unterm Arm, der jetzt eine Axt hielt. Ich sah, wie er sich mit der Axt unten am Pfahl zu schaffen machte. „Ich werde dich retten", hörte ich ihn rufen.

„Lass das", schrie ich, „ich könnte fallen", und ich klammerte mich an meinen Pfahl.

Als ich so höchst verwirrt über meine Lage dasass, mein Rücken schon ganz gebeugt, da erblickte ich einen hochgewachsenen Mann, so hoch, dass er zu mir, hoch wie ich sass, heraufreichte. Langsam kam er näher wie eine irrende Wolke. Ich sah von seinem Gesicht nicht mehr als die Falten, es glich der Meeresfläche, über die eine Ostwindbrise streicht. Ich erkannte ihn sofort, und mein Herz begann sehnsuchtsvoll zu schlagen, und ohne meine Furcht herunterzufallen, hätte ich mich auf ihn gestürzt und ihm die Wange geküsst.

„Herr", schrie ich, „Anführer der ausserirdischen Wesen, ich habe niemanden als Euch!"

„Das weiss ich", antwortete er.

„Ihr kommt gerade noch zur rechten Zeit!"

„Ich komme immer zur rechten Zeit!"

„So rettet mich, Verehrungswürdiger!"

„Ich wollte gerade sagen", erklärte er, „genau das ist eure Art, so seid ihr: Wenn ihr eure elende Wirklichkeit nicht mehr ertragen und den geforderten Preis für ihre Veränderung nicht aufbringen könnt, dann sucht ihr Zuflucht bei uns. Doch nun sehe ich, dass das allein deine Haltung ist. So sprich jetzt: ‚In scha Allah – so Gott will', und spring auf meinen Rücken! Gehen wir!"

Wie wir nun so durchs All flogen, ich auf seinem Rücken, rief ich die Geister meiner Vorfahren zum Gespräch herbei – angefangen beim Urahn Abdschar, Sohn Abdschars, bis hin zu meinem Onkel, der den Familienschatz gefunden hatte – und forderte sie auf, sich zu zeigen, und sich am Erfolg ihres Nachfahren zu erfreuen. Plötzlich hörte ich auf der Erde, tief unter mir, Jubeltriller. Ich schaute nach unten und sah den jungen Mann mit der Zeitung unterm Arm, der immer noch die Axt trug. Ich sah auch Juad und ihren Bruder Said und Abu Machmud und seine Kinder, die aufstanden und sich ihre Decken auf den Rücken luden. Ich sah auch die Nachbarinnen, die Jubeltriller ausstiessen, und den Arbeiter „Acht" aus dem Wadi al-Dschimal, der, seinen Brotbeutel umgehängt, zur Arbeit ging, und Jaakub, der von seinem Pfahl herabgestiegen war, und Tante Umm Asaad, die „Rekastrierte", sogar sie stiess Jubeltriller aus.

Und ich sah Juad zum Himmel schauen; sie zeigte auf uns und rief: „Wenn diese Wolke sich verzogen hat, wird die Sonne scheinen!"

12

Von der historischen Wahrheit

Der ehrenwerte Adressat dieser wundersamen Schreiben möchte Ihnen zur Kenntnis geben, dass diese den Poststempel von Akka trugen. Er unternahm daher einige Anstrengungen, in Akka nach ihrer Herkunft zu forschen, was ihn schliesslich in die psychiatrische Klinik innerhalb der Mauern, unweit des Meeres, führte.

Das Personal dort begrüsste ihn zuvorkommend und nutzte die Gelegenheit, ihn aufzufordern, er möge ihren heftigen Unwillen über die Regierung publizieren, die darauf bestehe, die Klinik an jenem Ort zu lassen, der während der britischen Mandatszeit ein schreckliches Gefängnis gewesen sei. Darin befinde sich gar ein Raum zur Vollstreckung von Todesstrafen, in dem die Engländer eine Anzahl von Kämpfern der Etzel-Gruppe, jener nationalistisch-militärischen Organisation*, gehängt hätten. Dieser Raum sei mit der Gründung des Staates in ein Museum umgewandelt worden, das die Erinnerung an jene bewahre. Die psychiatrische Klinik, die sich im selben Gebäude befinde, tue der Würde dieses Wallfahrtsortes Abbruch.

*Diese Organisation bekämpfte, seit 1931, nicht nur die britische Mandatsmacht, sondern ging mit Terror und Gegenterror vor allem gegen die inzwischen in aktivem Widerstand gegen die jüdische Besiedlung getretene arabische Bevölkerung vor.

Der ehrenwerte Adressat dieser wundersamen Schreiben erklärt, er habe vor dem Personal seinem Erstaunen darüber Ausdruck gegeben, dass in dem zum Museum gewordenen Raum zur Vollstreckung von Todesstrafen jeglicher Hinweis auf die Araber fehle, die von den Engländern dort gehängt worden seien.

„Das ist Aufgabe ihrer eigenen Leute", entgegneten sie.

„Aber wie und wo denn?"

„Sollen sie erst einmal ihre Gräber pflegen lernen!"

„Können sie diese denn besuchen?"

„Das ist eine andere Frage."

Daraufhin wechselte der ehrenwerte Adressat dieser wundersamen Schreiben das Thema und sprach die Frage an, um derentwillen er die Klinik aufgesucht hatte – Kenntnisse über die Person Saids des Glücklosen, des Peptimisten, zu erhalten.

Sie schauten in den Karteien ihrer Patienten seit der Staatsgründung nach, stiessen aber nicht auf diesen Namen. Daraufhin suchten sie nach einem ähnlichen Namen und fanden in der Tat einen, der zu Mutmassungen einlud: Saadi Nahhas, der den Beinamen Abu al-Thum, vielleicht auch Abu al-Schum* getragen haben soll. Eine junge Frau habe die Klinik kürzlich besucht, fügten sie noch hinzu, und sich nach ihm erkundigt. Sie habe angegeben, mit ihm verwandt und aus Beirut über die Brücke gekommen zu sein. Man habe ihr aber mitteilen müssen, er sei schon seit einem Jahr tot.

„Dann hat er jetzt", habe sie darauf gesagt, „Ruhe gefunden

---

*Nahhas = Kupferschmied; Abu al-Thum = Knoblauchverkäufer; Abu al-Schum = Pechvogel.

und wird endlich Ruhe geben." Und sie sei über die Brücke zurückgegangen.

Und so ging auch der ehrenwerte Adressat dieser wundersamen Schreiben wieder, jedoch mit dem Wunsch im Herzen, dass Sie alle ihm bei seinen Nachforschungen nach diesem Said helfen möchten.

Doch wo sollten Sie suchen? Denn falls Sie die Geschichte von seiner Zuflucht zu den Ausserirdischen geglaubt haben und sich nun aufmachen, ihn in den Gewölben des alten Akka zu suchen, könnte es Ihnen ergehen wie jenem Anwalt mit dem Irren. Jener hatte einem Irren geglaubt und sich daran gemacht, einen Schatz zu suchen, der – wie dieser behauptete – tief in der Erde neben einem Johannisbrotbaum vergraben sein sollte. Er grub lange, Richtung Osten und Westen, Richtung Norden und Süden, bis er das Wurzelwerk des Baumes freigelegt hatte; doch einen Schatz fand er nicht. Der Irre verbrachte derweil seine Zeit damit, eine Wand in der Klinik zu streichen, wobei er den Pinsel in einen Eimer ohne Boden eintauchte. Als der Anwalt dann schweissüberströmt zu ihm kam, fragte ihn der Irre: „Haben Sie die Wurzeln des Baumes freigelegt?"

„Völlig", antwortete er, „aber deinen Schatz habe ich nicht gefunden."

„Dann nehmen Sie doch jetzt einen Pinsel und einen Eimer ohne Boden und streichen Sie mit mir!" riet ihm der Irre.

Wie also wollen Sie ihn finden, meine verehrten Herrschaften, wenn Sie nicht gerade über ihn stolpern?

Nachwort

Emil Habibi (Imīl Ḥabībī), 1921 in Schafa Amr bei Nazareth als Sohn eines Lehrers geboren, wuchs in einfachen Verhältnissen in Haifa auf, einer damals bereits aufstrebenden Grossstadt mit Ölraffinerien und einem Exporthafen, die bald das intellektuelle Zentrum des Mandatsgebiets Palästina werden sollte. Seine Schulausbildung absolvierte er zu einem Teil in dem etwa 30 Kilometer entfernten traditionsreichen Akka, der historischen Hochburg islamisch-arabischer Selbstbehauptung gegenüber fremden Gegnern. Nach Schulabschluss liess sich Habibi zunächst im Fernstudium zum Raffinerie-Ingenieur ausbilden, entschied sich dann aber für die publizistische Arbeit und wurde Mitarbeiter beim Palästinensischen Rundfunk in Jerusalem. Bereits früh Mitglied der Kommunistischen Partei geworden, trat er schon 1943 als Organisator eines politischen Diskussionsforums palästinensischer Intellektueller hervor, 1944 als Mitbegründer der kommunistischen Zeitung *al-Ittihad (Die Union)*, des einzigen arabischen Presseorgans, das die Vertreibung der angestammten arabischen Bevölkerung aus der Region 1948 überdauern sollte.

Während der Kampfhandlungen 1948 flüchtete Habibi in den Libanon; es gelang ihm aber, noch vor dem Gründungstag des Staates Israel zurückzukehren. Er arbeitete als Journalist, vor allem für das bald wieder zugelassene Blatt *al-Ittihad*, für das er während der fünfziger Jahre als Herausgeber verantwortlich war, daneben für zwei KP-nahe literarische und kulturpolitische Monatsschriften: *al-Dschadid (Das Neue)* und *al-Ghad (Das neue Morgen)*. Die Redaktorentätigkeit machte ihn nicht nur mit der neuesten, ausserhalb des Landes entstehenden arabischen Literatur bekannt, die dem normalen arabischen Leser im Staat Israel unzugänglich war, sie brachte ihn vor allem in engen persönlichen Kontakt mit seinen zumeist gleichfalls in Haifa wirkenden arabischen Literatenkollegen, wie den Dichtern Machmud Darwisch, Samich al-Kassim und Taufik Saijad, deren Gedichte sich in Habibis Werken in vielfältiger Weise reflektieren. Sie führte ihn ausserdem an bedeutende israelische Literaten und Dichter heran, deren Texte in arabischer Übersetzung in den genannten staatlich getragenen Organen gedruckt wurden. Mit einzelnen israelischen Literatenkollegen zusammen ist Habibi nach 1967 mehrfach gemeinsam öffentlich aufgetreten, wenn es um die Verteidigung von Rechten der Palästinenser in den Besetzten Gebieten ging.

Als Mitglied des Zentralkomitees und Politbüros der israelischen KP „Rakah" war Habibi für drei Legislaturperioden Abgeordneter der Knesset. 1972 legte er, nachdem ihm mit der 1968 erschienenen Kurzgeschichtensammlung *Sudasijat al-Aijam al-sitta (Hexalogie der Sechs Tage)* der literarische Durchbruch auch in der weiteren arabischen Welt gelungen war, sein Knesset-Mandat nieder, um sich vor allem der literarischen Arbeit zu widmen. Die folgenden zwei Jahre verbrachte er als Vertreter der israelischen KP bei der Zeitschrift *Frieden und Sozialismus* in Prag, dort beendete er die Arbeit an seinem ersten Roman *al-Mutascha'il (Der Peptimist)*, der 1974 publiziert wurde, nachdem bereits 1972 das Erste Buch als Fortsetzungsgeschichte in *al-Ittihad* erschienen war. 1980 folgte das Bühnenstück *Luka' Ibn Luka' (Luka, Sohn des Luka)*, 1985 der Kurzroman *Ichtaija* und 1991 erschien der autobiographische Roman *Saraja bint al-ghul (Saraja, Dämonentochter)*. Seit 1990, nach seinem Austritt aus der KP, leitet Habibi einen eigenen Verlag: *Arabesques* in Haifa. Der Roman *Der Peptimist* erschien 1984 in hebräischer, 1985 in englischer und 1987 in französischer Übersetzung. Im März 1992 wurde Emil Habibi mit dem israelischen Staatspreis für Literatur ausgezeichnet.

Der Peptimist: Erzähler und Erzählperspektiven
Elemente aus Habibis Lebenslauf begegnen uns in dem Roman *Der Peptimist*, drei langen Briefen eines Ich-Erzählers mit Namen Said der Glücklose, der Peptimist, wieder. Dennoch ist dieser Roman nicht etwa eine chiffrierte Autobiographie des Autors, sondern durchaus ein Stück Fiktion; darauf deutet nicht erst der Schluss, sondern von Anfang an die ironische Filterung des Erzählten und eine grosse Zahl von intertextuellen Verweisen auf ältere arabische, aber auch europäische Literatur. Fiktion ist der Roman auch trotz einer

Anzahl dokumentarischer Einschübe, die in Anmerkungen mit Personen- und Zeitangaben „belegt" werden und somit eher in die Kompetenz eines „Herausgebers" als eines Erzählers fallen. Mit gutem Grund ist daher vermutet worden, dass sich der Autor Habibi selbst hinter jenem „verehrten Herrn" verbirgt, dem die Briefe zur Veröffentlichung zugesandt werden, doch bleibt auch dieser Rahmen – Bestätigung des Erhalts der Briefe und Nachforschungen nach deren Schreiber – wiederum Fiktion, Darstellung nun eines an Habibi selbst erinnernden, anonymen Ich-Erzählers.

Angesichts dieser „Fiktion in der Fiktion" verwundert es nicht, dass die beiden Erzähl-Perspektiven des naiven Betroffenen und des souverän Reflektierenden – so klar sie auch zunächst auf die beiden Rollen des „Briefschreibers" und des „Adressaten" verteilt scheinen – sich doch bereits in der Figur des Said selbst so manches Mal berühren, ja ineinander übergehen. Es ist gerade das Spiel mit einer doppelten Perspektive, das den Briefen, insbesondere demjenigen des Ersten Buches, ihren besonderen Reiz gibt: Die im eigentlichen Erzählstrang über die Ereignisse um 1948 eingehaltene Perspektive des naiven jungen Mannes, der, ein harmloser Spitzel in israelischen Diensten, sich selbst als komischer Anti-Held präsentiert, wechselt unvermittelt über in die Perspektive des souverän-erfahrenen, satirisch scharfen Kritikers, der sich selbst mit seiner Schriftstellerei in der Zeit um 1972 lokalisiert, wenn der Bericht in Reflexion und Kritik übergeht. Diese Diskrepanz, die im Ersten Buch angesichts der tatsächlichen Jugend des Erlebenden, seiner Verführbarkeit und seines Verkehrs mit Personen mit sehr schlichten, oft sogar lächerlichen Charakterzügen besonders auffällt, verringert sich im Zweiten Buch, das sich über die zwanzig Jahre nach 1948 erstreckt, und schwindet im Dritten, das unmittelbar nach 1967 spielt. Said erscheint zwar in seiner Auseinandersetzung mit der politischen Wirklichkeit weiterhin als törichter und unbeholfener Mensch, ist sich nun aber der Paradoxie seiner Situation als israelischer Araber bewusst, so dass die seinen Bericht begleitenden satirischen Kommentare seiner eigenen psychischen Disposition tatsächlich entsprechen; auch ist er jetzt mit moralisch überlegenen, ja in einzelnen Zügen sogar vorbildlichen Partnern konfrontiert.

Dem Roman ist als Motto ein Gedicht vorausgeschickt, ein Appell, nicht länger auf erlösende Botschaften aus einer jenseitigen Sphäre zu warten, sondern sich diese Botschaften selbst zu schreiben, die in den drei Religionen verheissene Erlösung durch eigenes Sprechen selbst herbeizuführen. Diese Aufforderung nimmt der Erzähler, der alte Said, wörtlich: Er schreibt seine Geschichte in drei langen Briefen nieder und sendet sie zur Veröffentlichung an einen befreundeten Publizisten. Der Schreiber Said ist zu dieser Zeit der Wirklichkeit bereits entrückt; er befindet sich inmitten ausserirdischer Wesen, jener aus der Islamgeschichte bekannten, in die Verborgenheit entrückten Erlösergestalten, deren letzter als der Mahdi, der „Rechtgeleitete", für das Ende der Tage, wenn die soziale und politische Ordnung einmal ihren absoluten Tiefstand erreicht hat, als Retter erwartet wird. Erst diese erhöhte Warte hat ihm das Schreiben ermöglicht, erst von hier aus kann er sein „tief verborgenes Geheimnis" offenbaren, seine unter den früheren Umständen gefährliche Geschichte erzählen. Es ist die Geschichte einer andauernden und vielschichtigen Unterdrückung.

Inhalt und Struktur

Die drei Teile sind mit den Namen dreier Frauen überschrieben, die ihrer Wortbedeutung nach jeweils auf einen Zustand der Heimat verweisen: Die erste dieser Frauen, *Juad* („sie wird zurückgebracht"), ist in Saids Erzählung die Gefährtin seiner Jugend, die bei ihrer Vertreibung mit dem Versprechen der Rückkehr von ihm Abschied nimmt. Juad symbolisiert die verlorene Heimat, die schmerzlich entbehrte Aufgehobenheit inmitten der eigenen Angehörigen, Freunde und Nachbarn, die in der grossen Mehrheit geflüchtet sind und zu denen jede Verbindung abgebrochen ist. Ihr Name steht emblematisch für die Vision der Wiedergewinnung der Heimat in ihrer − idealisiert gesehen − alten Unversehrtheit.

Der zweite Name, *Bakija*, den die Frau trägt, die Saids Leben für fast zwanzig Jahre teilt und die schliesslich gemeinsam mit ihrer beider Sohn den Weg aus der Unterdrückung ins Freie des offenen Meeres wählt, bedeutet „die, die geblieben ist". Er verweist auf die reale Heimat, auf die im Land gebliebene arabische Bevölkerung, die unter dem Zwang einer doppelten Loyalität steht, zerrissen zwischen dem Bewusstsein eines äusserlich geschuldeten und zur Selbsterhaltung erforderlichen Gehorsams gegenüber der Staatsgewalt und dem unbezwingbaren Wunsch, ihre im täglichen Leben immer wieder missbrauchte persönliche Würde im Verborgenen dennoch zu bewahren, ja einen Weg zu finden, sie auch wieder nach aussen zeigen zu können. Mit dieser Würde verhält es sich wie mit einer ins Meer versenkten Truhe, gefüllt mit dem Goldschmuck der Frauen der Familie, den der Familienvater vor der Flucht der Heimat anvertraut hat; die Wiedergewinnung dieses Erbes, das heisst der eigenen Traditionen und Wertvorstellungen, der eigenen kollektiven Erinnerung, ist das erklärte Ziel Bakijas, das auch Said teilt – erreicht wird es aber nicht durch ihre Generation, sondern erst durch den Sohn, Walaa, der dieser Würde eine neue, unerwartete Bedeutung gibt.

Der Name *Die zweite Juad* – in der Erzählung die junge Tochter der verlorenen Jugendliebe Saids, die auf der Suche nach ihrem inhaftierten Bruder aus dem Exil ins Land zurückkehrt und die, von der Misere des Exildaseins ungebrochen, selbstbewusst als Palästinenserin auftritt – steht für die nach 1967 veränderte Vision der Heimat, die, nicht mehr identisch mit einer utopisch gewordenen Hoffnung auf Restitution des traditionellen Palästina, jetzt eine Gesellschaft spiegelt, die durch die Erfahrungen einer aktiven Selbstbehauptung im Exil zu der Kraft gefunden hat, das dämonisierte alte Feindbild zu überwinden und dem politischen Gegner zu einer Aussprache von gleich zu gleich gegenüberzutreten.

Es lässt sich also durchaus – in Anlehnung an die aus der exil-palästinensischen Literatur, vor allem aus dem Erzählwerk Ghassan Kanafanis*, bereits bekannten drei Phasen der Bewusstseinsbildung – eine Entwicklungslinie ziehen von einer Situation der Orientierungslosigkeit während der fünfziger Jahre, in der die entrechteten Restgruppen der palästinensischen Bevölkerung noch keine gemeinsame Identität entwickelt haben, über eine später, in den sechziger Jahren, erreichte Wahrnehmung der Notwendigkeit des Aufbegehrens hin zu einem nach dem Junikrieg gewonnenen neuen Selbstbewusstsein, das die Möglichkeit einer rationalen Auseinandersetzung mit dem Gegner eröffnet.

*Vgl. die im Lenos Verlag auf deutsch erschienenen Werke: *Das Land der traurigen Orangen* (1983), *Bis wir zurückkehren* (1984), *Männer in der Sonne / Was euch bleibt* (1985), *Umm Saad / Rückkehr nach Haifa* (1986).

Said selbst kommt über die erste Phase nicht hinaus, wird aber mit zunehmender Schärfe des Bewusstseins Zeuge des Wandels seiner Umwelt: Sohn und Frau gehen nach einem gescheiterten Versuch aktiven Widerstands vor seinen Augen in den Tod, eine Erfahrung, die für ihn freilich erst später prägend wird, als er, in Haft gefoltert, seinem jungen Alter ego, Said, dem Sohn seiner Jugendliebe Juad, begegnet und durch ihn der Kraft gewahr wird, die aus freiwillig auf sich genommenem Leiden geschöpft werden kann. Die Begegnung veranlasst ihn, seine Tätigkeit im Dienst der Staatsmacht aufzugeben, doch bleibt er ein Spielball seiner früheren Auftraggeber. Er selbst kann sich nicht zu einer Erneuerung aufschwingen und lernt erst in einem schmerzlichen Prozess des Illusionsverlustes, die mit der neuen Generation im Exil erreichte Verwandlung als solche wahrzunehmen. Doch nach der Überwindung von Unterwürfigkeit und Selbsterniedrigung wird die Erneuerung alle ergreifen: das letzte, das der schliesslich mit Hilfe des „Mahdi" von seinem Marterpfahl aufsteigende Said von seiner immer ferner werdenden früheren Umwelt wahrnimmt, ist die Figur der jungen Juad, die, auf ihn weisend, prophezeit: „Wenn diese Wolke sich verzogen hat, wird die Sonne scheinen!"

Saids innerer Werdegang

Nun liefert die Struktur des Romans selbst deutliche Hinweise für eine über die Darstellung der politisch-sozialen Bewusstseinsentwicklung hinausgehende Intention. Drei Kapitel, verteilt auf die drei Bücher des Romans, heben sich stilistisch deutlich von ihrer Umgebung ab, indem sie geradezu im Litaneistil die Äusserung einer Person oder Personengruppe ins Unendliche repetieren. Orientiert man sich an diesen Markierungen, so ergibt sich die Geschichte einer immer drückender lastenden Sprachlosigkeit, zugleich aber auch die ihrer Bewältigung: die Geschichte einer früh erfahrenen Berufung zu einer „Sprecher"-Rolle, die aber erst nach dem Durchleben schwerster Krisen und — da die ironische Gattung pathetische Züge nicht zulässt — auch erst durch übernatürliches Zutun zum Tragen kommt.

Seine erste Begegnung mit arabischen Landsleuten im neugegründeten Staat Israel erlebt Said, als er, beschützt von seinem alten

Schuldirektor, einer Schar von Flüchtlingen gegenübersteht, die bei dem Versuch, zu ihren zerstörten Dörfern im Küstenstreifen zurückzukehren, gefasst wurden und nun in der Dschasar-Moschee von Akka interniert sind, um am nächsten Morgen über die Grenze deportiert zu werden. Bei seinem Eintreffen pressen sie angstvoll den kleinen Kindern die Hand auf den Mund und erstarren in Regungslosigkeit, als sie den Anschlag des Türklopfers hören. Said nimmt sie nur schemenhaft als „Geisterwesen" wahr, die, nachdem der Prinzipal sie von der Harmlosigkeit des Neuankömmlings überzeugt hat, aus den Kammern des alten Gebäudes wie aus einem plötzlich geöffneten Behältnis hervorquellen und sogleich das ihnen allen gemeinsame Anliegen vorbringen. Wie ein endloser Chor wiederholen sie den Appell: „Wir sind aus dem Dorf Soundso – Kennst du jemanden aus Soundso?" Der ganz unsensible Said nimmt nur das zufällig Komische an ihren Fragen wahr – die Fragen selbst bleiben ungehört. Trotz des Insistierens der Frager bleibt die ganze Litanei ein Monolog. Sie werden noch während der Nacht deportiert und zerstreuen sich jenseits der Grenze in alle Winde, von neuem der Sprachlosigkeit preisgegeben. Es gibt noch keine Kommunikation, keine Wahrnehmung eines „Wir" bei den Flüchtlingen und überhaupt keine Verständigung zwischen ihnen und Said, dem Sohn eines bereits vor 1948 in jüdischen Diensten stehenden Städters. Said, der als einziger bleiben darf, spürt immerhin das Aussergewöhnliche, das in seiner Bewahrung vor dem tragischen Geschick der anderen liegt. Er schreibt diese Rettung übernatürlichen Kräften zu. Es ist dieses Kapitel, das zu jenem für Said entscheidenden Berufungserlebnis überleitet, das ihm nun im Traum zuteil wird; der als Personifikation des Meeres zu ihm sprechende „ausserirdische" Alte beruft ihn zu einer unzweideutigen Mission: seine eigene Befreiung zu betreiben, nämlich in der Bedrängnis aktiv zur Selbsthilfe zu greifen oder doch zumindest den drohenden fatalen Entwicklungen nicht Vorschub zu leisten. Said nimmt diese Berufung als ein persönliches Geheimnis mit sich, ohne sie sogleich als Auftrag zur Tat zu begreifen. Erst am Ende seiner Entwicklung, wiederum durch Zutun seines „ausserirdischen" Helfers, wird er sie – durch Schreiben – in die Tat umsetzen.

Die zwanzig Jahre dazwischen bleibt seine Berufung ein gehütetes

Geheimnis, ja es tritt noch ein zweites hinzu: die von Bakija in den Tiefen des Meeres gewusste Truhe der „kollektiven Erinnerung", der gemeinsamen Identität ihrer Gemeinschaft. Diese Geheimnisse zu hüten, wird so sehr zum Selbstzweck, dass beide eine nur ihnen verständliche Geheimsprache der Übervorsicht entwickeln, die bereits den eigenen Sohn ausgrenzt.

Die Folgen sind katastrophal. Am Ende des Zweiten Buches steht eine harte Abrechnung der jungen Generation mit untätigen Eltern. Es ist Walaa selbst, der von seinen Eltern Said und Bakija übervorsichtig „Loyalität" genannte Sohn, der als bitteren Vorwurf an seine Mutter immer wieder jene Ermahnung wiederholt, mit der seine Eltern ihm Kindheit und Jugend vergiftet haben: „Gib acht, wenn du redest!" Walaa hat sich nach einer gescheiterten Guerilla-Aktion im Keller eines zerstörten Hauses im verödeten Heimatdorf seiner Mutter verschanzt, seine Mutter steht vor ihm, sie soll ihn zur Kapitulation überreden. Doch er verweist mit der litaneihaften Wiederholung der alten Ermahnung auf die erstickende Enge im Elternhaus, auf den Zwang zur Sprachlosigkeit, die ihn zum Aufbegehren, zu einem von vornherein nur um den Preis des eigenen Lebens realisierbaren Widerstand getrieben hat. Er war es, der die im Meer versenkte Truhe gehoben und, in einem neuen Verständnis von Würde, den wiedergewonnenen Schatz umgesetzt hat in eine Bereitschaft zur Selbsthingabe an die Sache seines Volkes, zu einer radikalen Durchbrechung der aus Übervorsicht aufgerichteten Sprachbarrieren, die ihm freilich den Tod bringt.

Im Gefolge dieses Vorfalls verliert Said mehr und mehr das Vertrauen seiner Auftraggeber und wird immer häufiger in die Situation der von ihm selbst vorher überwachten Mitbetroffenen hineingestossen. Er steht nun ausserhalb beider Gesellschaften im Land und gerät, nach Verlust der Hoffnung auf einen neuen Anfang, in absolute Isolation. Schliesslich kann er seinen so dringlich empfundenen Appell an das Mitgefühl seiner einstigen Gegner, Partner und Mit-Betroffenen nicht einmal mehr verbal artikulieren, sondern nur noch in Zeichensprache auf den Pfahl verweisen; die ihm „von unten" offerierten Angebote von Ideologien weist er wie sauren Essig mit immer gleicher Abwehrgeste von sich. Doch das Festhalten an diesem Pfahl des Ideologie- und Hoffnungsverzichts — ein ins Sinnlose verkehrtes Kreuzes-Martyrium — macht ihn noch nicht zu einem Befreier, qualifiziert ihn noch nicht zum Partner der Heimat, die sich ihm — in ihrer verjüngten Verkörperung durch die zweite Juad — vielmehr verweigert hat. Die Rettung kommt für ihn erst durch seinen ausserirdischen Freund, den „Mahdi", der ihn bei seinem Eintritt ins Land — im Morgengrauen nach jener traumatischen Nacht der Sprachlosigkeit in der Dschasar-Moschee von Akka — zu einer von ihm noch nicht erfüllten Mission berufen hatte. Er entrückt ihn nicht nur aus einer unerträglichen Realität, er ist es auch, der ihm die Rolle des aus dem traditionellen islamischen Heilsplan geläufigen „Sprechers", des Verkünders einer baldigen Befreiung aus der Erniedrigung, zuteilt, ihn also zum Schriftsteller werden lässt. Nun erst wird die am Anfang des Romans so triumphale Feststellung einer Erwählung, nicht weniger „wundersam" als die der Propheten und nicht weniger „unkonventionell" als die so mancher modernen Sprecherfigur, voll verständlich.

Korrektur des vielfach verzerrten Bildes der jüngsten Geschichte
Die damit übernommene Aufgabe, dem vom Vergessen Bedrohten Sprache und Gestalt zu geben, erfordert zunächst einmal die Richtigstellung der durch einseitige Sprachregelung verzerrten Proportionen der Dinge, die Aufrichtung der wahren Kulissen, vor denen sich die Geschichte abspielt. Da sind auf der einen Seite die arabischen „Verwandten", auf die man vergeblich hofft. Sie nehmen lange Zeit die im Lande Gebliebenen gar nicht zur Kenntnis, sondern beschränken sich auf Rhetorik, auf hohle Versprechungen, den Flüchtlingen eine baldige Rückkehr zu ermöglichen. Das arabische Sprichwort „Verwandte sind Skorpione" lässt sich vielfach demonstrieren: Allen voran erweisen sich die Verfechter „echten Arabertums", die reichen Verwandten auf der arabischen Halbinsel, als treulos; die Achtung der Hilfebedürftigen verspielen sie zudem durch ihre Unaufrichtigkeit, mit der sie unbewältigte Rückständigkeit mit alten arabisch-islamischen Werten zu verbrämen suchen. Das Gastland für die Mehrheit der Exilpalästinenser, Jordanien, wiederum macht mit dem Angriff des Schwarzen September 1970 — bei dem eine grosse Zahl palästinensischer Freiheitskämpfer, die von Jordanien als ihrer Basis aus operierten, in einem ungleichen Kampf mit Regie-

rungstruppen den Tod fand – die Hoffnungen vieler Flüchtlinge auf ein Auskommen im Exil zunichte. Doch bereits die 1948 aus dem Land emigrierte palästinensische Oberschicht selbst hat sich mangelnder Solidarität mit den im Land Zurückgebliebenen schuldig gemacht, deren Überlebenskampf denn auch noch in den sechziger Jahren selbst den Vertretern der Palästinensischen Befreiungsorganisation keiner Erwähnung wert ist.

Die andere Kulissenseite wird von den „Cousins", den Israelis, besetzt. Sie grenzen die entrechtete ländliche Bevölkerung aus ihrem Umkreis aus, verfolgen Rückkehrer als „Infiltranten", verweigern ihnen nicht nur die Verfügung über das von ihnen vorher bestellte Land, sondern nach der Doktrin der „hebräischen Arbeit" auch dessen Bewirtschaftung, so dass vielen nur die Tätigkeit als Tagelöhner im Bausektor übrigbleibt, zu der sie wie Sklaven auf dem Markt angeheuert werden. Die stets beschworene „Sicherheit" ist mit der Bewegungsfreiheit der Araber bezahlt, die „Unabhängigkeit" selbst wird erst durch Verstossung der ungeliebten „Miterben" des Landes errungen. Die in der Hast der Flucht zurückgelassenen Besitztümer werden als „verlassenes Gut" Eigentum des Staates, und nicht nur sie, sondern beinahe auch die entrechteten Araber selbst, die nicht nur beim Passieren der Grenzen mittelalterlich-drastische Eingriffe in ihre Intimsphäre, sondern sogar Kindern auferlegte bizarre Disziplinarstrafen hinnehmen müssen.

Vor diesen Kulissen – beissendes Unrecht seitens der Verwandten draussen, Preisgegebensein der Willkür von innen – ist das Leben der „Gebliebenen" zu sehen und zu beurteilen.

Aber nicht nur die Kulissen bieten, durch den Filter der verschiedenen Sprachregelungen betrachtet, ein verzerrtes Bild, auch die Bühne selbst ist desorganisiert: So ist die Topographie Palästinas, „unsere Dörfer", weniger bekannt „als die Dörfer Schottlands", wie Said sich später, in Erinnerung an seine Begegnung mit den Flüchtlingen aus den vielen Dörfern Soundso, eingesteht. Wie lässt sich dieses Vakuum füllen? In Saids Darstellung erhalten die topographischen Details sinnliche Qualitäten: Die jungen Arbeiter aus den verschiedenen Dörfern evozieren in ihrer – auf dem Sklavenmarkt ja zählenden – Jugendfrische und Kraft etwas von den dort geernteten Früchten; die jungen Tagelöhner aus Gasa, die stehend, in offenen

Lastwagen zusammengedrängt, von der Arbeit zurücktransportiert werden, bringen die – auf wundersame Weise in Erschütterung geratenen – Grabstelen ihres Märtyrerfriedhofs in Erinnerung. Die Verbindung zwischen Land und Leuten wird so nachvollziehbar. Im Idealfall findet sogar eine Angleichung statt: die Bewohner von Fareidis, die für die Siedlung Sichron Jaakov Wein anbauen, werden selbst in ihrer Bodenständigkeit gleichsam zum „Satz in den Keltern Jakobs". Ihre ungewöhnlich ertragreiche Arbeit erzeugt sogar politische Courage bei ihren Arbeitgebern, den Bewohnern von Sichron Jaakov, die im beidseitigen Interesse dem zionistischen Ideal der „hebräischen Arbeit" eine Absage erteilen und das Verbleibendürfen der Dörfler erzwingen. Gewiss, eine wirtschaftliche Symbiose wider Willen – aber doch ein menschlich erträglicheres Los als jenes des Blinden von al Sulaka, Beispielfigur für die Selbstausgrenzung aus der Realität der mit dem Staat Israel gegebenen Strukturen, für den das Verharren im angestammten Dorf einem lebenslangen Dasein im Versteck ohne eigene Identität gleichkommt, einem Mattenfertigen an einem Ort am Rand der Wirklichkeit.

Mit der Tiefenschärfe der Historie sieht es nicht viel besser aus. Die Geschichte des Landes ist den Gebildeten nur aus der Perspektive der westlichen Beherrscher bekannt. Said muss gleich bei seiner Ankunft im Gespräch mit seinem alten Prinzipal eine wichtige Lektion nachlernen: Er erfährt erstmals etwas über die inoffizielle Geschichte des Landes, über die Wirkung der sich so häufig wiederholenden katastrophalen Ereignisse auf die Betroffenen. Lokale Alltagsgeschichte, auch ein wenig phantastische Geschichte, wird in der weiteren Erzählung Saids immer wieder evoziert; damit wird nicht nur die – wie der alte Lehrer betont – durch die vielen Katastrophen immer wieder gefährdete Kontinuität der Erinnerung bewahrt, sondern auch der von den Bewohnern des Landes im Laufe der Geschichte immer wieder an die Herrschenden entrichtete Tribut festgehalten, ein kontinuierliches Opfer, das Identität zu stiften geeignet ist. Doch muss Geschichte, von der inoffiziellen Seite, von der Warte der Betroffenen her, präsentiert, nicht unbedingt nur „erlittene" Geschichte sein. In einer Reflexion über die verschiedene Eignung der Zeiten zum Handeln kommt Said zum Schluss, dass – so wie der Jahresablauf bestimmte Zeiten für besondere Verrichtungen kennt

– es in der Lebenszeit etwas wie einen „Kairos" zu historischem Handeln gebe. Said sieht für sich selbst diese „kurze, flüchtige Zeit" in der Phase seines Lebens mit Bakija, seiner Selbstbegrenzung auf die reale Heimat im Inneren, die mit dem Tod seines Sohnes, kurz vor dem Junikrieg, vor der Öffnung des Landes zur arabischen Welt hin, endet. Es ist zugleich das Eingeständnis, die entscheidende Zeit untätig verbracht zu haben. Das Modell der „kleinen Heimat", im Mottogedicht zum Zweiten Buch schon als „entstelltes Kind" beklagt, jenes Modell des Lebens in Erwartung einer Wiedergewinnung der kollektiven Würde aus eigener Kraft, isoliert von den Palästinensern im Exil, wird damit für immer zunichte.

Habibis auf Voltaire, Marx und Hariri gestützte Zeitkritik

Wie ganze Passagen verraten, die aus Voltaires *Candide* zitiert sind, ist *Der Peptimist* in seiner Mischung zwischen Bericht aus der Perspektive eines arglos-naiven Erzählers, eines „reinen Toren", und souverän-satirischem Kommentar eines reflektierenden Kritikers an *Candide* angelehnt. Die kurzen Kapitel mit ihren barock-ausführlichen Überschriften, die sprechenden Namen, das direkt Drastische der Beschreibung von Ereignissen von katastrophaler Schrecklichkeit, die holzschnittartig-grobe Darstellung einzelner Figuren und schliesslich die dem Werk zugrundeliegende Philosophie – das alles ist gewiss intendierte Paraphrase von *Candide*. Denn wie Voltaires Satire den Leibnizschen Optimismus – „tout pour le mieux dans le meilleur des mondes" – ad absurdum führt, rechnet Habibis Satire mit dem Erbe des islamischen Optimismus ab, der selbst Widriges als ein Zeichen göttlicher Hinwendung anzunehmen gewohnt ist und zuversichtlich auf eine Befreiung „von aussen" wartet. Über das der Weltgeschichte innewohnende Entwicklungsgesetz würde Habibi von seiner palästinensischen Warte aus gewiss pessimistischer urteilen als Voltaire: Statt der langsamen Vervollkommnung der Vernunft beobachtet er vorläufig endloses Fortwirken von Unterdrückung, Neuinszenierungen historischer Tragödien, die – wie er mit Marx betont – in ihrer Wiederholung nur als Farce gelten können. Seine ganze Verbitterung richtet sich auf die Vorstellung von Wiederholbarkeit der Geschichte im Sinne einer Rückkehr zum Anfang, auf die Legitimierung jüngster Geschichte durch Rekurs auf vorgebliche biblische Präzedenzien. So ist die neue Inbesitznahme des Landes eben nicht Wiederholung eines biblisch verheissenen „Erbens des Landes", sondern, wenn schon in biblische Kategorien gefasst, eher die zur Farce entstellte Wiederholung der Tragödie von der Verstossung Hagars, der Stammutter der Araber, und ihres Sohnes Ismael durch Abraham, den Stammvater der Israeliten. Und die durch Mithilfe arabischer Arbeitskräfte erreichte intensive Nutzung des Landes ist keineswegs Resultat eines jüdischen „Fruchtbarmachens der Wüste" zur Herstellung biblisch verheissener Idealverhältnisse – der Angemessenheit einer solchen mythischen Überhöhung des israelischen Umgangs mit dem Land widerspricht nicht zuletzt die Existenz der sich darauf erhebenden Foltergefängnisse, die das Land entstellen „wie ein Geschwür".

Die schärfste Kritik an der allenthalben greifbaren unsachgemässen Sinnanreicherung des israelischen Verhältnisses zum Land wird jedoch chiffriert, in einen „sprechenden Namen" eingehüllt, vorgetragen: Wenn man sich für seinen Anspruch auf das Land fortwährend auf eine von Gott selbst gegebene Konzession, auf die Bibel gleichsam als das Grundbuch, beruft, leitet man sich nicht nur selbst vermeintlich religiös legitimierte Rechte ab – man trifft auch eine Entscheidung für das Gottesbild, teilt Gott eine sehr menschliche, ihn stark verkleinernde Rolle zu, die den Aussenstehenden durchaus an die eines Grundstückmaklers erinnern mag. Die im Roman weitgehend im Dunkeln bleibende Figur, der zu „dienen" Said von seinem sterbenden Vater aufgetragen bekommt, heisst Adon (Herr) Safsarschek, ein slawisch erweiterter hebräischer Name, der in der Tat etwas wie „kleiner Makler" bedeutet. Said kann sich durch die blosse Erwähnung dieses Namens Schutz verschaffen, „nimmt zu ihm Zuflucht", erhält von ihm während einer einmaligen Begegnung den Auftrag, ihm zu dienen, „wie uns dein Vater gedient hat". Sein Fluch wird auf Said und seinen Nachkommen lasten „von Geschlecht zu Geschlecht", sollte er sich aus diesem Dienst lösen. Mit dem „Staat von Adon Safsarschek" ist etwas wie eine neue Religion begründet worden, die keine Apostasie duldet.

Der Umgang mit der Sprache und Sprachregelung dieser neuen „Religion" führt lange Zeit zu folgenreichen Missverständnissen; wie stark sich die neue Perspektive der Dinge von der gewohnten

Sicht Saids unterscheidet, zeigen die in satirischer Absicht wörtlich ins Arabische übersetzten Bezeichnungen israelischer Ruhmestitel wie „Unabhängigkeitskrieg" und „Koexistenz". Die hier zum Erhalt der eigenen Identität geforderte Aufmerksamkeit erzieht zu einem doppelten Hinhören und sensibilisiert schliesslich auch für die Mehrdeutigkeit der eigenen Sprache, die schon bei harmlos scheinenden Ausdrücken ein Echo des Hintergründigen erzeugt. Dieses Potential der Mehrdeutigkeit der arabischen Sprache, bewusst, funktional eingesetzt, erzeugt ein neues Medium zum adäquaten Ausdruck des Paradoxen an der eigenen Situation.

Ebendiese Technik ist es, die einen muttersprachlichen Leser bei der Lektüre des *Peptimist* spontan an genuin-arabische Vorbilder erinnern wird. Hier ist vor allem an die „Makamen" al-Hariris (1054–1122) zu denken, die ein Panorama von Schauplätzen der arabischen Welt des 12. Jahrhunderts vorstellen, stets dramatisch bewegt durch die rhetorischen Glanzstücke eines herumziehenden Gauklers namens Abu Said al-Sarudschi, der sich seinen Unterhalt durch jeweils neue, sprachlich blendend eingekleidete Vorspiegelungen eines legitimen Anspruchs auf Unterstützung ergaunert. Auch er ist ein „Anti-Held", gezwungen, stets eine Doppelrolle zu spielen; doch vermag er eben auf diese Weise und nicht zuletzt dank seiner glänzenden Sprachbeherrschung und suggestiven Umsetzung der Gedanken in Bilder die Doppelbödigkeit, das Paradoxe der Realität einzufangen. Stellenweise lehnt sich *Der Peptimist* formal eng an al-Hariri an; öfter noch übernimmt er die spielerische Technik, phantastische Verbindungen zwischen etymologisch oder lautlich verwandten, sachlich aber gänzlich verschiedenen Gegenständen herzustellen und damit eine phantastische Realität zu schaffen.

Wie al-Hariri greift auch Habibi auf Poesie-Einlagen zurück, sei es, um der Rede eine historische Dimension zu geben, um an die gemeinsame Sprache des reichen kollektiven kulturellen Erbes zu appellieren, sei es auch zu einer spielerischen Beglaubigung oder noch öfter: Entlarvung des Gesagten.

Mehr noch als Poesieverse haben Koranverse „beglaubigenden" Charakter, sie können mitsamt ihrem Kontext bei Leserinnen und Lesern von vornherein als bekannt vorausgesetzt werden, so dass eine knappe Andeutung bereits ausreicht, um eine vollständige Erzählung, die Züge einer heilsgeschichtlichen Figur oder eine theologische Lehrmeinung in Erinnerung zu rufen. Die Anspielung auf Koranverse gehört ungeachtet der nicht-muslimischen Erziehung Habibis zu seinen bevorzugten Techniken, vielleicht weil sie ihm, als einem gleichzeitig mit der jüdisch und der islamisch geprägten Kultur konfrontierten Erzähler, die einzigartige Möglichkeit bietet, auf das Gemeinsame und doch Trennende zwischen den beiden Kulturen hinzudeuten. Dass seine Hauptfiguren islamischer Prägung sind, geht aus deren Formelgebrauch eindeutig hervor, koranisch gefärbte Rede nimmt sich bei ihnen nur natürlich aus. Nun haben koranische Reminiszenzen oft eine biblische Entsprechung, an der sich israelische Identität ebenso festmacht wie arabische am Koranvers. Wenn beispielsweise die biblische Jakobsgeschichte indirekt zu der Benennung der Rothschildschen Stiftung Sichron Jaakov Anlass gewesen ist, so muss die von Said mit dem kurzen, aber markant koranischen Ausdruck „Anliegen Jakobs" heraufbeschworene Assoziation der islamischen Jakobsgeschichte als ein satirisch unternommener Versuch verstanden werden, die jüdische Siedlung durch die Verbindung mit einer koranischen Ätiologie zu „arabisieren".

Hier laufen Sprachen und Kulturen zusammen, ohne dass dadurch die Kommunikation erleichtert würde. Der Roman ist nicht zuletzt auch davon Dokument: Die äussere Ähnlichkeit vieler beiden Gesellschaften eigenen Phänomene führt nicht notwendig zum Verstehen, sie bietet eher Anstösse, richtet Barrieren auf. Sie durch spielerische Gegenüberstellung des nur Scheinbar-Gleichen abzubauen, ist eine Möglichkeit der Satire. Habibi ist darin recht zu geben, dass diese Satire, um unbehelligt sprechen zu können, vorläufig am besten aus dem phantastischen Raum, „von jenseits der verdorrten Hecken" zu ihren Adressaten kommen sollte.

Angelika Neuwirth

Arabische Literatur bei Lenos

Jachja Taher Abdallah, Menschen am Nil
Zwei ägyptische Novellen, 187 S., geb.
Aus dem Arabischen von H. Fähndrich und I. Schrand

Edwar al-Charrat, Safranerde
Roman aus Ägypten, 261 S., geb.
Aus dem Arabischen von Hartmut Fähndrich

Driss Chraibi, Ermittlungen im Landesinnern
Roman aus Marokko, 287 S., geb.
Aus dem Französischen von Angela Tschorsnig

Ali Ghalem, Die Frau für meinen Sohn
Roman aus Algerien, 272 S., Lenos Pocket 4
Aus dem Französischen von A. Bucaille und S. Thauer

Gamal al-Ghitani, Seini Barakat
Roman aus Ägypten, 401 S., geb.
Aus dem Arabischen von Hartmut Fähndrich

Sonallah Ibrahim, Der Prüfungsausschuss
Roman aus Ägypten, 220 S., geb.
Aus dem Arabischen von Hartmut Fähndrich

Ghassan Kanafani, Das Land der traurigen Orangen
Palästinensische Erzählungen I, 160 S., geb.
Aus dem Arabischen von Hartmut Fähndrich

Ghassan Kanafani, Bis wir zurückkehren
Palästinensische Erzählungen II, 160 S., geb.
Aus dem Arabischen von Hartmut Fähndrich

Ghassan Kanafani, Männer in der Sonne/Was euch bleibt
Zwei palästinensische Kurzromane I, 196 S., geb.
Aus dem Arabischen von H. Fähndrich und Veronika Theis

Herausgegeben von Hartmut Fähndrich

Ghassan Kanafani, Umm Saad/Rückkehr nach Haifa
Zwei palästinensische Kurzromane II, 152 S., geb.
Aus dem Arabischen von Veronika Theis und H. Fähndrich

Abdellatif Laabi, Kerkermeere
Bericht aus Marokko, 229 S., geb.
Aus dem Französischen von Giò Waeckerlin Induni

Muhammad al-Machsangi, Eine blaue Fliege
Ägyptische Kurzgeschichten, 104 S., geb.
Aus dem Arabischen von Hartmut Fähndrich

Emily Nasrallah, Flug gegen die Zeit
Roman aus dem Libanon, 279 S., geb.
Aus dem Arabischen von Hartmut Fähndrich

Emily Nasrallah, Septembervögel
Roman aus dem Libanon, 200 S., geb.
Aus dem Arabischen von Veronika Theis

Pappschachtelstadt
Geschichten aus Ägypten, 217 S., geb.
Ausgewählt und ins Deutsche übertragen von Hartmut Fähndrich

Hanan al-Scheich, Sahras Geschichte
Roman aus dem Libanon, 272 S., geb.
Aus dem Arabischen von Veronika Theis

Sakarija Tamer, Frühling in der Asche
Syrische Erzählungen, 124 S., geb.
Aus dem Arabischen von Wolfgang Werbeck

Bitte verlangen Sie unseren Sonderprospekt:
Lenos Verlag, Spalentorweg 12, CH-4051 Basel